10|18
12, avenue d'Italie - Paris XIIIe

*Du même auteur
dans la collection 10/18*

Les beaux mariages, n° 1584.
L'écueil, n° 2027.
Ethan frome, n° 2431.
Leurs enfants, n° 1585.
Madame de Treymes
et autres nouvelles, n° 2180.
Les metteurs en scène, n° 1586.
Le triomphe de la nuit, n° 2430.

ÉTÉ

PAR

EDITH WHARTON

10|18

« Domaine étranger »
dirigé par Jean-Claude Zylberstein

Si vous désirez être régulièrement tenu au courant
de nos publications, écrivez-nous :

Éditions 10/18
c/o 01 Consultants (titre n° 1683)
35, rue du Sergent Bauchat
75012 Paris

Titre original :
Summer

Ouvrage traduit de l'américain

© William R. Tyler
ISBN 2-264-00660-9

ÉTÉ

I

La porte de la maison de l'avocat Royall, située à l'extrémité de l'unique rue du village de North Dormer, venait de s'ouvrir. Une jeune fille parut et s'arrêta un instant sur le seuil.

Du ciel printanier et transparent une lumière argentée s'épandait sur les toits du village, sur les bois de mélèzes et les prairies environnantes. Au-dessus des collines flottaient des nuages blancs et floconneux, dont une brise légère chassait les ombres à travers champs et le long de la route herbue qui traverse North Dormer. Le village, élevé et à découvert, ne jouit pas de la verdure touffue qui abrite les régions mieux protégées de la Nouvelle-Angleterre. Les saules pleureurs au bord de l'étang à canards et les sapins de Norvège qui se dressent devant la grille de la propriété de Miss Hatchard forment les seules taches d'ombre entre la maison de l'avocat et le point où, à l'autre extrémité du village, au-delà de l'église, la route contourne le massif noir des sapins du Canada qui bordent le cimetière.

La brise de juin, soulevant la poussière de la rue, secouait dans sa course les branches maussades des arbres devant la demeure de Miss Hatchard. Un remous plus vif décoiffa subitement un jeune homme qui passait par là, fit tournoyer un instant son chapeau et le déposa au beau milieu de l'étang.

Comme le jeune homme courait, cherchant à le repêcher, Charity Royall remarqua que c'était un étranger et qu'il était habillé avec une certaine recherche. Elle vit aussi qu'il riait à belles dents, comme la jeunesse sait rire de pareilles mésaventures.

Le cœur de la jeune fille se contracta. Elle avait eu ce mouvement de recul qui se produisait toujours chez elle à la vue d'un visage insouciant et heureux. Retournant sur ses pas, elle rentra dans la maison et feignit de chercher une clef qu'elle savait avoir dans sa poche.

Un petit miroir, légèrement verdi surmonté d'un aigle doré, pendait au mur du vestibule. Avec attention, elle s'y examina, regrettant pour la millième fois de ne pas avoir les yeux bleus comme Annabel Balch, la jeune fille qui venait quelquefois de Springfield passer une semaine avec la vieille Miss Hatchard ; puis, assurant son vieux chapeau de paille brûlée sur sa petite tête brune, de nouveau elle sortit.

— Comme j'ai horreur de tout ! murmura-t-elle.

Cependant le jeune homme, qui avait reconquis son chapeau, franchissait la grille de la maison Hatchard. La rue était vide, North Dormer, à toute heure, est un désert ; et au milieu de l'après-midi, en juin surtout, les quelques hommes valides qui n'ont pas émigré sont dans les champs ou dans les bois, tandis que les femmes, demeurées à la maison, vaquent sans entrain à leurs menues corvées d'intérieur.

Charity Royall avait repris sa marche, regardant autour d'elle avec cette attention soutenue que fait naître la présence d'un étranger dans un endroit familier. Tout en jouant négligemment avec la clef pendante à son doigt, elle tâchait de s'imaginer quel effet North Dormer pouvait bien produire sur des gens qui venaient de la ville. Elle-même y vivait depuis l'âge de cinq ans. Longtemps elle avait cru que c'était un endroit de quelque importance ; mais l'année précédente Mr Miles, le nouveau pasteur du temple protestant de Hepburn, qui venait tous les quinze jours célébrer le culte dans l'église de North Dormer, — si toutefois les routes n'étaient pas rendues impraticables par le transport des arbres abattus, — avait proposé d'emmener les jeunes gens du village à Nettleton, pour entendre une conférence sur la Terre Sainte, avec projection. Les quelques jeunes filles et garçons qui constituaient l'avenir de North Dormer avaient donc été empilés dans un char à bancs et conduits par-delà les collines jusqu'à Hepburn, d'où un train omnibus les avait menés à Nettleton. Au cours de cette inoubliable journée, Charity Royall avait fait connaissance, pour la première fois de sa vie, avec le chemin de fer. Elle avait vu des magasins de nouveautés à grandes baies vitrées, et mangé de la tarte à la noix de coco ; puis, pénétrant dans une salle de conférences, elle avait écouté un monsieur qui disait des choses incompréhensibles devant des tableaux qu'elle aurait eu grand plaisir à regarder si les explications du conférencier ne l'avaient empêchée de les comprendre. Cette initiation lui avait démontré que North Dormer n'était qu'un pauvre petit village, et avait éveillé chez elle une honte soudaine de son ignorance que ses visites à la bibliothèque du village n'étaient jamais parvenues à susciter jusque-là. Fiévreusement, pendant un mois ou deux, elle se plongea, au hasard, dans l'étude des volumes poussiéreux de la petite bibliothèque fondée en souvenir du jeune Honorius Hatchard et qui donnait à l'obscur village un certain cachet de culture vieillotte. Mais bientôt le souvenir de Nettleton s'affaiblit et, plutôt que de continuer à s'instruire, Charity se résigna à considérer North Dormer comme la mesure de toute chose.

La vue de l'étranger, en ravivant les images de Nettleton, réduisit North Dormer à ses véritables proportions. Tout en promenant ses regards d'un bout à l'autre de la rue, depuis la maison de Mr Royall, aux murs d'un rouge lavé, jusqu'à l'église toute blanche, la jeune fille en mesura impitoyablement les limites. Pauvre village des montagnes, battu par les vents et brûlé par le soleil, abandonné des hommes, dédaigné par le chemin de fer, le trolley, le télégraphe et toutes les forces qui relient entre elles les agglomérations humaines ! Il n'y avait à North Dormer ni boutiques, ni théâtres, ni conférences, ni centre d'affaires, rien qu'un temple qui s'ouvrait tous les deux dimanches, si toutefois l'état des chemins le permettait. Il y avait bien la bibliothèque, mais, des volumes qui moisissaient sur les rayons humides, les plus récents dataient de vingt ans, et tous étaient sans lecteurs. Cependant on avait toujours laissé entendre à Charity Royall qu'elle devait considérer comme un privilège d'habiter North Dormer. Elle savait qu'en comparaison de l'endroit d'où elle venait, le village jouissait de tous les progrès modernes. Depuis qu'enfant elle y avait été amenée, tous les gens du pays n'avaient cessé de le lui ressasser. Même la vieille Miss Hatchard, à une heure terrible de la vie de Charity, lui avait dit :

— Ma petite, n'oubliez jamais que Mrs Royall vous a ramenée de la «Montagne».

On l'avait en effet ramenée de la «Montagne», de cette falaise qui dressait sa tragique muraille au-dessus des collines plus basses de la Chaîne de l'Aigle (Eagle Range), faisant à la vallée solitaire comme un fond perpétuel de mélancolie. La «Montagne» s'élevait à vingt bons kilomètres de là, mais de façon si abrupte que son ombre semblait se projeter jusque sur North Dormer. Et c'était comme un grand aimant attirant les nuages pour les disperser en tempête à travers la vallée. Si jamais, dans le ciel d'été le plus pur, une légère vapeur traînait sur North Dormer, elle filait droit sur la Montagne comme une barque emportée par un tourbillon, et là, accrochée aux rochers, déchirée et multipliée, s'épandait ensuite sur la vallée qu'elle noyait de pluie et de ténèbres.

Charity n'avait pas d'idées bien nettes sur le lieu de sa naissance, mais elle savait que c'était un endroit malfamé, que le fait d'en être venue était une honte, et qu'en toute circonstance, elle devait — comme lui avait justement rappelé autrefois Miss Hatchard — se souvenir qu'on l'en avait arrachée, et s'en estimer heureuse. Les yeux fixés sur la Montagne, elle faisait, comme d'habitude, un effort pour éprouver de la reconnaissance. Mais la vue du jeune homme qui venait d'entrer chez Miss Hatchard avait ressuscité la vision des rues brillantes de Nettleton, et Charity se sentit honteuse de son vieux chapeau, écœurée de North Dormer, et jalouse d'Annabel Balch de Springfield, dont les yeux bleus s'ouvraient sans doute sur des spectacles autrement brillants encore que celui des rues de Nettleton.

— Comme j'ai horreur de tout ! répéta-t-elle.

A mi-chemin de la rue elle s'arrêta devant une grille en bois treillagé, la poussa et suivit un sentier pavé conduisant à une petite construction en brique, précédée d'un portique à colonnes peintes en blanc, sur le fronton duquel se lisait en lettres dédorées : *Fondée en souvenir de Honorius Hatchard.* 1832.

La personne ainsi commémorée avait été le grand-oncle de la vieille Miss Hatchard ; et celle-ci ne concevait pas pour elle-même d'autre titre de distinction que d'être sa petite-nièce. Car Honorius Hatchard, dans les premières années du dix-neuvième siècle, avait joui d'une modeste célébrité. Ainsi qu'une plaque de marbre fixée à l'intérieur de la bibliothèque l'apprenait aux rares visiteurs, il était l'auteur du volume d'essais publiés sous le titre du *Reclus de l'Eagle Range*, et avait entretenu des relations avec Washington Irving, Fitz-Geene Halleck et leur groupe littéraire. Ensuite il avait voyagé en Europe, où il était mort jeune, moissonné dans sa fleur par une maladie de langueur contractée en Italie. Tel était le seul lien rattachant North Dormer à la littérature, un lien commémoré pieusement par l'érection du monument où Charity Royall, chaque après-midi du mardi et du jeudi, s'installait à son bureau, sous la gravure tachée de rouille représentant le jeune écrivain. Et parfois elle se demandait lequel des deux était le plus mort, de lui dans son tombeau, ou d'elle dans sa bibliothèque !

Entrant d'un pas nonchalant, elle enleva son chapeau et en coiffa négligemment un buste de Minerve en plâtre ; puis elle ouvrit les volets, se pencha pour voir s'il y avait des œufs dans le nid d'hirondelles sous l'auvent d'une des fenêtres, et s'asseyant ensuite derrière son bureau, elle en sortit un rouleau de dentelle de coton et un crochet. Charity n'était pas une dentellière experte : il lui avait fallu bien des semaines pour faire le demi-mètre de dentelle étroite qu'elle gardait enroulé autour de la couverture arrachée à un exemplaire de *l'Allumeur de réverbères* (1). Mais il n'y avait pas d'autre manière de se procurer de la dentelle pour garnir sa blouse d'été, et depuis qu'Ally Hawes, la fille la plus pauvre du village, s'était montrée le dimanche au temple avec un corsage ajouré, le crochet de Charity avait travaillé plus vite. Elle déroula l'ouvrage, s'attaqua à une maille et se pencha sur sa tâche en fronçant les sourcils.

Tout à coup la porte s'ouvrit et, avant de lever les yeux, elle devina que le jeune homme qu'elle avait vu entrer chez Miss Hatchard venait de franchir le seuil de la bibliothèque.

Sans faire attention à elle, il se mit à parcourir lentement la petite salle voûtée, les mains derrière le dos, scrutant de ses yeux de myope les rangées de

---

(1) Titre d'un roman américain qui eut un grand succès vers 1855.

livres aux reliures fanées. Enfin il atteignit le bureau et s'arrêta devant la bibliothécaire.

— Avez-vous un catalogue par fiches, mademoiselle ? demanda-t-il d'une voix agréable, un peu brusque.

La question inattendue lui fit lâcher son crochet.
— Un *quoi ?*
— Mais... un catalogue...

Elle eut conscience qu'il la voyait pour la première fois, l'ayant apparemment, à son entrée, comprise dans sa revue rapide comme faisant partie du mobilier de la bibliothèque.

En la regardant, il perdit brusquement le fil de sa remarque. Charity s'en aperçut et sourit. Le jeune homme sourit aussi.

— Mais, en effet, vous ne connaissez sans doute pas ce genre de catalogue, reprit-il. Du reste, cela vaut mieux...

Elle crut deviner une légère condescendance dans son accent, et demanda sèchement :
— Mieux ? Pourquoi ?
— Parce que c'est si agréable, dans une petite bibliothèque comme celle-ci, de fouiller soi-même... avec l'aide de la bibliothécaire.

Il prononça les derniers mots d'un ton si respectueux qu'elle s'adoucit et répondit en soupirant :
— Je crains de ne pas pouvoir vous être d'un grand secours.
— Pourquoi ? demanda-t-il à son tour.

Elle répondit que la bibliothèque ne contenait pas assez de livres pour que l'on en dressât un catalogue détaillé, et que, du reste, elle-même n'en avait lu que quelques-uns.

— ... D'ailleurs, les vers s'y mettent, ajouta-t-elle d'un air sombre.
— Vraiment ? C'est dommage, car j'en ai déjà découvert d'intéressants.

Semblant ne plus se soucier de continuer la conversation, il reprit sa promenade devant les rayons. Il paraissait avoir oublié la présence de la jeune fille et son indifférence piqua Charity : elle se remit à son ouvrage, bien décidée à ne plus lui offrir son aide. Apparemment, il n'en avait pas besoin, car il resta longtemps immobile à l'autre bout de la salle, tournant le dos à la jeune fille et descendant, l'un après l'autre, les volumes poussiéreux juchés sur une planche du haut.

— Oh ! s'écria-t-il tout à coup.

Elle vit qu'il essuyait avec son mouchoir les tranches d'un livre qu'il tenait à la main. Ce geste la frappa comme une critique indirecte du soin qu'elle devait avoir de ses livres et elle dit vivement :

— Ce n'est pas ma faute s'ils sont sales.

Il se retourna et l'examina avec un renouvellement de curiosité.

— Ah !... vous n'êtes donc pas la bibliothécaire ?
— Mais oui... seulement je ne puis pas épousseter tous ces livres. D'ailleurs, personne ne les regarde, maintenant que Miss Hatchard est trop infirme pour venir à la bibliothèque.

— Ah ! sans doute...

Il reposa le livre qu'il avait essuyé et regarda Charity sans rien dire. Elle se demandait si Miss Hatchard l'avait envoyé pour lui faire un rapport sur la manière dont la bibliothèque était tenue, et ce soupçon accrut sa rancœur.

— Je vous ai vu rentrer chez Miss Hatchard tout à l'heure, n'est-ce-pas ? demanda-t-elle.

Décidément, elle voulait savoir pourquoi cet étranger venait fouiller parmi ses livres.

— Chez Miss Hatchard ? Oui... c'est ma cousine, et je suis descendu chez elle, répondit le jeune homme.

Il ajouta, comme pour désarmer la méfiance de Charity :

— Je me nomme Harney... Lucius Harney. Ne vous a-t-elle jamais parlé de moi ?

— Non, dit Charity, ennuyée de ne pouvoir répondre affirmativement.

— Tant pis ! dit en riant le cousin de Miss Hatchard.

Et après un autre silence, pendant lequel Charity eut le temps de se rendre compte qu'elle lui avait répondu d'une façon peu encourageante, il ajouta :

— Je vois que vous n'êtes pas très forte en architecture.

L'embarras de la bibliothécaire devint extrême : plus elle faisait effort pour le comprendre, plus les allusions de son interlocuteur devenaient inintelligibles. Il lui rappelait le «monsieur» qui avait «expliqué» les tableaux de Nettleton... ; et de nouveau elle se sentit accablée sous le poids de son ignorance.

— Je veux dire que je ne vois aucun livre sur les vieilles demeures de la région. Sans doute cette partie du pays n'a pas été beaucoup explorée. Tous les architectes s'occupent de Plymouth et de Salem. C'est pourtant stupide. La maison de ma cousine, par exemple, est vraiment intéressante. Ce village doit avoir une histoire... il a dû même être plus qu'un village autrefois...

Il s'arrêta net, avec cette rougeur d'un jeune homme timide que surprend tout à coup le son de sa propre voix, et qui craint d'avoir trop parlé.

— Je suis moi-même un architecte, expliqua-t-il, et je fais la chasse aux vieilles maisons.

Elle ouvrit de grands yeux et pensa : «Des vieilles maisons? Mais tout n'est-il pas vieux à North Dormer?»

Elle répéta tout haut :

— Ici, tout est vieux.

Il rit et se mit à arpenter de nouveau la bibliothèque.

— N'auriez-vous pas un ouvrage sur ce pays? Je crois qu'il y a eu quelque chose d'écrit en 1840, un livre ou une brochure sur les origines de la commune de l'Eagle County.

Elle appuya son crochet contre sa lèvre inférieure et réfléchit. Oui, elle se souvenait en effet d'avoir vu un ouvrage avec ce titre : *North Dormer et les premières communes de l'Eagle County*. Elle nourrissait même une aversion toute spéciale pour ce livre, parce que c'était un pauvre volume déguenillé qui tombait toujours de son rayon ou bien qui se glissait derrière les autres livres. La dernière fois qu'elle l'avait ramassé elle s'était demandé comment l'auteur avait pu prendre la peine d'écrire un livre sur North Dormer et sur les tristes villages voisins : Dormer, Hamblin, Creston et Creston River! Elle les connaissait tous, pauvres groupes de maisons perdues dans les replis des montagnes : Creston River, où il y avait eu une fabrique de papier dont les murailles grises s'écroulaient au bord de la rivière; et Hamblin, où tombait toujours la première neige du long hiver des montagnes. Tels étaient leurs seuls titres à la renommée...

Charity se leva à son tour et jeta un regard vague sur les rangées de livres. Mais il lui était impossible de se rappeler où elle avait placé le volume sur North Dormer. Elle se rendit compte qu'il lui avait joué le vilain tour de disparaître encore une fois. Décidément elle n'était pas dans un de ses bons jours.

— Il doit pourtant être quelque part, dit-elle pour prouver son zèle.

Mais elle parlait sans conviction, et elle sentit que ses paroles n'en créaient aucune.

— Merci... merci... n'importe, répondit le jeune homme d'un air distrait.

Elle comprit qu'il s'en allait, et désira plus que jamais retrouver le livre.

— Ce sera pour la prochaine fois, ajouta-t-il; et prenant le volume qu'il avait posé sur le pupitre, il le lui tendit.

— Ce livre a une certaine valeur. Il lui faudrait un peu d'air et de soleil.

Il salua en souriant et sortit.

II

Les heures de présence exigées de la bibliothécaire du *Hatchard Memorial* étaient de trois à cinq, et le sentiment du devoir retenait d'habitude Charity Royall à son bureau jusqu'à quatre heures et demie environ.

Mais elle n'avait jamais pu découvrir qu'un avantage pratique quelconque en résultât pour North Dormer ou pour elle-même; et c'était sans scrupule qu'elle décidait, lorsque cela lui convenait, que la bibliothèque fermerait une heure plus tôt. Quelques minutes après le départ du jeune Harney, elle prit cette décision, plia sa dentelle, ferma les volets et tourna la clef dans la porte du Hatchard Memorial.

La rue était toujours déserte et après avoir jeté un coup d'œil à droite et à gauche la jeune fille se dirigea vers sa maison. Mais au lieu d'y entrer, elle continua sa route et prit un sentier à travers champs qui montait vers une prairie au flanc de la colline. Elle ouvrit la barrière et, le long d'un mur écroulé, suivit une piste jusqu'à un tertre où un bouquet de mélèzes secouait dans le vent ses feuilles nouvelles. Là, elle s'étendit à l'ombre, enleva son chapeau et enfonça son visage dans l'herbe.

Elle était aveugle et insensible à bien des choses et elle le savait obscurément; mais à tout ce qui était air, lumière, parfum et couleur, chaque goutte de sang répondait en elle. Elle aimait la sensation de l'herbe drue de la montagne sous ses mains, l'odeur du thym dans lequel elle enfouissait son visage, le frôlement du vent dans ses cheveux ou à travers sa blouse légère, et le bruit des mélèzes quand les branches pliaient sous le souffle.

Elle gravissait souvent cette colline, et là, étendue sur l'herbe, seule, elle jouissait du plaisir de respirer la brise ou de frotter ses joues contre le thym. Pendant des heures elle restait là sans pensée, plongée dans un vague bien-être. Aujourd'hui cette sensation de bien-être s'augmentait encore de la joie de son évasion. Jamais elle n'avait davantage détesté sa prison. Certes, il ne lui était pas désagréable qu'une amie vînt de temps en temps la surprendre à la bibliothèque pour bavarder avec elle; mais elle n'admettait pas qu'on la dérangeât à propos de livres. Comment aurait-elle pu se souvenir sur quel rayon ils se trouvaient, alors qu'on les lui demandait si rarement? Orma Fry emportait quelquefois un roman; son frère Ben avait un faible pour les manuels de géographie ainsi que pour les livres traitant de commerce et de comptabilité; mais personne d'autre ne s'avisait jamais de réclamer quoi que ce soit, sauf, parfois, *la Case de l'Oncle Tom*, ou les poèmes de Longfellow. Ces livres-là, elle les avait sous la main, et les aurait trouvés la nuit, sans lumière; mais les demandes inattendues étaient si rares qu'elles l'exaspéraient comme une injustice.

Charity reconnaissait que la physionomie du jeune architecte lui était sympathique. Elle aimait ses yeux gris de myope au regard attachant; sa façon de parler un peu singulière, brusque et douce à la fois; ses mains hâlées et nerveuses, mais avec des ongles polis et bien tenus comme ceux d'une femme. Elle se remémorait la couleur de ses cheveux brûlés par le soleil, pareille à la couleur des fougères après la gelée; elle revoyait son sourire à la fois modeste et confiant. Sous ce sourire elle devinait la connaissance de mille choses inconnues d'elle, mais nul sentiment d'orgueil. Et la supériorité qu'elle y devinait lui procurait une sensation agréable. Pauvre et ignorante comme elle l'était, la plus humble parmi les humbles même à North Dormer, où le fait de venir de la «Montagne» était la pire disgrâce, elle avait cependant toujours régné dans le monde étroit qui était le sien. L'avocat Royall était incontestablement l'homme le plus important de North Dormer : il était tellement au-dessus de son milieu que les étrangers, après s'être entretenus avec lui, s'étonnaient toujours de le voir végéter dans ce coin perdu. Malgré son passé — et malgré tout le prestige de Miss Hatchard —, Mr Royall régnait donc dans North Dormer; et Charity régnait dans la maison de l'avocat. Elle ne s'était jamais avoué à elle-même cette toute-puissance, mais elle la connaissait, elle savait de quoi elle était faite et elle l'avait en horreur. Et voilà que confusément le jeune Harney lui avait fait sentir, pour la première fois, ce que pourrait être la douceur de la dépendance...

Elle se redressa, secouant la tête pour faire tomber de ses cheveux les brins d'herbe qui s'y étaient logés, et son regard s'abaissa sur la pauvre demeure où elle régnait. La maison construite en bois comme toutes celles du village, et peinte d'un rouge délavé par le vent et la pluie, se dressait au pied de la colline. Un jardinet avec un sentier bordé de groseilliers séparait l'habitation de la route. D'un côté était le puits, dont l'arceau était recouvert d'une clématite, et de l'autre, le rosier grimpant, attaché à une treille en forme d'éventail, que Mr Royall lui avait rapporté un jour de Hepburn. Derrière la maison, un coin de terrain inégal servait à tendre le linge. Elle apercevait les cordes attachées à des poteaux qui s'étendaient jusqu'à un mur croulant, au-delà duquel un carré de maïs et quelques rangées de pommes de terre bordaient la terre en friche couverte de fougères et de rochers.

Charity ne pouvait se souvenir de l'impression qu'elle avait ressentie en voyant cette maison pour la première fois. On lui avait dit, plus tard, qu'elle était malade d'une fièvre quand on l'avait transportée de la «Montagne». Elle se souvenait seulement de s'être réveillée un matin dans un lit-cage au pied du lit de Mr Royall, et d'avoir ouvert des yeux étonnés sur la propreté glaciale de la chambre qui devait, plus tard, devenir la sienne.

Mrs Royall mourut sept ou huit ans plus tard. A cette époque Charity avait déjà saisi bien des choses qui se passaient autour d'elle. Elle savait que Mrs Royall était triste, timide et faible, et que l'avocat Royall était dur et violent, et encore plus faible que sa femme. Elle savait qu'elle avait été baptisée dans l'église blanche à l'autre bout du village, et qu'on lui avait donné le nom de Charity, pour commémorer le désintéressement des Royall et pour garder vivant en elle un juste sentiment de sa dépendance; elle savait surtout que Mr Royall, qui était son tuteur, ne l'avait pas légalement adoptée, bien que tout le monde l'appelât Charity Royall. Elle savait aussi pourquoi Mr Royall était revenu vivre à North Dormer, au lieu de rester à Nettleton, où il avait brillamment commencé sa carrière.

On avait parlé, après la mort de Mrs Royall, de placer Charity dans une pension de jeunes filles. Miss Hatchard avait même eu à ce sujet une longue conversation avec Mr Royall, et celui-ci était allé un jour à Starkfield visiter l'institution qu'elle lui recommandait. Il en était revenu le lendemain soir, le visage sombre, plus sombre que Charity ne l'avait jamais vu, bien qu'elle eût déjà quelque expérience de son humeur maussade.

Lorsqu'elle lui demanda quand elle partirait pour Starkfield, il répondit brusquement :

— Vous ne partirez pas.

Puis, sans proférer d'autre parole, il alla s'enfermer dans la petite pièce mal éclairée qu'il appelait son cabinet de travail. Le lendemain, la directrice de la pension écrivait, dans des termes d'une politesse glacée, qu'elle craignait de ne pas pouvoir recevoir Miss Royall chez elle.

Charity se rendit compte aussitôt de ce qui avait dû se passer. Mr Royall avait certainement cédé une fois encore à son penchant pour la boisson; mais la jeune fille devina que ce n'était pas les médiocres tentations de Starkfield qui l'avaient poussé à s'enivrer, mais plutôt le chagrin de se séparer d'elle.

Mr Royall était un homme profondément taciturne et solitaire, et cela Charity l'avait compris, car elle l'était elle-même, et au même degré. Lui et elle, face à face dans cette triste maison, avaient sondé les profondeurs de l'isolement, et bien qu'elle ne ressentît pour lui aucune affection particulière, ni même la plus simple reconnaissance, elle le plaignait néanmoins, parce qu'elle se rendait compte qu'il était supérieur aux gens qui l'entouraient, et qu'elle était le seul être humain dressé entre lui et la solitude. Aussi, quand Miss Hatchard la fit venir quelques jours plus tard pour lui parler d'une pension à Nettleton, et lui dire que, cette fois, une dame de ses amies «ferait les arrangements nécessaires», Charity coupa court à cette offre en disant qu'elle avait pris la décision de ne pas quitter North Dormer.

Miss Hatchard, surprise, la sermonna doucement, mais sans résultat. Charity répéta simplement :

— Je ne peux laisser Mr Royall seul.

Miss Hatchard cligna des yeux derrière son pince-nez et sur sa longue figure mince s'imprimèrent de petites rides d'inquiétude. Elle se pencha en avant, s'appuyant sur le bras de son fauteuil d'acajou, et visiblement désireuse d'accomplir jusqu'au bout son devoir vis-a-vis de sa protégée.

— Ce sentiment vous fait honneur, mon enfant, mais cependant...

Elle se tut, interrogeant du regard les pâles boiseries de son salon vieillot, comme pour demander conseil aux daguerréotypes de ses grands-parents suspendus aux murs; mais leur regard immobile semblait accroître pour elle la difficulté de parler.

— Le fait est que ce n'est pas seulement... pas seulement à cause de votre éducation que je vous engage à aller à Nettleton. Il y a d'autres raisons... vous êtes trop jeune pour les comprendre... balbutia-t-elle.

— Oh, je les comprends très bien, interrompit Charity d'un ton brusque.

Miss Hatchard rougit ingénument jusque sous son bonnet de dentelle. Mais elle était visiblement soulagée de n'avoir pas à s'expliquer davantage.

Elle reprit, après avoir de nouveau imploré du regard ses daguerréotypes :

— Dans tous les cas, je ferai toujours tout ce que je pourrai pour vous... Et si... si plus tard vous changez d'avis... vous pourrez toujours venir me trouver...

Sur le perron de la maison rouge l'avocat attendait le retour de Charity. Il s'était rasé et se tenait tout droit devant elle dans son habit noir soigneusement brossé. A ces moments-là il avait vraiment quelque chose d'imposant et Charity ne pouvait s'empêcher de l'admirer.

— Eh bien, dit-il brusquement, est-ce arrangé?
— Non. Je ne pars pas.
— Vous n'allez pas à Nettleton?
— Ni là, ni ailleurs...

Il demanda alors d'une voix basse et grave :
— Pourquoi?
— J'aime mieux rester ici, fit-elle brièvement.

Et sans le regarder elle monta droit à sa chambre. La semaine suivante il lui rapporta le rosier grimpant de Hepburn : c'était le seul cadeau qu'il lui eût jamais fait.

Pendant les deux années qui suivirent, la vie de Charity s'écoula sans incident. Quand elle eut dix-sept ans, Mr Royall, qui évitait autant que possible d'aller à Nettleton, y fut appelé à propos d'un procès. Il exerçait encore sa profession, bien que les procès fussent plutôt rares à North Dormer et dans les hameaux environnants; et, quand l'occasion de plaider à Nettleton s'offrait à lui, il lui était difficile de refuser.

Il passa trois jours à Nettleton, gagna son procès et revint d'une humeur charmante. Ce soir-là, au souper, il parla longuement du chaleureux accueil que lui avaient fait ses vieux amis de la ville.

— Après tout, dit-il sur un ton de confidence, j'ai été un fameux imbécile de quitter Nettleton. C'est ma femme qui m'a fait faire cette sottise...

Charity comprit aussitôt que quelque chose d'humiliant et de pénible lui était arrivé, et qu'il ne parlait avec tant d'animation que pour en chasser le douloureux souvenir. Elle monta se coucher de bonne heure, laissant Mr Royall assis dans la salle à manger, les coudes sur la toile cirée de la table, enfoncé dans ses pensées maussades. En montant elle avait pris soin de retirer de la poche de son pardessus la clef du buffet où l'on enfermait la bouteille de whisky.

Au milieu de la nuit elle fut réveillée en sursaut par un bruit à sa porte; elle sauta de son lit et entendit la voix de Mr Royall.

— Ouvrez! disait-il.

Il parlait à voix basse, mais d'un ton décidé. Elle ouvrit, craignant un accident... aucune autre pensée ne lui vint d'abord. Mais quand elle vit Mr Royall sur le pas de la porte, le visage défait éclairé par un rayon de la lune automnale, elle comprit...

Pendant un moment ils se regardèrent en silence; puis, comme Mr Royall, s'avançant, posait déjà le pied sur le seuil, elle étendit brusquement le bras et l'arrêta :

— Allez-vous-en! s'écria-t-elle d'une voix perçante qui la surprit elle-même. Vous n'aurez pas la clef du buffet.

— Charity, de grâce, laissez-moi entrer. Je ne veux pas la clef du buffet. Je suis un pauvre homme tout seul, continua-t-il de cette voix profonde qui l'émouvait parfois.

D'un geste méprisant elle le tenait à distance.

— Je crois que vous vous trompez. Ce n'est plus ici la chambre de votre femme.

Elle n'avait pas peur; elle ne ressentait qu'un immense dégoût. Peut-être le devina-t-il, ou le lut-il sur son visage, car après l'avoir regardée fixement pendant quelques secondes, il recula et s'en retourna lentement... L'oreille à la serrure, Charity l'entendit d'abord chercher son chemin en tâtonnant dans l'escalier obscur, puis se diriger vers la cuisine. Elle s'attendait à ce que le panneau du buffet sautât sous un coup de poing exaspéré; mais elle ne perçut que le bruit de la porte de la maison qui s'ouvrait, puis à travers la fenêtre lui parvint l'écho des pas lourds de Mr Royall. Cachée derrière les volets elle le vit, tout penché, descendre le sentier du jardin et monter la route déserte éclairée par la lune. Alors, tout à coup, la peur s'empara d'elle, et elle se blottit en grelottant sous les couvertures de son lit.

....

Un ou deux jours plus tard, la pauvre Eudora Skeff, qui avait été la gardienne de la bibliothèque Hatchard, mourait subitement d'une congestion pulmonaire. Le lendemain de l'enterrement, Charity se présenta chez Miss Hatchard et lui demanda d'être nommée bibliothécaire. La requête parut surprendre vivement la vieille demoiselle; évidemment, Miss Hatchard doutait un peu des capacités de la nouvelle candidate.

— Mon Dieu, mon enfant, je ne sais pas... N'êtes-vous pas un peu jeune? demanda-t-elle en hésitant.

— J'ai besoin de gagner de l'argent, répondit brièvement Charity.

— Mr Royall ne vous donne-t-il pas tout ce dont vous avez besoin? Personne n'est riche à North Dormer.

— J'ai besoin de gagner assez pour m'en aller.

— Vous en aller?

Les petites rides inquiètes de Miss Hatchard se creusèrent plus profondément, et il y eut un silence pénible.

— Vous voulez donc quitter Mr Royall? continua-t-elle, visiblement gênée.

— Oui... ou bien, je veux une autre femme avec moi dans la maison, dit Charity d'un air résolu.

Les mains nerveuses de Miss Hatchard se crispèrent sur les bras de son fauteuil. Elle jeta un regard d'imploration vers les portraits fanés pendus au mur, et après un petit toussotement elle poursuivit d'un ton indécis :

— Les... les travaux de ménage sont sans doute trop durs pour vous?

Le cœur de Charity se glaça. Elle comprit que Miss Hatchard ne voulait pas comprendre, et qu'elle devait dès lors trouver, à elle seule, le moyen de sortir de sa situation pénible. Un sentiment d'isolement plus profond l'accabla. Il lui semblait avoir soudain incroyablement vieilli.

«La pauvre! Il faut lui parler comme à un enfant», pensa-t-elle, prise de compassion pour la puérilité incorrigible de la vieille fille.

— Oui, c'est cela, dit-elle tout haut, le travail de la maison est trop dur; j'ai beaucoup toussé cet automne.

Elle remarqua l'effet immédiat que produisirent ces dernières paroles. Miss Hatchard avait pâli au souvenir de l'enlèvement subit de la pauvre Eudora. Elle promit immédiatement de faire ce qu'elle pourrait afin d'obtenir le poste de bibliothécaire pour sa protégée. Evidemment, il y avait des gens qu'elle devait consulter : le pasteur, les conseillers municipaux de North Dormer, et aussi un parent éloigné des Hatchard qui habitait Springfield.

— Si seulement vous aviez été au pensionnat! soupira-t-elle.

Elle accompagna Charity en boitant jusqu'à la porte, et là, comme rassurée par le fait que la conversation touchait à sa fin, elle ajouta, en posant sur la jeune fille son doux regard évasif :

— Je sais que Mr Royall est... difficile parfois; mais sa femme le supportait chrétiennement. Suivez son exemple... et souvenez-vous toujours, Charity, que c'est Mr Royall qui vous a ramenée de la «Montagne».

Charity rentra. Dès qu'elle fut à la maison, elle alla tout droit au cabinet de travail de Mr Royall. Elle le trouva assis près du poêle, lisant les discours de Daniel Webster. Cinq jours s'étaient écoulés depuis la nuit où il était venu à sa porte. Depuis ce temps, ils s'étaient trouvés ensemble aux repas, et elle avait suivi à côté de lui l'enterrement de

Eudora Skeff; mais ils n'avaient pas échangé une parole.

En la voyant entrer Mr Royall eut un sursaut d'étonnement. Charity remarqua qu'il n'était pas rasé et qu'il avait l'air plus vieux que d'habitude. Cependant, comme elle l'avait toujours considéré comme un vieillard, sa figure ravagée ne l'émut pas. Elle lui dit brièvement qu'elle avait été chez Miss Hatchard, et lui expliqua le but de sa visite. Il parut surpris, mais ne fit aucun commentaire.

— Je lui ai dit que les travaux du ménage étaient trop durs pour moi, et que je voulais gagner de quoi payer une servante; mais c'est vous qui la payerez. Je veux garder pour moi l'argent que je gagnerai...

Les sourcils broussailleux de Mr Royall se froncèrent et ses doigts tachés d'encre tapotèrent le bord de son bureau...

— Pourquoi voulez-vous de l'argent? demanda-t-il.

— Pour m'en aller quand j'aurai de quoi me chercher une situation ailleurs.

Il hésita et demanda d'une voix blanche :

— Pourquoi voulez-vous vous en aller Charity?

Elle le toisa avec un ricanement de mépris.

— Vous imaginez-vous que personne consentirait à rester de son plein gré à North Dormer? Vous-même, vous n'y consentiriez pas... tout le monde le dit.

La tête basse il demanda :

— Où iriez-vous?

— Là où je pourrai gagner ma vie. J'essayerai ici d'abord, et si ce n'est pas possible j'irai ailleurs, n'importe où...; je retournerai à la Montagne s'il le faut.

Elle s'arrêta sur cette menace, voyant qu'elle avait produit son effet.

— Je voudrais que vous interveniez auprès de Miss Hatchard et des conseillers pour que l'on m'obtienne le poste de bibliothécaire. Et je désirerais qu'il y ait ici une femme avec moi, ajouta-t-elle.

Mr Royall était devenu très pâle. Quand elle eut fini, il se redressa pesamment, s'appuyant contre le bureau de ses deux mains musclées et velues. Pendant une seconde ils se regardèrent sans parler.

— Ecoutez, finit-il par articuler d'une voix sourde, comme si les mots qu'il voulait prononcer l'étouffaient, j'ai quelque chose à vous dire. Il y a longtemps que je désire vous en parler... Voulez-vous que nous nous mariions?

La jeune fille, sans bouger, continuait à le regarder fixement.

— Je veux vous épouser, répéta-t-il, et il toussa pour affermir sa voix.

Il continua :

— Le pasteur sera ici dimanche prochain. Nous pourrions être mariés par lui, ou bien, nous irons devant le juge de paix, à Hepburn, si vous préférez un mariage civil. Je ferai ce que vous désirez.

Haletant, il baissa les yeux sous l'impitoyable regard que Charity continuait à poser sur lui. Il se tenait là, devant elle, lourd, vieilli, presque sordide, sa toilette en désordre, les mains, dont les veines se gonflaient, appuyées sur le bureau... Sa longue mâchoire d'orateur tremblait de l'effort qu'il avait dû s'imposer pour faire son aveu : il apparut à la jeune fille comme la lamentable caricature du vieillard paternel qu'elle avait connu jadis.

— Me marier avec vous? Moi? lui jeta-t-elle dans un rire insolent. Etait-ce cela que vous veniez me dire l'autre nuit? Non, mais qu'est-ce qui vous prend, je me le demande... Depuis combien de temps ne vous êtes-vous pas regardé dans un miroir?

Elle se redressa triomphalement, consciente de sa jeunesse et de sa force.

— Sans doute vous êtes-vous dit que de m'épouser vous reviendrait moins cher que de prendre une servante. Tout le monde sait que vous êtes l'homme le plus avare du pays; mais soyez assuré que ce n'est pas moi qui vous recoudrai vos boutons pour rien.

Pendant qu'elle parlait, Mr Royall n'avait pas bougé. Son visage avait blêmi; ses sourcils noirs frémissaient, comme si l'insolent éclat du jeune regard de Charity l'aveuglait... Quand elle eut fini il leva péniblement la main.

— C'est bien, c'est bien, dit-il.

Il se dirigea lentement vers le vestibule et prit son chapeau à la patère. Sur le seuil de la porte il s'arrêta, et d'une voix accablée il constata:

— Les gens ont toujours été durs pour moi... toute ma vie durant on a été dur pour moi.

Et il sortit.

Quelques jours plus tard, North Dormer apprenait avec surprise que Charity avait été nommée bibliothécaire du *Hatchard Memorial* et que la vieille Verena Marsh, une pauvresse de l'hospice de Creston, venait habiter chez l'avocat Royall pour y tenir l'emploi de servante.

III

Ce n'était pas dans la pièce de la maison rouge dénommée *le cabinet de travail* que Mr Royall recevait ses rares clients.

Il fallait, pour sa dignité professionnelle et aussi pour son indépendance, que l'avocat eût son cabinet sous un autre toit, et sa situation d'unique avocat de North Dormer avait exigé qu'il s'installât dans le bâtiment qui abritait la mairie et le bureau de poste.

D'habitude, il s'y rendait deux fois par jour, le matin et l'après-midi. Le cabinet se trouvait au rez-de-chaussée de l'immeuble, avec une entrée séparée, et une plaque à demi effacée sur la porte. Avant d'y pénétrer, Mr Royall passait toujours par le bureau de poste pour y prendre son courrier — cérémonie le plus souvent inutile — et entrait à la mairie dire deux mots au secrétaire qui se tenait dans le bureau de l'autre côté du vestibule. Il se dirigeait ensuite vers la boutique d'en face, où Carrick Fry, l'épicier, lui réservait toujours une chaise. Il était sûr de trouver là un ou deux conseillers municipaux appuyés nonchalamment sur le long comptoir, au milieu d'une atmosphère chargée d'odeur de chanvre, de cuir, de goudron et de café. Mr Royall, presque toujours silencieux chez lui, ne détestait pas, les jours où il était bien disposé, communiquer ses opinions à ses concitoyens; peut-être aussi ne tenait-il pas à ce que ses clients le vissent assis tout seul, oisif et sans clerc, dans son triste et poussiéreux cabinet. En tout cas, ses heures de présence là n'étaient pas beaucoup plus longues ni plus régulières que celles durant lesquelles Charity se morfondait à la bibliothèque. Le reste du temps il le passait soit chez l'épicier, soit en carriole, à courir le pays pour des affaires intéressant les compagnies d'assurances dont il était le représentant; soit encore chez lui, plongé dans la lecture de l'*Histoire des Etats-Unis* de Bancroft ou dans celle des discours de Daniel Webster.

Depuis le jour où Charity avait signifié à Mr Royall son désir de succéder à Eudora Skeff, leurs rapports avaient changé d'une façon indéfinissable mais très nette. Mr Royall avait tenu sa parole. Il avait obtenu pour la jeune fille la place qu'elle désirait, et cela non sans peine, à en juger par le nombre des candidates rivales, et l'hostilité que deux d'entre elles, Orma Fry et l'aînée des sœurs Targatt, continuèrent de lui témoigner pendant près d'un an. Il avait aussi pris comme cuisinière la vieille Verena Marsh, de Creston. Verena était une pauvre veuve, faible d'esprit et sans ressources; Charity devina tout de suite qu'elle ne recevait que sa pension en payement de ses services... Mr Royall était trop avare pour donner quelques dollars par mois à une servante stylée quand il pouvait obtenir, pour rien, les services d'une pauvre sourde. Mais enfin, Verena était dans la maison, logée dans la mansarde au-dessus de la chambre de Charity, et le fait qu'elle était sourde ne gênait pas beaucoup la jeune fille, car celle-ci savait qu'elle n'avait nullement besoin d'être protégée contre les tentatives de Mr Royall.

Elle comprenait parfaitement que ce qui était arrivé cette nuit dont elle gardait un si pénible souvenir ne se reproduirait plus. Elle sentait que, si profondément qu'elle pût mépriser Mr Royall, celui-ci se méprisait lui-même encore bien davantage. Si elle avait exigé la présence d'une femme dans la maison, c'était bien moins pour sa propre défense que pour humilier Mr Royall. Elle n'avait besoin de personne pour la défendre : l'orgueil humilié de Mr Royall serait toujours sa plus sûre protection. Il n'avait jamais proféré un mot d'excuse ni essayé d'atténuer sa faute. Entre eux, l'incident était oublié. Mais ses conséquences demeuraient latentes, et dans les paroles qu'ils échangeaient et dans leurs regards qui se détournaient instinctivement l'un de l'autre. Rien, désormais, ne pouvait plus ébranler l'autorité de Charity dans la maison rouge.

Le soir de sa rencontre avec le cousin de Miss Hatchard, couchée dans son petit lit de fer, les bras nus croisés sous sa tête, elle continuait à penser à lui. Sans doute avait-il l'intention de séjourner quelque temps à North Dormer, puisqu'il lui avait dit qu'il voulait étudier les vieilles maisons des environs. Elle ne saisissait pas, au juste, ce qu'il voulait dire par là, puisque toutes les maisons du pays étaient vieilles et lui semblaient également laides et tristes; mais elle comprit qu'il avait besoin de se documenter, et elle prit aussitôt la résolution de rechercher dès le lendemain matin le volume qu'elle n'avait pu trouver, ainsi que tous ceux qui lui sembleraient se rapporter au même sujet. Jamais son ignorance de la vie et de la littérature n'avait tant pesé sur elle que maintenant alors qu'elle repassait en esprit leur brève conversation...

— Cela ne sert à rien d'essayer d'être quelque chose ici, murmura-t-elle, et elle frémissait à la pensée de la vie inconnue des grandes villes — de villes encore plus brillantes que Nettleton, où des jeunes filles plus élégantes encore qu'Annabel Balch discouraient sur l'architecture avec des jeunes gens aux mains aussi soigneusement tenues que celles de Lucius Harney!

Puis elle se rappela la façon brusque dont il s'était arrêté devant son pupitre, en posant son regard sur elle pour la première fois. Soudain il avait oublié ce qu'il allait lui dire; Charity revit aussi le changement de son visage... Sautant de son lit, elle courut sur le plancher nu jusqu'à la commode, alluma une bougie et l'éleva à la hauteur du miroir carré accroché au mur blanc. Sa figure, d'habitude si pâle, s'épanouissait comme une rose sous la lumière; et sous sa chevelure en désordre ses yeux semblaient plus profonds et plus grands que dans le jour. Peut-être avait-elle tort de regretter qu'ils ne fussent pas bleus... Un col étroit fermé par un bouton serrait au cou sa chemise de nuit en coton écru. Elle l'ouvrit, mit à nu ses minces épaules, et se vit en robe de mariée, sortant du temple au bras de Lucius Harney. Sur le seuil de l'église il s'arrêtait et posait un baiser sur ses lèvres... Elle remit soudain la bougie sur la commode et se couvrit le visage avec les mains, comme pour y emprisonner le baiser rêvé. A ce moment, elle entendit le pas pesant de Mr Royall qui montait dans sa chambre. Une réaction violente la bouleversa toute. Jusqu'alors elle l'avait seulement méprisé; maintenant une haine profonde emplissait son cœur. Il n'était plus pour elle qu'un vieillard grotesque et repoussant...

Le lendemain, quand Mr Royall rentra pour le repas de midi, ils se firent vis-à-vis, en silence, comme d'habitude. La présence de Verena leur servait de prétexte pour se taire, bien que sa surdité eût permis une complète liberté de parole. Mais le repas terminé, quand Mr Royall se leva de table, il se tourna vers Charity qui était restée auprès de la vieille femme pour l'aider à desservir.

— Je voudrais vous parler, dit-il.

Elle le suivit, étonnée, et entra dans son cabinet de travail.

Il était assis dans le grand fauteuil de cuir, Charity s'appuya nonchalamment contre la fenêtre, d'un air indifférent. Elle était impatiente, cette fois, de gagner la bibliothèque, afin de chercher le livre sur North Dormer que le jeune Harney lui avait demandé.

— Dites-moi, fit l'avocat, pourquoi n'êtes-vous pas à la bibliothèque les jours où vous devez y être?

Cette question inattendue arracha Charity brutalement à son rêve. Sans proférer une parole elle regarda fixement Mr Royall.

— Qui vous a dit que je n'y suis pas? demanda-t-elle enfin.

— Il y a eu des plaintes, paraît-il. Miss Hatchard m'a fait venir ce matin à ce sujet.

La rancune de Charity éclata.

— Ah! je comprends! C'est Orma Fry, ou cette vilaine Ida Targatt... ou bien Ben Fry, ce rien du tout qui tourne autour d'elle. Ah! les sales espions! Je savais bien qu'ils cherchaient à me faire partir! Comme si elle servait à quelque chose, cette ridicule bibliothèque, où personne ne met jamais les pieds!

— Pourtant, quelqu'un y est venu, hier, et vous n'y étiez pas.

— Hier? dit-elle distraitement, en souriant à ses heureux souvenirs. A quel moment n'y étais-je pas hier?

— Vers quatre heures.

Charity se tut. Tout entière au souvenir de la visite du jeune Harney, elle avait complètement oublié que, dès le départ de celui-ci, elle avait quitté la bibliothèque et pris la clef des champs.

— Qui donc est venu à quatre heures? demanda-t-elle, intriguée, cette fois, à son tour.

— Miss Hatchard.

— Miss Hatchard? Mais elle n'a jamais mis les pieds à la bibliothèque depuis son accident. Elle n'aurait pas pu monter les marches...

— On l'aura aidée, sans doute. Elle y a été hier, en tout cas, avec le jeune homme qui est en ce moment en visite chez elle. Il paraît qu'il est allé à la bibliothèque au commencement de l'après-midi, et qu'en rentrant il a déclaré à Miss Hatchard que les livres étaient en mauvais état et la bibliothèque mal tenue. Elle s'en est émue et a voulu s'y rendre immédiatement. Arrivée à la porte, elle a trouvé celle-ci fermée; alors elle m'a fait venir, et m'a raconté la chose. Elle prétend qu'il y a eu en outre de nombreuses plaintes, et déclare qu'elle va vous faire remplacer par une bibliothécaire de profession.

Charity, désemparée, l'écoutait en silence. La tête appuyée contre le montant de la fenêtre, les bras pendants, elle se tenait immobile, serrant ses mains l'une contre l'autre.

De tout ce qu'avait dit Mr Royall elle n'avait retenu que la phrase : «Il a dit à Miss Hatchard que les livres étaient en mauvais état.»

Que pouvaient bien lui faire les autres accusations? Vraies ou fausses, elle les méprisait comme elle méprisait ses détracteurs. Mais que l'étranger vers qui elle s'était sentie si mystérieusement attirée l'ait ainsi soudainement trahie! Qu'au moment même où elle s'était enfuie sur la colline pour mieux penser à lui, il soit rentré en hâte pour dénoncer sa négligence à Miss Hatchard! Non, cela ne pouvait être... Elle se souvint de quelle façon, dans l'obscurité de sa chambre, elle s'était couverte le visage pour y emprisonner le baiser imaginé, et son cœur se mit à frémir de colère contre le jeune homme...

— C'est bien... je partirai, conclut-elle tout à coup. Je partirai tout de suite.

— Partir où? s'écria l'avocat.

Elle perçut de l'effroi dans la voix de Mr Royall...

— Hors de leur bibliothèque, et tout de suite encore... et jamais je n'y remettrai les pieds. Vous entendez?... Je ne veux pas qu'ils s'imaginent que je vais attendre qu'ils me mettent à la porte.

— Charity!... Charity, écoutez... supplia Mr Royall en se levant lourdement de sa chaise.

Mais elle fit un geste comme pour le repousser et sortit vivement de la pièce.

Elle monta prendre la clef de la bibliothèque à l'endroit où elle la cachait toujours, sous sa pelote.

(Qui donc osait dire qu'elle n'avait pas d'ordre?) Puis, mettant son chapeau, elle descendit vivement dans la rue. Si Mr Royall l'entendit partir, il ne fit aucun mouvement pour la rappeler. Ses propres accès de colère lui faisaient probablement comprendre qu'il était inutile de raisonner avec ceux de Charity.

Elle atteignit le petit temple consacré à la mémoire du jeune Hatchard, et entra dans la pénombre glaciale.

— Au moins je ne serai plus obligée de me morfondre dans ce caveau tandis que *les autres* sont dehors au soleil! dit-elle à voix haute, prise du petit frisson qui l'assaillait toujours quand elle franchissait le seuil de la bibliothèque.

Elle regarda avec dégoût les longues rangées de livres poussiéreux, la Minerve au profil de brebis sur son socle noir; et le jeune homme au sourire béat, engoncé dans sa grande cravate, dont l'effigie pendait au-dessus de son bureau. Elle voulait reprendre dans le tiroir son rouleau de dentelle et le registre de la bibliothèque, et se rendre tout de suite chez Miss Hatchard afin de lui remettre sa démission. Mais soudain, un grand désespoir s'abattit sur elle et elle se laissa choir lamentablement sur sa chaise, le visage appuyé contre le rebord du bureau. Son cœur était ravagé par la découverte la plus cruelle que la vie nous réserve : le premier être humain venu vers elle à travers le désert de son existence lui avait apporté l'angoisse au lieu de lui apporter la joie. Elle ne pleurait pas; elle pleurait difficilement, et les orages de son cœur s'épanchaient intérieurement. Mais comme elle restait là dans sa douleur muette, elle sentit tout à coup sa vie par trop désolée, par trop laide et par trop intolérable...

— Qu'ai-je donc fait pour être si malheureuse? gémit-elle, appuyant ses mains contre ses paupières qui commençaient à se gonfler de larmes.

Et dans ses sanglots qui lui barraient la gorge, elle hoquetait :

— Non. Je ne veux pas... je ne veux pas aller là-bas avec une telle figure!

Mais bientôt elle prit son parti. Elle se redressa et poussa en arrière ses lourds cheveux comme s'ils l'étouffaient; puis, elle ouvrit le tiroir, s'empara du registre et se dirigea vers le seuil...

A ce moment la porte s'ouvrit et le jeune cousin de Miss Hatchard entra en sifflotant.

IV

Harney s'arrêta brusquement en face de la jeune fille et, avec un sourire embarrassé, se découvrit.
— Je vous demande bien pardon, dit-il, je croyais qu'il n'y avait personne.
Charity, vivement redressée, lui barrait le chemin.
— Vous ne devez pas entrer. La bibliothèque n'est pas ouverte le mercredi.
— Je le sais, mais ma cousine m'a donné sa clef...
— Miss Hatchard n'a, pas plus que moi, le droit de donner sa clef à une tierce personne. Je suis encore la bibliothécaire, et je connais le règlement de ma bibliothèque, je pense!
Le jeune homme la regarda d'un air surpris.
— Je le sais, et je suis désolé de constater que ma visite vous importune...
— Sans doute, reprit-elle, toute frémissante, êtes-vous venu voir si vous ne trouveriez pas encore quelque chose à signaler contre moi... Ne vous en donnez pas la peine. Je suis bibliothécaire aujourd'hui, mais je ne le serai plus demain. Quand vous êtes entré je m'apprêtais à rapporter à Miss Hatchard la clef et le registre... avec ma démission.
Le jeune homme cessa de sourire, mais son regard ne révéla pas la culpabilité consciente dont elle épiait le signe sur son visage.

— Je ne comprends pas, dit-il doucement. Voyons, il doit y avoir une erreur. Pourquoi dirais-je du mal de vous à Miss Hatchard... ou à qui que ce soit?

Cette réponse, qui lui parut évasive, mit le comble à l'exaspération de Charity.

— Je ne sais pas pourquoi vous le feriez, en effet ; je le comprendrais mieux de la part d'Orma Fry, qui a toujours cherché à me faire renvoyer, bien qu'elle ait son chez elle, et qu'elle soit nourrie par son père... et aussi d'Ida Targatt, qui ne me pardonne pas d'avoir pris cette place, elle, qui a hérité de son frère il y a un an! Mais en tout cas, nous habitons tous le même endroit ; et, quand on végète ensemble dans un pauvre petit trou comme North Dormer, il suffit, pour que les gens se haïssent, qu'ils se rencontrent tous les jours dans la rue. Mais vous, vous qui n'êtes pas d'ici, et qui ne nous connaissez pas, de quoi vous êtes-vous mêlé? Croyez-vous que ces autres jeunes filles auraient rempli leurs devoirs mieux que moi? Mais Orma Fry sait à peine distiguer un livre d'un fer à repasser! Que je reste ici jusqu'à ce que cinq heures sonnent à l'église... ou que je n'y reste pas... qui cela peut-il gêner? Qui se soucie à North Dormer de savoir si la bibliothèque est ouverte ou fermée? Pensez-vous sérieusement qu'on vienne ici chercher des livres? Ce qu'elles voudraient, toutes ici, ce serait que je leur laisse donner rendez-vous aux jeunes gens du pays à la bibliothèque. Mais jamais je ne permettrai à ce rien du tout de Bill Sollas de venir s'installer dans cette salle pour y attendre la petite Targatt. Je le connais, ce garçon-là... même si je ne m'y connais pas en livres comme peut-être le devrais-je...

Elle s'arrêta, suffoquée. Un tremblement de rage la secouait, et pour qu'il ne la vît pas chanceler elle alla s'appuyer contre le bureau.

Le jeune homme, d'abord ahuri par cette sortie, parut profondément affecté. Il rougit sous son hâle et balbutia :

— Mais, Miss Royall, je vous assure... je vous assure...

Son embarras ne fit qu'exciter la colère de Charity ; et la voix lui revint pour répliquer dédaigneusement :

— A votre place, j'aurais au moins le courage de m'en tenir à ce que j'ai dit...

Ce sarcasme parut rendre à Harney sa présence d'esprit.

— Peut-être aurais-je ce courage si je savais ce dont il s'agit. Je sais bien qu'il vous est arrivé quelque chose de désagréable, de pénible, dont vous me croyez responsable... Mais j'ignore tout à fait à quoi vous faites allusion : je rentre à l'instant seulement de l'Eagle Range, où je me suis promené toute la matinée.

— Je ne sais où vous avez passé votre matinée, mais vous êtes venu hier à la bibliothèque, et c'est vous qui, hier, en rentrant avez dit à votre cousine que les livres étaient en mauvais état... c'est également vous qui l'avez amenée ici pour lui faire constater ma négligence...

Le jeune homme regarda Charity avec des yeux navrés.

— C'est cela que l'on vous a dit? Je ne m'étonne plus de votre colère. Il est vrai que les livres sont en mauvais état, et c'est tout à fait dommage, car il y en a d'intéressants. J'ai en effet dit à Miss Hatchard qu'ils souffraient de l'humidité et du défaut d'air ; et si je l'ai fait venir, c'était pour lui montrer combien il était facile de ventiler la pièce. Je lui ai dit aussi que vous aviez besoin de quelqu'un pour vous aider à épousseter les livres et à leur donner de l'air de temps en temps. Si l'on vous a mal répété ce que j'ai dit, je le regrette et j'en suis peiné ; mais j'aime tant les vieux bouquins que je préférerais les voir jetés au feu plutôt que livrés à la moisissure comme le sont ceux-ci.

Charity sentit qu'un sanglot lui montait à la gorge. Elle essaya de l'étouffer sous un flux de paroles.

— Je ne me soucie pas de ce que vous avez pu dire à votre cousine. Ce que je sais, c'est que je vais perdre mon emploi parce qu'elle pense que tout cela est de ma faute. J'en avais pourtant besoin plus que n'importe qui à North Dormer, car je ne suis pas comme les autres, moi, je n'ai ni aisance, ni parents. Tout ce que je désirais, c'était mettre de côté assez d'argent pour m'en aller un jour de cet affreux village. Sans cela, croyez-vous que je serais venue me morfondre tous les jours dans ce vieux caveau ?

Le jeune homme ne parut retenir de ces plaintes que la dernière.

— C'est un vieux caveau, en effet ; mais est-il bien nécessaire qu'il en soit ainsi ? C'est sans doute cette question que j'ai posée à ma cousine qui est la cause de ce stupide malentendu.

Son regard explora la pénombre mélancolique de la longue pièce étroite, s'arrêtant sur les murs humides, sur les rangs de livres aux reliures déteintes et le triste bureau de palissandre que surmontait le portrait du jeune Honorius.

— Evidemment on ne peut pas faire grand-chose de bien avec une construction adossée à un talus comme l'est ce mausolée grotesque ; on ne pourrait le ventiler vraiment qu'en perçant un trou dans la montagne. Mais on peut tout de même faire pénétrer un peu d'air et de soleil ; et, si vous le voulez, je vous montrerai comment il faudrait s'y prendre...

Son zèle professionnel lui faisait perdre de vue le grief de la jeune fille ; il se mettait déjà à lui donner des explications, en désignant du bout de sa canne certains points de la corniche. Mais le silence de Charity lui ayant fait comprendre qu'elle ne s'intéressait nullement à la ventilation de la bibliothèque, il se retourna brusquement vers elle, et lui dit, en lui tendant les deux mains :

— Voyons... ce n'est pas sérieux, ce que vous avez dit? Vous ne pouvez pas croire que j'ai fait quoi que ce soit pour vous faire de la peine?

La voix du jeune homme était devenue très douce, et Charity se sentit faiblir ; personne ne lui avait encore parlé sur ce ton.

— Mais alors, pourquoi avez-vous parlé de la sorte à votre cousine? demanda-t-elle.

Ses mains étaient restées dans celles de Harney qui lui serrait légèrement les doigts : c'était la douce étreinte dont elle avait rêvé la veille sur la colline.

— Mais pour rendre cet endroit plus habitable pour vous et meilleur pour les livres. Je suis désolé que ma cousine ait brodé là-dessus. Elle est nerveuse et s'exagère tout ce qu'on lui dit. J'ai eu tort de ne pas m'en souvenir.

Il ajouta, en la voyant prête à se rendre :

— Ne me punissez pas en lui laissant croire que vous la prenez au sérieux.

La jeune fille restait tout étonnée de l'entendre parler de Miss Hatchard comme d'une enfant irresponsable. En dépit de son regard timide, Harney avait l'aplomb que devait, sans soute, donner l'expérience des grandes villes. Le fait de venir de Nettleton donnait à Mr Royall, malgré ses faiblesses connues, une supériorité incontestable sur tous les autres habitants de North Dormer ; et Charity devinait que Lucius Harney devait avoir habité des villes autrement importantes que Nettleton.

Elle sentit que si elle continuait à parler sur le même ton agressif il la classerait sûrement dans la catégorie des vieilles filles ridicules comme sa cousine, et cette pensée la rendit tout à coup simple et sincère.

— Miss Hatchard se soucie peu de mon opinion, déclara-t-elle. Mr Royall prétend qu'elle veut prendre une autre bibliothécaire, et je préfère donner ma démission plutôt que d'entendre dire par tout le village que l'on m'a renvoyée.

— Là vous avez raison. Mais je suis persuadé qu'elle ne songe nullement à vous renvoyer. En tout cas, voulez-vous me permettre de me renseigner d'abord ? Vous aurez tout le temps de donner votre démission si je me suis trompé.

Charity rougit : cette offre à peine déguisée d'une intervention en sa faveur la froissait.

— Je ne veux pas qu'on lui demande de me garder si je ne lui conviens pas.

Ce fut au tour de Harney de rougir.

— Je vous donne ma parole de ne pas le lui demander. Attendez seulement jusqu'à demain matin, voulez-vous? Tout en parlant il la fixait de ses yeux timides : Fiez-vous à moi, je vous en prie, ajouta-t-il doucement, en la regardant toujours.

Brusquement toutes les rancunes de Charity se dissipèrent sous son regard, et elle murmura d'une voix sourde, en détournant les yeux :

— C'est bien; j'attendrai.

V

Jamais l'Eagle County n'avait vu un mois de juin plus radieux. D'habitude, dans cette région montagneuse, c'était une période de brusques changements. D'un froid septentrional on passait subitement à une chaleur de plein été ; mais cette année-là la température restait délicieusement douce et tempérée. Tous les matins, venant des collines, une forte brise soufflait jusqu'à midi, ramassant les nuages qui formaient comme d'immenses baldaquins inondés de lumière argentée, projetant une ombre fraîche sur les champs et les bois. Un peu avant le soir, ces nuages se dissipaient, et l'or du couchant baignait alors de ses rayons obliques le ciel pur et la vallée.

Par un de ces après-midi, Charity Royall s'était étendue sur une hauteur, au-dessus d'une prairie ensoleillée. Son visage, caché dans l'herbe, se grisait de la chaude haleine de la terre qui semblait courir dans ses veines. Juste en face d'elle, une branche de ronce profilait, sur le ciel clair, ses fleurs blanches, si frêles, et ses feuilles d'un vert bleuâtre. Un peu plus loin, une touffe de fougères se dressait parmi les herbes folles où voletait, comme une tache de soleil, un papillon jaune. C'était là tout ce qu'elle voyait ; seulement elle sentait, au-dessus d'elle, la douce et forte vie de la nature, la croissance des hêtres couvrant le sommet de la colline, le gonflement des cônes d'un vert pâle sur les branches des sapins, la poussée des myriades de fougères dans les interstices des rochers dévalant sur la pente, l'éclosion des reines-des-prés et des iris d'eau dans les pâturages humides. Tout ce bouillonnement de sève, ces bourgeons éclatants, ces calices s'ouvrant, emplissaient l'air de mille odeurs confondues. On eût dit que chaque tige, chaque feuille, chaque bouton donnait sa note dans ce concert harmonieux, suave et pénétrant où l'arôme puissant des sapins dominait sur la senteur du thym et le parfum subtil des fougères, pour se perdre dans une odeur de terre humide pareille à l'haleine d'une bête géante se chauffant au soleil.

Charity était là depuis longtemps, ivre de chaleur, immobile et baignée de soleil comme le talus où elle s'était couchée, quand, brusquement, entre ses yeux et le papillon dansant, surgit la vision d'un gros soulier sale et usé, couvert de terre rougeâtre.

— Prenez donc garde! s'écria-t-elle, se redressant et allongeant le bras dans un geste de défense.

— A quoi donc? demanda une voix rauque au-dessus de sa tête.

— Ne marchez pas sur ces fleurs, espèce de lourdaud, répliqua-t-elle en se relevant sur les genoux.

Le pied s'arrêta, puis gauchement vint écraser la branche. Elle leva les yeux, et vit au-dessus d'elle un homme à la démarche pesante. Il portait une barbe rare, au poil fauve, et ses bras, à travers la chemise déchirée, montraient une peau très blanche.

— Vous êtes donc aveugle, Liff Hyatt? lui dit-elle brutalement tandis qu'il restait planté devant elle avec l'air d'un homme qui vient de marcher sur un nid de guêpes.

Il ricana:

— En tout cas, je vous ai vue, vous; c'est même la raison qui m'a fait descendre.

— D'où cela? questionna-t-elle, se penchant pour recueillir les pétales blanches que le pied de Hyatt avait fait tomber çà et là.

D'un geste il désigna les hauteurs.

— Je suis en train d'abattre des arbres pour... Targatt.

Charity, accroupie sur ses talons, le dévisageait d'un air absorbé. Certes, elle n'avait pas peur du pauvre Liff Hyatt bien qu'il «vînt de la Montagne» et que les jeunes filles du pays prissent quelquefois la fuite à son apparition. Parmi les gens plus sensés il passait pour un être inoffensif. Il était une sorte de lien entre les sauvages de la Montagne et les habitants civilisés des vallées, et il descendait de temps en temps pour exécuter des travaux de bûcheron ou pour prêter son aide à un fermier quand on manquait de bras. D'ailleurs, Charity savait que, personnellement, elle n'avait rien à craindre des gens de la Montagne. Liff le lui avait dit quand elle était petite fille, un jour qu'il l'avait rencontrée à la lisière du pré de l'avocat Royall.

— Pas un, là-haut, qui vous toucherait s'il vous plaisait jamais d'y monter... mais je ne crois pas que vous y montiez jamais, avait-il ajouté, en regardant les souliers neufs de Charity et le beau ruban rouge que Miss Royall avait noué dans ses cheveux.

C'était vrai: Charity n'avait jamais eu le moindre désir d'aller voir le lieu de sa naissance.

Elle ne se souciait pas de rappeler qu'elle était de la Montagne, et elle préférait, en général, qu'on ne la surprît pas causant avec Liff Hyatt. Ce jour-là, cependant, elle n'était pas fâchée de le voir. Bien des choses s'étaient passées depuis le jour où le jeune Lucius Harney avait franchi la porte du *Hatchard Memorial*. Elle commençait soudain à envisager la vie d'une manière toute nouvelle, et l'utilité d'être en bons termes avec Liff Hyatt lui apparaissait pour la première fois. Curieusement, elle scrutait ce visage brûlé par le soleil et couvert de taches de rousseur, ces joues creuses, ces pâles yeux jaunes au regard vague d'animal inoffensif.

«Je me demande s'il est de ma famille», pensa-t-elle avec une petit frisson d'écœurement.

Elle l'interrogea d'un ton indifférent:

— La maison brune près du marais, du côté de Porcupine, est-elle habitée?

Liff Hyatt la considéra un instant avec surprise, puis se gratta la tête, et répondit en se dandinant, avec un ricannement bête:

— Ce sont toujours les mêmes gens qui habitent la maison brune.

— Est-ce qu'ils ne sont pas un peu vos parents?

— Ils ont le même nom que moi, répondit-il évasivement.

Mais Charity, le regardant bien en face, insista:

— Je veux y aller un de ces jours avec le jeune homme qui habite chez nous. Il est venu ici pour dessiner les vieilles maisons du pays.

Elle hésitait à entrer dans de plus amples explications, se doutant qu'elles auraient été absolument inintelligibles pour Liff Hyatt.

— Il désire visiter la maison brune et en faire une esquisse, poursuivit-elle.

Liff, l'air perplexe, promenait toujours ses doigts dans ses cheveux couleur paille lavée par les pluies. Il avait oublié son geste habituel et machinal qui consistait à chercher dans ses poches du tabac à chiquer.

— Est-ce un gars de la ville? finit-il par demander.

— Oui. Il fait des dessins. Il est en train, en ce moment, de prendre une esquisse de la maison Bonner.

Elle montrait au loin, de son bras tendu, une cheminée qu'on apercevait par-delà la pente de la prairie dévalant sous leurs pieds.

— La maison Bonner? répéta niaisement Liff.

— Oui. Vous ne comprenez pas... mais cela ne fait rien. Tout ce que j'ai à vous dire c'est qu'il doit aller chez les Hyatt dans un jour ou deux.

Liff avait l'air de plus en plus perplexe.

— Bash Hyatt n'est pas toujours de bonne humeur l'après-midi, conclut-il.

— Je sais. Mais je ne pense pas qu'il osera me refuser l'entrée de sa maison.

Elle avait redressé la tête, regardant Hyatt dans le blanc des yeux.

— J'accompagnerai Mr Harney : vous préviendrez Bash, n'est-ce-pas? continua-t-elle.

— Les Hyatt ne vous ennuieront pas. Mais pourquoi voulez-vous prendre un étranger avec vous?

— Je vous ai déjà dit pourquoi. Vous n'avez qu'à prévenir Bash.

Il contempla longuement les montagnes bleuâtres à l'horizon; puis son regard hésitant tomba sur la cheminée que l'on apercevait au bas du pré.

— Il est là-bas en ce moment?
— Oui.

Il s'était remis à se dandiner, les bras croisés, regardant toujours le paysage.

— Eh bien, on verra. Bonjour, finit-il par prononcer.

Il remonta la pente d'un pas traînant, mais à la hauteur au-dessus de l'endroit où se trouvait Charity il s'arrêta et se retourna pour lancer :

— A votre place, je n'irais pas à la maison brune un dimanche.

Puis il reprit sa marche lente, et s'enfonça dans la forêt. Très haut au-dessus d'elle, Charity entendit bientôt le bruit de sa hache.

Elle restait étendue sur la terre chaude, pensant aux choses lointaines que la venue du bûcheron avait réveillées en elle. De ses premières années, elle ne savait rien et jusqu'à ce jour aucune curiosité à ce sujet n'avait poussé en elle : elle éprouvait plutôt une répugnance secrète à explorer les coins de sa mémoire où traînaient, de-ci, de-là, certaines images à demi effacées. Cependant, tout ce qui lui était arrivé depuis ces dernières semaines l'avait profondément remuée et troublée. Elle se sentait prise pour elle-même d'un intérêt nouveau, absorbant, et cette curiosité soudaine projetait sa lumière sur tout ce qui se rapportait à son passé.

Même le fait de venir de la Montagne ne lui était plus indifférent. Tout ce qui d'une façon quelconque la touchait était devenu pour elle vivant et animé; même les choses dont elle était le moins fière prenaient de l'intérêt puisqu'elles étaient une partie de sa propre vie.

— Je me demande si Liff Hyatt a connu ma mère? se dit-elle tout haut.

Un frisson d'étonnement la secoua en pensant qu'une femme, qui avait été jadis jeune et souple, avec un sang vif comme celui qui courait dans ses veines, l'avait portée dans son sein, et avait veillé sur ses premiers sommeils. Elle avait toujours pensé à sa mère comme à une morte devenue depuis longtemps une anonyme poignée de poussière; et elle se demandait maintenant si cette mère, jadis jeune, n'était pas vivante encore et peut-être toute ridée et sordide, comme la pauvresse qu'elle avait quelquefois vue à la porte de la maison brune que Lucius Harney voulait dessiner.

Cette pensée la ramena à sa préoccupation principale, et elle ne songea plus aux conjectures qu'avait fait naître l'apparition de Liff Hyatt. Des spéculations concernant le passé ne pouvaient la retenir longtemps alors que le présent était si riche, l'avenir si radieux, et que Lucius Harney était là, tout près, penché sur son album, fronçant les sourcils, calculant, mesurant, et rejetant de temps en temps sa tête en arrière avec ce sourire qui la plongeait dans l'extase et faisait rayonner le monde autour d'elle.

Elle se dressa, mais à ce moment elle aperçut Harney qui montait la pente, et elle se laissa choir dans l'herbe pour l'attendre. Lorsqu'il dessinait, relevant le plan d'une de «ses maisons», comme elle les appelait, elle s'écartait le plus souvent et s'en allait seule dans les bois ou sur les collines. C'était un peu par timidité, et aussi à cause du sentiment qu'elle avait de son insuffisance. Elle souffrait surtout quand son compagnon, absorbé dans son travail et oubliant l'ignorance de la jeune fille et son inaptitude à comprendre la moindre de ses allusions, se laissait aller à monologuer sur l'art et sur la vie. Pour éviter l'embarras de l'écouter avec une figure qui trahissait son manque de compréhension, et surtout pour échapper au regard curieux des habitants des maisons devant lesquelles le jeune homme s'arrêtait tout à coup pour ouvrir son album, elle s'échappait vers quelque endroit d'où, sans être vue, elle pouvait le guetter, ou tout au moins apercevoir de loin la maison qu'il dessinait.

Il ne lui avait pas déplu, tout d'abord, que dans North Dormer et le voisinage on sût qu'elle conduisait le cousin de Miss Hatchard à travers la campagne dans la voiture qu'il avait louée à l'avocat Royall. Elle s'était toujours tenue à l'écart des amourettes de village sans savoir exactement si son orgueil farouche prenait naissance dans le sentiment de son origine suspecte, ou si elle se réservait pour un plus brillant destin. Parfois, elle enviait aux autres filles leurs préoccupations sentimentales, leurs longues promenades silencieuses et les caresses gauches qu'elles échangeaient avec les rares jeunes gens demeurés encore au village; mais si elle se représentait se frisant les cheveux ou mettant un ruban neuf à son chapeau pour Ben Fry, ou l'un des fils Sollas, sa fièvre juvénile tombait et elle se renfermait de nouveau dans son indifférence.

Maintenant elle savait la raison de ses dédains et de ses répugnances. Elle avait compris sa vraie valeur le jour où Lucius Harney, la regardant pour la première fois, avait perdu le fil de son discours et s'était appuyé, tout rougissant, sur le bord du bureau. Mais une autre sorte de timidité s'était développée alors en elle : c'était la terreur d'exposer aux regards vulgaires les trésors sacrés de son bonheur. Elle n'était pas fâchée que les voisins la soupçonnassent de flirter avec un jeune homme de la ville; mais elle ne désirait pas que tout le pays sût le nombre d'heures qu'elle passait en sa compagnie durant ces longues journées de juin. Ce que Charity redoutait le plus, c'était que les inévitables commentaires parvinssent aux oreilles de Mr Royall. Elle avait l'intuition que rien de ce qui la concernait n'échappait aux regards de l'homme silencieux sous le toit duquel elle vivait; et, en dépit de la latitude que North Dormer accordait aux couples d'amoureux, elle avait deviné que le jour où elle montrerait une préférence trop marquée, Mr Royall pourrait, suivant son expression, *la lui faire payer*. De quelle façon? elle ne s'en doutait pas; et sa crainte était d'autant plus grande qu'elle ne pouvait la définir. Si elle avait accepté qu'un des jeunes gens du village lui fît la cour, elle aurait eu moins d'appréhension : Mr Royall ne pouvait l'empêcher de se marier quand il lui plairait. Mais tout le monde savait que «flirter avec un gars de la ville» était une affaire bien différente, et moins avouable. Pas un village qui n'eût à montrer une victime de cette périlleuse aventure. Aussi la terreur qu'elle avait de l'intervention de Mr Royall rendait-elle plus aiguë la joie des heures qu'elle passait avec le jeune homme, tout en ajoutant à sa peur d'être vue trop souvent en sa compagnie.

Comme Lucius Harney approchait, elle se releva sur ses genoux, repliant ses bras derrière sa tête, dans cette pose indolente qui était sa façon à elle de traduire un bien-être profond.

— Vous savez, je vais vous emmener à la maison qui est au-dessous de Porcupine, annonça-t-elle, triomphalement.

— Quelle maison? Ah! oui, cette vieille masure près du marais, habitée par des gens qui ont l'air d'être des bohémiens. C'est tout de même curieux qu'une maison ayant encore des traces de véritable architecture ait été bâtie dans un pareil endroit. Ces gens me font l'effet d'être de vrais sauvages... Pensez-vous qu'ils nous laisseront seulement entrer.

— Ils feront tout ce que je leur dirai, fit-elle avec assurance.

Souriant à sa réponse, il s'étendit sur l'herbe, à côté d'elle.

— Tant mieux, fit-il gaiement. Je suis curieux de voir s'il subsiste encore à l'intérieur de la maison quelques traces de vieilles boiseries et j'aimerais bien causer un peu avec les habitants. Qui donc me disait, l'autre jour, que ces gens venaient de la Montagne?

Charity lui lança un regard de côté. C'était la première fois qu'il parlait de la Montagne autrement que comme d'un détail du paysage. Que connaissait-il à ce sujet, et que savait-il surtout des rapports qu'elle-même pouvait avoir avec cette mystérieuse région? Son cœur se mit à battre sous l'impulsion de la résistance instinctive qu'elle éprouvait toujours quand elle se croyait attaquée.

— La Montagne? Je n'ai pas peur de la Montagne, moi!

Harney parut ne pas comprendre son air de défi. Il était couché à plat ventre sur l'herbe, arrachant des brindilles de thym et les mâchonnant entre ses lèvres. Là-bas, au-dessus des replis des collines plus proches, la Montagne profilait sa masse violacée sur le ciel embrasé par le couchant.

— Il faudra absolument que j'y aille un de ces jours, à cette fameuse Montagne. Oui, je voudrais la voir, continua-t-il d'un ton rêveur.

Les battements de cœur de Charity s'apaisèrent et elle se retourna pour examiner les traits de Harney. Evidemment, il n'avait pas la plus légère intention de lui faire de la peine.

— Qu'y ferez-vous, à la Montagne? demanda-t-elle.

— Mais ce doit être un endroit curieux. Il paraît qu'il y a une colonie bizarre là-haut, composée de hors-la-loi qui y ont fondé une petite république indépendante. Vous avez dû en entendre parler; on m'a même assuré qu'ils s'arrangeaient pour n'avoir aucun rapport avec les gens des vallées. Ils les méprisent. Ce sont des véritables sauvages, m'a-t-on dit, mais qui doivent avoir pas mal de caractère.

Charity ne saisissait pas très bien le sens de ces mots «avoir pas mal de caractère», mais la façon dont Harney les avait prononcés trahissait une certaine admiration, et elle sentit grandir sa curiosité. Pour la première fois elle s'étonna de savoir si peu de chose sur la Montagne. Jamais elle n'avait posé de questions à ce sujet et personne ne lui avait offert de l'éclairer. North Dormer tenait la Montagne en suspicion et témoignait son mépris plutôt par le ton de ses allusions que par des commentaires explicites.

— Comme c'est curieux, continua-t-il, de songer que là-haut, si près de nous, sur la crête de cette montagne que nous voyons d'ici, il y a un petit groupe d'individus qui se fichent de tout le monde...

Ces mots firent tressaillir Charity. Ils semblaient lui fournir l'explication de ses révoltes et de ses obscurs défis, et elle se sentit impatiente d'en entendre davantage.

— Je ne connais pas grand-chose sur la Montagne et sur ceux qui l'habitent. Y a-t-il longtemps qu'ils sont là? demanda-t-elle.

— Personne ne le sait exactement. On m'a dit, à Creston, que les premiers colons furent des cheminots employés à construire, il y a quarante ou cinquante ans, le chemin de fer entre Springfield et Nettleton. Certains d'entre eux s'étant mis à boire eurent des démêlés avec la police et s'enfuirent. Ils se cachèrent dans la forêt. Un ou deux ans plus tard, le bruit se répandit qu'ils habitaient la Montagne. Sans doute d'autres vagabonds les rejoignirent... et des enfants sont nés. On dit qu'ils sont maintenant un peu plus d'une centaine. Ils semblent vivre tout à fait en dehors de la civilisation. Pas de juridiction, pas d'école, pas d'église; jamais un officier de la loi ne monte là-haut s'enquérir de ce que l'on y fait. On prétend que la crainte d'un mauvais coup entre pour beaucoup dans cette indifférence. Que raconte-t-on sur eux à North Dormer?

— Je ne sais pas. On dit que ce sont de méchantes gens.

— Vraiment? fit-il en riant. Eh bien, nous irons les voir ensemble, voulez-vous?

Elle rougit, et se tournant brusquement vers lui :

— Vous n'avez sans doute jamais entendu dire que je viens de la Montagne, moi. On m'en a ramenée quand j'étais toute petite.

— Vous?

Il s'était soulevé à demi, la regardant avec un intérêt plus vif.

— Vous êtes de la Montagne? Comme c'est curieux ! C'est sans doute à cause de cela que vous êtes si différente...

Elle sentit la joie la baigner jusqu'au fond de l'être. Il faisait son éloge... et cela parce qu'elle venait de la Montagne!

— Suis-je... si différente? balbutia-t-elle, feignant l'étonnement.

— Oh! combien.

Il prit sa petite main hâlée et y mit un léger baiser.

— Allons! dit-il, en route.

Il se leva, secoua les brins d'herbe qui s'étaient attachés à ses vêtements et s'écria :

— Quelle bonne journée!... Où irons-nous demain?

VI

Le même jour, après le repas du soir, Charity, assise à la fenêtre de la cuisine, écoutait les propos de Mr Royall et du jeune Harney qui causaient sur le perron.

Elle était restée à l'intérieur une fois la table desservie, attendant que Verena eût péniblement regagné sa mansarde. Charity avait installé sa chaise près de la fenêtre ouverte et se tenait immobile, les mains sur les genoux. La soirée était fraîche et silencieuse. Par-delà les collines noires, l'horizon teint de l'ambre du couchant passait lentement au vert pâle, puis à un bleu profond, un bleu de cobalt. Une grande étoile était suspendue dans le ciel. Le cri plaintif et doux d'une chouette s'élevait dans l'obscurité et ponctuait les paroles des deux hommes.

Mr Royall parlait d'une voix sonore et contente. Il y avait bien longtemps qu'il n'avait eu un interlocuteur de la qualité de Lucius Harney. Charity devina que le jeune homme lui rappelait tout un passé détruit mais non oublié. Miss Hatchard venait d'être appelée à Springfield pour soigner la veuve de son frère qui était tombée malade, et le jeune Harney, en plein dans son travail qui consistait à dessiner toutes les vieilles maisons entre Nettleton et la limite du New Hampshire, et à en relever les plans, avait proposé à Mr Royall de prendre pension chez lui. Charity tremblait que Mr Royall ne refusât. Il n'avait pas été question de loger le jeune homme, car il n'y avait pas de chambre disponible. Mais Harney pouvait s'arranger pour rester chez Miss Hatchard si Mr Royall consentait à ce qu'il prît ses repas chez lui, et après une journée de réflexion, Mr Royall avait consenti.

Charity le soupçonna d'être content de cette occasion de se faire un peu d'argent. Certes, il avait la réputation d'être avare, mais elle commençait à deviner qu'il était probablement plus pauvre qu'on ne le supposait. Ses occupations professionnelles étaient passées à l'état de vague légende, que faisaient seulement revivre, à des intervalles éloignés, des rares convocations à Hepburn ou à Nettleton. Il semblait bien qu'il n'eût plus guère pour vivre que le mince revenu de sa ferme et les quelques commissions qui lui venaient par les compagnies d'assurances qu'il représentait dans le voisinage. En tout cas, il s'était hâté d'accepter l'offre que lui avait faite Harney, de louer le buggy à raison d'un dollar et demi par jour, et sa satisfaction de ce marché se manifesta même d'une façon assez inattendue, à la fin de la première semaine. Rentrant un soir, il trouva Charity en train de rafistoler un vieux chapeau, et il lui jeta sur les genoux en passant un billet de dix dollars.

— Tenez, dit-il, allez vous acheter un joli chapeau du dimanche, un chapeau qui fera mourir de jalousie toutes les filles du pays.

Tandis qu'il parlait il la regardait avec un imperceptible clignement de ses yeux profondément enfoncés dans leurs orbites. Elle devina tout de suite que ce cadeau imprévu, le seul cadeau important qu'il lui eût jamais offert, provenait du premier payement de Harney.

Mais la venue du jeune homme avait apporté à Mr Royall autre chose encore qu'un avantage pécuniaire, l'agrément de la compagnie d'un homme instruit. Charity n'avait qu'une faible compréhension des besoins intellectuels de son tuteur, mais elle n'ignorait pas qu'il se sentait avec raison bien supérieur aux gens avec lesquels il vivait et elle se rendit vite compte que telle était aussi l'opinion de Lucius Harney. Elle fut surprise de l'aisance et de l'autorité avec laquelle Mr Royall s'exprimait maintenant qu'il avait un interlocuteur capable de le comprendre, ainsi que de la déférence amicale que le jeune Harney témoignait à l'avocat.

Leurs discussions roulaient généralement sur la politique et elle n'y comprenait pas grand-chose. Ce soir-là, pourtant, leur conversation avait pour elle un intérêt particulier, car ils s'étaient mis à parler de la Montagne. Elle recula un peu sa chaise, ne voulant pas qu'ils s'aperçussent qu'elle pouvait les entendre.

— La Montagne? La Montagne? disait Mr Royall, mais c'est une honte pour le pays, monsieur, une véritable honte. Voilà longtemps que la police aurait dû balayer toute cette engeance malsaine. Mais on avait peur, voilà, on avait peur. La Montagne dépend de notre commune, et c'est la faute de North Dormer s'il y a là-haut tout un ramassis de voleurs et de repris de justice qui défient audacieusement à notre barbe les lois de leur pays. Non, pas un gendarme, pas un percepteur ou un *coroner* qui ait osé s'aventurer là-haut... Quand on entend dire qu'il se passe quelque chose à la Montagne nos conseillers municipaux détournent la tête... et votent des crédits supplémentaires pour l'embellissement de l'abreuvoir communal! Le seul homme qui aille quelquefois à la Montagne, c'est le pasteur; et il y va parce qu'ils le font demander chaque fois qu'une mort se produit. Oui... il paraît qu'ils tiennent beaucoup à se faire enterrer chrétiennement... En revanche je n'ai jamais entendu dire qu'on ait fait venir ce même pasteur pour bénir un mariage, au sujet duquel, d'ailleurs, ils ne dérangent pas davantage le juge de paix. Tous ces gens-la mènent une vie grégaire comme des païens.

Il poursuivit, fournissant des explications techniques sur la manière dont cette petite colonie de «squatters» était parvenue à toujours éluder les lois. Charity, brûlant d'impatience, attendait les commentaires de Harney; mais le jeune homme paraissait plus soucieux de connaître les idées de Mr Royall que d'exprimer les siennes.

— Je suppose que vous n'y avez jamais été vous-même? finit-il par demander.

— Si, j'y suis allé, répondit Mr Royall avec un rire méprisant. Les augures du pays me prédirent même que je n'en reviendrais pas vivant; mais personne n'a levé le doigt pour me toucher. Et pourtant je venais de faire coffrer un des leurs.

— Et c'est après cela que vous y êtes monté?

— Mais oui; tout de suite après, même. Le drôle était descendu à Nettleton, et quelques heures après, pris de boisson, comme il leur arrive, il s'était mis à courir tous les mauvais lieux de la ville. Il faut vous dire que chaque fois qu'ils font une coupe de bois ils descendent et dépensent leur argent dans les débits. L'homme a naturellement fini par faire un mauvais coup; il a tué un homme. Je l'ai tout de même fait condamner à sept ans de réclusion, bien qu'on ait la terreur de la Montagne même à Nettleton; mais il se produisit alors une chose curieuse. Cet homme me fit demander d'aller le voir dans sa cellule. Je m'y rendis, et voici ce qu'il me dit : «L'imbécile qui m'a défendu est un propre à rien. J'ai besoin de quelqu'un pour me faire une commission à la Montagne, et vous êtes le seul que j'aie vu qui ait la mine d'un homme à qui l'on puisse demander ce service.» Il me raconta donc qu'il y avait là-haut un enfant dont il était le père — du moins, il le croyait — et qu'il voulait qu'on prît cette petite et qu'on l'élevât chrétiennement. Le pauvre diable me faisait vraiment pitié... J'ai fait la commission et j'ai ramené l'enfant.

Il s'arrêta; Charity écoutait, le cœur palpitant.

— C'est la seule visite que j'aie jamais faite à la Montagne, ajouta Mr Royall en guise de conclusion.

Il y eut un moment de silence; puis Harney demanda :

— Et l'enfant... n'avait-elle pas de mère?

— Si, il y avait une mère mais qui était trop heureuse de se débarrasser de la petite. Elle l'eût donnée à n'importe qui. Ces gens, comme je vous le disais, sont à moitié sauvages. La mère, aujourd'hui, doit être morte si j'en juge par la vie qu'elle menait. Toujours est-il que je n'ai plus jamais entendu parler d'elle.

— Quelle horreur! murmura Harney.

Charity, suffoquée par l'humiliation, se leva brusquement et courut s'enfermer dans sa chambre...

Elle savait donc enfin la vérité : ainsi, elle était la fille d'un ivrogne, d'un forçat, et d'une mère à demi sauvage qui avait été heureuse de se débarrasser d'elle... et cette histoire de son origine, elle l'apprenait en l'entendant raconter au seul être aux yeux duquel elle désirait tellement paraître supérieure à son entourage!

Elle avait remarqué que Mr Royall ne l'avait pas nommée, qu'il avait même évité toute allusion qui aurait pu l'identifier avec l'enfant ramenée de la Montagne; et elle comprit que c'était par égard pour elle qu'il avait gardé le silence. Mais à quoi servait cette discrétion, puisque cet après-midi même, trompée par l'intérêt dont Harney faisait preuve à l'endroit des étranges habitants de la Montagne, elle s'était sottement vantée devant lui de son origine? Maintenant tout ce qu'elle venait d'entendre lui montrait qu'une telle origine ne pouvait qu'accroître la distance qui les séparait déjà...

Depuis dix jours qu'il se trouvait à North Dormer, Lucius Harney ne lui avait pas adressé une seule parole d'amour. Il était intervenu pour elle, il est vrai, auprès de sa cousine, et avait convaincu Miss Hatchard de ses mérites de bibliothécaire; mais ce n'était là qu'un acte de justice, puisque ces mérites n'avaient été mis en doute que par sa faute à lui. Lorsqu'il avait loué la voiture de Mr Royall pour faire des excursions dans les environs il avait prié Charity de le conduire. Mais cela non plus n'avait rien d'extraordinaire puisqu'il ne connaissait pas le pays et qu'il lui fallait un guide. Enfin, quand sa cousine avait été appelée à Springfield, il avait demandé à Mr Royall de le prendre en pension. Mais à quel autre habitant de North Dormer aurait-il pu s'adresser ? Ce n'était certainement pas à Carrick Fry, dont la femme était paralysée et dont la famille était si nombreuse que Harney n'aurait pu trouver une place à sa table; ni aux Targatt, qui demeuraient à plus de trois kilomètres du village, ni à la pauvre vieille Mrs Hawes, qui, depuis que sa fille aînée l'avait abandonnée, avait à peine la force de faire sa propre cuisine tandis qu'Ally gagnait sa vie comme couturière.

La maison de Mr Royall était vraiment la seule où le jeune homme pouvait trouver une hospitalité convenable. Il n'y avait donc rien dans les événements extérieurs qui pût susciter dans le cœur de la jeune fille de si vives espérances. Mais, sous les incidents visibles qui résultaient de l'arrivée de Lucius Harney, elle sentait l'action d'une influence aussi mystérieuse et aussi puissante que celle qui fait éclore les premiers bourgeons et jaillir les feuilles avant que la glace ait fondu à la surface des étangs.

C'était bien pour un travail authentique que Harney était venu dans le pays. Charity avait lu la lettre de l'éditeur de New York qui le chargeait de faire une étude sur l'architecture du dix-huitième siècle dans les régions les moins connues de la Nouvelle-Angleterre. Une telle besogne demeurait pleine de mystères pour Charity, et elle n'arrivait jamais à comprendre pourquoi il s'arrêtait, enchanté, devant certaines maisons misérables d'apparence et sans ornements, alors que d'autres, soigneusement restaurées et perfectionnées par un entrepreneur du pays, ne lui arrachaient pas même un regard. Elle soupçonnait cependant que l'Eagle County ne possédait pas autant de richesses architecturales que Harney voulait bien le dire et elle en induisait que la durée de son séjour, que le jeune homme avait fixée à un mois, n'était pas sans relation avec le regard qu'elle avait surpris dans ses yeux le jour où il s'était arrêté devant elle à la bibliothèque. Tout ce qui avait suivi semblait être né de ce regard : la façon affectueuse dont le jeune homme lui parlait, sa promptitude à la comprendre, son désir évident de prolonger leurs excursions et de saisir toutes les occasions de se trouver seul avec elle...

Sa sympathie se révélait donc par des signes manifestes; mais il était difficile d'en mesurer l'importance, parce que les manières de Harney différaient complètement de celles des jeunes gens de North Dormer. Il était à la fois plus simple et plus respectueux que tous ceux qu'elle avait connus jusqu'alors; et souvent même, c'était quand il était le plus simple qu'elle sentait davantage la distance qui les séparait. L'éducation et les circonstances avaient mis entre eux un abîme que les efforts de Charity n'arriveraient jamais à combler, puisque, au moment même où la jeunesse de Harney et l'admiration, qu'il lui témoignait, le rapprochaient d'elle, il suffisait d'un mot dit par hasard, de quelque allusion inconsciente, pour la rejeter bien loin de lui.

Jamais ce gouffre ne lui avait paru si profond qu'au moment où elle s'était enfuie dans sa chambre, emportant au fond de l'âme le douloureux écho du récit de Mr Royall. La première idée qui perça en elle, au milieu de son immense désarroi, fut le désir de ne jamais plus revoir Harney. Il lui semblait trop amer de se le représenter écoutant d'un air détaché une telle histoire...

«Qu'il s'en aille! Qu'il s'en aille dès demain et qu'il ne revienne jamais!» gémissait-elle, le visage sur son oreiller..., et, tard dans la nuit, elle resta ainsi prostrée, ayant oublié de se dévêtir, souffrant jusqu'au fond d'elle-même, perdue dans un océan de tristesse où tournoyaient comme de pauvres épaves tous ses espoirs et tous ses rêves.

Lorsqu'elle rouvrit les yeux le lendemain matin, il ne lui restait de tout ce tumulte qu'une vague angoisse au cœur. Sa première pensée fut de vérifier le temps qu'il faisait. Harney lui avait demandé de le conduire à la maison brune près de Porcupine, et ensuite au village éloigné de Hamblin. Comme l'excursion devait être longue, ils avaient décidé de partir de bonne heure. Le soleil brillait dans un ciel clair, sans nuage. Charity, levée plus tôt que de coutume, descendit à la cuisine pour préparer des sandwiches au fromage, passer du petit lait dans une bouteille et envelopper des tranches de tarte aux pommes. Toute à sa tâche, un peu nerveuse, elle prit à partie la vieille Verena, l'accusant d'avoir égaré un panier dont elle avait besoin, et qui d'habitude était suspendu dans le corridor. Quand elle gagna le perron, vêtue de sa robe de percale rose un peu passée au lavage, mais encore assez fraîche pour faire valoir son teint brun, elle éprouva comme le triomphe de se sentir en harmonie avec le soleil et la fraîcheur du matin, et les dernières traces de sa peine disparurent. Qu'importait, après tout, d'où elle venait et de qui elle était née, puisque l'amour dansait dans toutes ses veines et puisque, justement, elle apercevait le jeune Harney qui ouvrait la grille du jardin?

Mr Royall se trouvait, lui aussi, sur le perron. Il n'avait rien dit au déjeuner, mais quand elle apparut avec sa robe rose, son panier à la main, il la regarda d'un air surpris.

— Où allez-vous? demanda-t-il en fronçant les sourcils.

— Mais... Mr Harney se met en route aujourd'hui de meilleure heure...

— Mr Harney? Mr Harney? Est-ce que Mr Harney n'a pas encore appris à conduire un cheval lui-même?

Elle ne répondit pas. L'avocat se renversa sur sa chaise en rotin et se mit à tambouriner des doigts sur la balustrade en bois qui entourait le perron. C'était la première fois qu'il parlait du jeune homme sur ce ton, et Charity eut un léger frisson d'appréhension. Un moment après, il se leva silencieusement et passa derrière la maison, se dirigeant vers le bout de terrain où bêchait un homme de peine.

L'air était frais et bleuté, et les lointains brillaient de cet éclat automnal que le vent du nord met sur les collines aux premiers jours de l'été. La nuit avait été si calme que la rosée était demeurée partout suspendue, non comme une buée légère mais en gouttes translucides qui frangeaient les fougères et posaient des diamants dans les herbes. Il y avait du chemin à faire avant d'arriver au bas de Porcupine. Il fallait traverser la vallée, où des collines bleues s'élevaient au-delà des prairies en pente; puis descendre à travers les bois de hêtres, le long du Creston — petit ruisseau aux eaux brunes qui bondissait entre des rochers feutrés de mousse —, traverser ensuite les terres cultivées qui entourent le lac de Creston, pour gravir, en dernier lieu, les côtes de l'Eagle Range. Enfin, ils atteignirent le sommet. Devant eux s'ouvrait une autre vallée verte et sauvage et, au-delà, d'autres collines bleues fuyaient vers un ciel d'un bleu plus clair, comme les vagues d'une mer déferlant sur une côte voilée de brume.

Harney attacha le cheval à un tronc d'arbre, et ils déballèrent leur panier sous un vieux châtaignier dont le tronc fendu laissait s'échapper un vol continu de bourdons. Le soleil était brûlant... Derrière eux montait le grand murmure de la forêt au milieu du jour. Des insectes d'été dansaient dans l'air, et un essaim de papillons blancs éventaient les panicules frangées de l'eupatoire rose. En bas, dans la vallée, pas une maison n'était visible; on eût dit que Charity et le jeune Harney étaient les seuls êtres vivants entre terre et ciel.

La gaieté de Charity tomba soudain et de vagues inquiétudes lui revinrent. Couché à côté d'elle, ses bras repliés sous sa tête, les yeux sur la dentelle des feuilles qui l'ombrageaient, Harney se taisait et Charity se demandait s'il songeait à ce que Mr Royall lui avait raconté la veille, et si vraiment il la méprisait, à présent, à cause de sa triste origine. Elle regrettait maintenant qu'il lui eût demandé de le conduire à la maison brune : elle aurait préféré qu'il ne vît pas les gens de son milieu natal au moment où l'histoire de sa naissance était encore toute fraîche dans son esprit. Plus d'une fois elle fut sur le point de lui proposer d'aller directement à Hamblin, où se trouvait une autre maison qu'il désirait voir; mais la timidité et l'orgueil la retinrent.

«Après tout, il vaut mieux qu'il sache d'où je sors», se dit-elle dans un sentiment de défi un peu forcé; mais en réalité c'était la honte qui l'empêchait de parler.

Elle leva soudain la main et montra le ciel :

— Voilà un orage qui se prépare.

Il suivit son regard en souriant.

— C'est ce petit nuage parmi les pins qui vous effraie?

— Il est au-dessus de la Montagne, et un nuage sur la Montagne annonce toujours le mauvais temps.

— Oh! vous savez, fit-il en souriant, je ne crois pas la moitié des mauvaises histoires que vous colportez tous sur la Montagne. Mais en tout cas nous aurons le temps d'atteindre la maison brune avant que la pluie ne commence.

En effet, quelques gouttes seulement tombaient quand ils s'engagèrent sur la route longeant les flancs abrupts de Porcupine, et qui conduisait vers la maison brune. Celle-ci se dressait solitaire devant un marécage bordé de fourrés d'aulnes et de joncs de haute taille. Pas d'autre habitation en vue. Il eût été difficile d'expliquer pour quel motif le premier colon s'était décidé à construire sa demeure dans un endroit aussi hostile.

Charity avait recueilli assez de bribes de l'érudition de son compagnon pour comprendre les raisons qui l'avaient attiré vers cette maison. Elle observa les moulures en forme d'éventail de l'imposte vitrée, les cannelures des pilastres aux encoignures de la façade et l'œil-de-bœuf du fronton, car elle savait, pour des raisons qui lui échappaient encore, que c'étaient là des particularités dignes de remarque et d'admiration. Pourtant ils avaient vu d'autres maisons beaucoup plus «typiques» (c'était le mot de Harney). Comme il jetait les rênes sur le cou de cheval, il dit avec un léger mouvement de répugnance :

— Nous ne resterons pas longtemps.

Derrière les aulnes agités par le vent, la maison avait un air étrangement désolé. La peinture des volets et des portes s'était écaillée et par endroits avait disparu, les vitres des fenêtres, brisées, étaient bouchées avec des guenilles, et le jardin n'exhibait plus qu'un triste fouillis d'orties et de mauvaises herbes, parmi lesquelles bourdonnaient de grosses mouches bleues.

Au bruit des roues un petit garçon aux cheveux filasse et aux yeux pâles comme ceux de Liff Hyatt vint regarder par-dessus la barrière, puis alla se cacher derrière un hangar en appentis.

Harney mit pied à terre et aida Charity à descendre de voiture. A ce moment la pluie se mit à tomber, une grosse pluie d'orage balayée par un vent furieux qui s'éleva tout à coup, faisant plier à se rompre les buissons et les jeunes arbres, arrachant leurs feuilles, changeant la route en rivière et remplissant les creux du terrain de flaques d'eau écumantes. Le tonnerre grondait sans cesse, accompagnant le bruit de la pluie et du vent, et une étrange lueur courait au ras du sol sous l'obscurité grandissante.

— Nous avons de la chance d'être ici, après tout, dit en riant Harney.

Il attacha le cheval sous le hangar délabré, puis enlevant son veston pour en envelopper la jeune fille, il courut avec elle vers la maison. L'enfant n'avait pas reparu et comme on ne répondait pas lorsqu'ils frappèrent à la porte, Harney tourna le bouton et ils entrèrent.

Ils se trouvèrent dans une cuisine où se tenaient trois personnes. Une vieille femme, qui avait un mouchoir noué autour de la tête, était assise près de la fenêtre; elle avait sur les genoux un jeune chat maigre et pelé. Une autre femme — la pauvresse échevelée que Charity avait remarquée un jour sur le pas de la porte — était debout, appuyée contre la fenêtre, et jeta sur les nouveaux arrivants un regard hébété. Près du poêle un homme à la figure mal rasée, la chemise sale, dormait assis sur un tonneau.

La pièce était nue et misérable. Une atmosphère lourde, chargée d'odeurs de crasse et de fumée de pipe, y stagnait. Le cœur de Charity se souleva. Les invraisemblables histoires qu'on lui avait racontées sur les gens de la Montagne lui revinrent à la mémoire. Le regard de la femme était si déconcertant et le visage de l'homme endormi si ignoblement brutal, que son dégoût s'accrut d'une peur vague. Elle ne craignait rien pour elle-même, sachant bien que les Hyatt ne lui feraient aucun mal; mais elle n'était pas sûre de la façon dont ils accueilleraient un «monsieur de la ville».

Lucius Harney aurait certainement ri de ses craintes. Il promena son regard autour de la cuisine, proféra un «bonjour!» général auquel personne ne répondit, et demanda à la jeune femme s'ils pouvaient s'abriter sous leur toit jusqu'à la fin de l'orage.

Elle détourna les yeux et regarda Charity.

— Vous êtes la demoiselle de chez l'avocat Royall, n'est-ce-pas?

Charity rougit.

— Je suis Charity Royall, dit-elle, comme si elle voulait affirmer son droit à porter ce nom dans l'endroit même où il pouvait le plus être mis en doute.

La femme ne parut rien remarquer.

— Vous pouvez rester, dit-elle simplement. Puis, indifférente, elle se retourna et se pencha sur une casserole dans laquelle elle remuait quelque chose.

Harney et Charity s'assirent sur un banc fait d'une planche reposant sur deux chaises. En face d'eux se trouvait une porte, qui pendait sur ses charnières brisées; ils aperçurent à travers la fente les yeux du gamin aux cheveux filasse et la tête d'une petite fille pâlotte avec une cicatrice à la joue. Charity sourit et fit signe aux enfants d'entrer, mais ceux-ci s'enfuirent sans bruit sur leurs pieds nus. Sans doute avaient-ils peur d'éveiller l'homme endormi, et la jeune femme partageait probablement cette crainte, car elle marchait sur la pointe des pieds, en évitant de s'approcher du poêle.

La pluie continuait à battre la maison, crachant par les vitres cassées et mal rapiécées, et faisant des mares sur le plancher. De temps en temps le petit chat miaulait, se débattait et s'échappait; alors la vieille femme se penchait, le rattrapait et le serrait dans ses mains osseuses sans qu'un muscle bougeât dans sa figure ridée et immobile. Par deux fois l'homme s'éveilla à moitié pour changer de position. Enfin, il s'assoupit, la tête basse tombée en avant sur sa poitrine velue. Comme les minutes passaient, et que des paquets d'eau continuaient à gicler sur les vitres, une véritable horreur de l'endroit et des gens s'empara de Charity. La vue de cette vieille sénile, de ces enfants craintifs et de cet homme en guenilles cuvant son alcool firent paraître sa vie à elle comme une vision de paix et d'abondance. Elle revit la cuisine de la maison rouge, avec son plancher bien lavé, son buffet garni de faïence, et certaine odeur de levure, de café et de savon de ménage, qu'elle avait toujours détestée, lui sembla soudain le symbole même de l'ordre et de la propreté ménagère. Elle revit le cabinet de travail de Mr Royall, la chaise de crin noir au haut dossier, la carpette faite de bandes de drap fané, la rangée de livres sur une planche, la gravure de la *Reddition du général Burgoyne*, et, devant le poêle, le tapis avec un épagneul brun et blanc, bordé d'une laine verte qui jouait la mousse. Puis sa pensée s'envola vers la maison de Miss Hatchard où tout était fraîcheur, netteté et élégance, vers cet intérieur auprès duquel la maison rouge lui avait toujours semblé si pauvre et si ordinaire!

«Je suis de la race de ces gens-là... Je suis de la même famille», se répétait-elle intérieurement; mais ces mots lui paraissaient vides de sens. Tous ses instincts, toutes ses habitudes faisaient d'elle une étrangère dépaysée parmi ces pauvres misérables et la vermine de leur tanière. Comme elle s'en voulait d'avoir cédé à la curiosité de Harney, de l'avoir conduit chez les Hyatt! La pluie l'avait trempée, et elle se prit à trembler sous la mince étoffe de sa robe. La jeune femme s'en aperçut sans doute, car elle sortit de la cuisine et revint avec une tasse ébréchée, à moitié pleine de whisky, qu'elle tendit à Charity. Celle-ci fit un geste de refus; mais Harney prit la tasse et la porta à ses lèvres. Quand il l'eut posée, Charity le vit fouiller dans sa poche et en sortir un dollar. Il hésita un moment, puis se ravisa. La jeune fille devina qu'il ne désirait pas qu'elle le vît offrir de l'argent à des gens qu'elle lui avait dit être peut-être de sa famille.

Tout à coup l'homme s'agita, leva la tête et ouvrit des yeux qui se posèrent vaguement sur Charity et sur Harney; puis ses yeux se refermèrent et de nouveau sa tête retomba sur sa poitrine. Mais une certaine anxiété se peignit aussitôt sur le visage de la femme. Elle regarda par la fenêtre, puis revenant près de Harney, elle dit :

— Je crois que vous ferez bien de partir maintenant.

Le jeune homme comprit et se leva.

— Merci, dit-il, en lui tendant la main; mais la femme ne parut pas remarquer le geste, et tandis qu'ils se dirigeaient vers la porte, elle leur tourna le dos.

La pluie tombait encore, mais ni l'un ni l'autre ne s'en inquiétèrent, tant l'air pur leur semblait un baume. Les nuages s'élevaient, puis se dissipaient, découvrant des perspectives bleues d'où la lumière s'épandait. Harney détacha le cheval, il enveloppa Charity dans la couverture, et tous deux partirent sous la pluie qui se calmait, et dont déjà les raies se striaient de soleil.

Pendant un moment ils gardèrent le silence. Charity épiait timidement Harney. Il était plus hâve que d'habitude, comme si lui aussi était oppressé par ce qu'ils avaient vu. Enfin elle dit brusquement :

— Ces gens-là sont de ma race. Il pourrait même bien se faire qu'ils fussent de ma famille.

Elle ne voulait pas qu'il pût penser qu'elle regrettait de lui avoir raconté son histoire.

— Les malheureux, fit-il, je me demande pourquoi ils sont venus se loger dans ce nid à fièvres.

Elle eut un rire ironique.

— Mais, pour y être plus à leur aise; c'est bien pire sur la Montagne! Bash Hyatt a épousé la fille du fermier qui habitait autrefois la maison brune. C'était sans doute lui qui dormait près du poêle.

Harney ne répondant pas, elle continua :

— Je vous ai vu prendre un dollar pour le donner à cette pauvre femme. Pourquoi l'avez-vous remis dans votre poche?

Il rougit et se pencha en avant pour chasser un taon qui s'était posé sur le cou du cheval.

— Je n'étais pas sûr...

— Etait-ce parce que vous saviez qu'ils étaient un peu mes proches, et qu'alors vous avez pensé que j'aurais honte de vous voir leur donner de l'argent? insista-t-elle nerveusement.

Il tourna vers elle des yeux pleins de reproche.

— Oh! Charity... murmura-t-il.

C'était la première fois qu'il l'appelait par son prénom. Son chagrin déborda.

— Je n'ai pas... je n'ai pas honte. Ce sont les miens, et je n'ai pas honte d'eux, sanglota-t-elle.

— Chère... murmura-t-il, passant son bras autour de sa taille. Elle s'appuya contre lui et doucement se mit à pleurer...

Il était trop tard pour revenir par Hamblin. Le ciel clair fourmillait d'étoiles quand ils atteignirent la vallée de North Dormer et s'arrêtèrent devant la maison rouge.

VII

Depuis qu'elle était rentrée dans les bonnes grâces de Miss Hatchard, Charity n'osait plus raccourcir d'une minute ses heures de présence à la bibliothèque. Elle se faisait même un point d'honneur d'être en avance et montrait une louable indignation quand Mamie Targatt, qui avait été prise comme aide pour le nettoyage et le rangement des livres, arrivait en retard, d'un pas traînant, et négligeait sa tâche pour guetter par la fenêtre le jeune Bill Sollas. Néanmoins, les «jours de bibliothèque» lui semblaient plus ennuyeux que jamais, comparés au plaisir de ses heures de liberté, et elle aurait eu de la peine à donner le bon exemple à sa subordonnée si Lucius Harney n'avait reçu mission, avant le départ de Miss Hatchard, d'étudier avec l'entrepreneur du village le meilleur moyen d'aérer le *Memorial*.

Le jeune homme avait soin de ne se consacrer à cette tâche que les jours où la bibliothèque était ouverte au public, si bien que Charity était sûre de passer une partie de l'après-midi en sa compagnie. La présence de Mamie Targatt et le risque d'être interrompus par quelque passant pris subitement d'une soif de lecture réduisaient leur conversation à un échange de lieux communs; mais le contraste entre ces rapports de société et leur intimité secrète n'était qu'un attrait de plus aux yeux de la jeune fille.

Le jour qui suivit leur promenade à la maison brune était un «jour de bibliothèque». Charity, assise, à son bureau, travaillait à la réfection du catalogue, et Mamie Targatt, les yeux tournés du côté de la fenêtre, récitait d'une voix chantante les titres d'une pile de livres. La pensée de Charity vagabondait au loin, vers la maison sinistre au bord du marais, et elle revivait par la pensée ce long retour au crépuscule pendant lequel Lucius Harney l'avait si tendrement consolée. Ce jour-là, pour la première fois depuis qu'il prenait pension à la Maison Rouge, il n'avait pas paru au repas de midi et aucun message n'était venu expliquer son absence. Mr Royall, plus taciturne que d'habitude, n'avait manifesté aucune surprise ni fait aucune remarque. Cette indifférence n'avait rien en soi de particulier, car Mr Royall, comme la plupart de ses concitoyens, acceptait les événements d'une façon passive, bien convaincu depuis longtemps qu'il n'était au pouvoir de personne à North Dormer d'en modifier le cours. Mais pour Charity, qui subissait la réaction de son exaltation passionnée de la veille, ce silence avait quelque chose d'inquiétant. On eût dit que Lucius Harney n'avait jamais eu la moindre part à leur existence : l'imperturbable indifférence de Mr Royall semblait le reléguer dans le domaine de l'irréel.

Elle essaya de se plonger dans son travail, pour étouffer le désappointement que lui causait l'absence de Harney. Quelque incident sans importance l'avait sans doute empêché de les rejoindre pour le repas de midi, mais elle était sûre qu'il n'en serait que plus désireux de la retrouver, et qu'il n'attendrait pas jusqu'au dîner, où il ne la reverrait qu'en présence de Mr Royall et de Verena. Elle se demandait quelles seraient ses premières paroles, et cherchait en même temps par quel moyen elle pourrait bien se débarrasser de la jeune Targatt, lorsqu'elle entendit un bruit de pas et vit entrer le jeune homme avec Mr Miles.

Le pasteur de Hepburn venait rarement à North Dormer en dehors des jours où il devait officier dans la vieille église blanche qui, par un hasard assez rare dans ce pays de petites sectes, appartenait à la vieille communion épiscopalienne (1). C'était un homme vif et affable, très désireux de tirer parti du fait qu'un petit noyau de «fidèles» avait survécu en plein milieu sectaire, et bien résolu à ruiner l'influence de la chapelle baptiste qui érigeait à l'autre extrémité du village sa façade couleur de pain d'épice; mais il était très absorbé par son service paroissial à Hepbrun, gros bourg industriel avec de nombreux débits d'alcool, et il ne trouvait que rarement le temps de venir à North Dormer.

Charity, paroissienne de l'église blanche (comme tous les gens «comme il faut» de North Dormer), admirait beaucoup Mr Miles. Pendant la mémorable excursion de Nettleton, elle avait même fait le rêve de se marier avec un Monsieur ayant des traits aussi réguliers, et une aussi belle façon de s'exprimer, et qui habiterait, comme Mr Miles, un presbytère bâti en pierre de taille et recouvert de vigne vierge. La

---

(1) Equivalent aux Etats-Unis de l'Eglise anglicane.

découverte qu'un tel privilège appartenait déjà à une dame blonde avec des bandeaux frisés et pourvue d'un gros bébé l'avait péniblement affectée. Mais l'arrivée de Lucius Harney avait depuis longtemps banni Mr Miles des songes de Charity, et comme elle le regardait venir aux côtés de Harney, elle se rendit compte soudain de ce qu'il était réellement : un homme mûr, corpulent, avec une calvitie naissante que ne masquait qu'à demi son chapeau d'ecclésiastique, et un nez grec sous une paire de lunettes. Elle se demanda ce qu'il venait faire à North Dormer un jour de semaine, et se sentit un peu déçue que Harney l'eût amené avec lui à la bibliothèque.

Il apparut bientôt que Mr Miles était venu à North Dormer à la prière de Miss Hatchard. Il avait passé quelques jours à Springfield, où il était allé prêcher pour remplacer un pasteur de ses amis, et Miss Hatchard avait profité de l'occasion pour le consulter sur les projets d'aération du *Memorial*. Porter la main sur l'arche sainte des Hatchard était une chose grave, et la bonne demoiselle, toujours pleine de scrupules, et (comme disait son cousin) de scrupules au sujet de ses scrupules, était bien aise d'avoir l'opinion de Mr Miles avant de prendre une décision.

— D'après ce que m'a dit votre cousine, expliqua le pasteur, je n'ai pas très bien saisi quels étaient les changements que vous désiriez faire, et comme les autres directeurs ne l'ont pas saisi davantage, j'ai pensé qu'il valait mieux me rendre compte sur place... bien que je sois certain, ajouta-t-il en regardant amicalement le jeune homme à travers ses lunettes, que personne ne saurait être plus compétent que vous... Mais, vous le savez c'est ici un lieu consacré.

— J'espère, répondit en riant Harney, qu'une bouffée d'air frais ne le profanera pas.

Tous deux marchèrent vers l'autre bout de la salle, tandis que le jeune architecte exposait son plan au pasteur.

Mr Miles avait salué les deux jeunes filles avec son affabilité habituelle, mais d'un air distrait, et d'après les bribes de conversation qui parvenaient jusqu'à Charity elle comprit qu'il était encore sous le charme de sa visite à Springfield, qui semblait avoir été marquée par une foule d'incidents agréables.

— Ah! les Cooperson... oui, vous les connaissez bien entendu, disait-il à Harney. Quelle jolie vieille demeure ! Et Ned Cooperson a réuni quelques tableaux de l'école impressionniste qui sont vraiment remarquables...

Les noms qu'il citait étaient inconnus à Charity.

— Oui, oui, en effet... le quatuor Schaefer a joué samedi soir au Lyric Hall, continuait Mr Miles, et, lundi, j'ai eu le plaisir de l'entendre de nouveau chez les Towers. Exécution admirable... Bach et Beethoven... la musique avait été précédée d'une «garden-party»... A propos, j'ai vu Miss Balch plusieurs fois... elle était très en beauté...

Charity laissa tomber son crayon, et oublia d'écouter les titres chantonnés par Mamie Targatt. Pourquoi Mr Miles nommait-il ainsi tout à coup Annabel Balch?

— Ah! vraiment? entendit-elle Harney répondre...

Et levant sa canne, il poursuivit :

— Vous voyez, mon plan consiste à enlever ces casiers et à ouvrir un œil-de-bœuf dans l'axe de celui du fronton.

— Je crois que Miss Balch a l'intention de venir ici passer quelques jours avec Miss Hatchard, continua Mr Miles, qui suivait sa pensée; puis, se rappelant brusquement la raison pour laquelle il était venu à la bibliothèque, il reprit :

— Oui, oui, je vois... je comprends. Cela donnera de l'air sans modifier l'aspect de la pièce. Je ne vois vraiment rien à objecter à votre projet.

La conversation continua, et peu à peu les deux hommes se rapprochèrent tout en marchant du bureau de Charity. Mr Miles s'arrêta devant la jeune fille et l'examina attentivement...

— N'êtes-vous pas un peu pâlotte, mon enfant? Trop de travail, peut-être? Mr Harney me dit que Mamie et vous êtes en train de ranger la bibliothèque de fond en comble.

Mr Miles n'oubliait jamais le nom de baptême de ses paroissiens, et quand il nomma Mamie Targatt il lui jeta un regard bienveillant par-dessus ses lunettes.

Puis, se tournant vers Charity :

— Ne prenez pas les choses trop à cœur, Charity; ne vous fatiguez pas trop, et venez donc un de ces jours à Hepburn nous voir, Mrs Miles et moi.

Il lui serra la main, et fit un petit geste d'adieu à Mamie Targatt; puis il sortit de la bibliothèque accompagné de Harney.

Charity avait cru découvrir chez Harney un air un peu contraint. Tout de suite elle s'imagina qu'il ne voulait pas se trouver seul avec elle; et avec une soudaine angoisse elle se demanda s'il ne regrettait pas les paroles affectueuses qu'il lui avait dites la veille. Ses paroles avaient été plus fraternelles que passionnées, mais leur signification exacte s'était perdue pour la jeune fille dans la chaleur caressante de sa voix. Il lui avait fait sentir que le fait d'être une enfant perdue de la Montagne ne constituait pour lui qu'une raison de plus de la serrer dans ses bras et d'apaiser ses sanglots avec des murmures consolateurs... et elle se souvint qu'au terme du voyage, lorsqu'elle descendit de la voiture, brisée de fatigue, glacée par le froid de la nuit et toute tremblante d'émotion, elle marchait comme si la terre avait été une mer lumineuse se balançant sous ses pas.

Pourquoi donc Harney avait-il soudain changé? Pourquoi avait-il quitté la bibliothèque en même temps que Mr Miles? L'imagination inquiète de la jeune fille se fixa sur le nom d'Annabel Balch. C'était au moment où ce nom avait été prononcé que le visage de Harney lui avait paru changer d'expression. Annabel Balch était à la garden-party de Springfield, très en beauté...! Peut-être Mr Miles causait-il avec elle à l'heure même où Charity et Harney, fuyant la pluie, étaient assis dans le taudis des Hyatt, entre un ivrogne et une vieille pauvresse démente! Charity ne savait pas exactement ce que pouvait être une «garden-party», mais la vision rapide qu'elle avait eue jadis des pelouses fleuries de Nettleton l'aidait à se représenter la scène, et le souvenir des toilettes que Miss Balch portait à North Dormer, et dont elle parlait comme de «vieilles loques», permettait à Charity de se figurer avec quelle élégance elle devait être mise dans le monde. Charity comprenait ce que ce nom pouvait réveiller dans la pensée du jeune homme et elle sentit toute l'inutilité qu'il y avait à lutter contre les influences invisibles qui se trouvaient mêlées à la vie de Harney.

Quand elle descendit de sa chambre pour le repas du soir elle fut surprise de ne point l'apercevoir. Tout en attendant sur le perron, elle se souvint du ton de Mr Royall et de ses commentaires lors de leur départ matinal de la veille. Mr Royall était assis près d'elle, sa chaise renversée en arrière, les pieds, chaussés de gros souliers noirs à élastiques, appuyés contre la balustrade du perron. Ses cheveux gris mal peignés se dressaient au-dessus de son front comme la crête d'un oiseau irrité, et la peau tannée de ses joues était tachetée de rouge. Charity savait que ces taches rouges étaient les signes avant-coureurs d'une explosion.

Il s'écria, en effet, tout à coup :

— Quand allons-nous dîner? Verena a-t-elle encore manqué ses biscuits (1)?

Charity jeta sur lui un regard étonné.

— Je suppose qu'elle attend l'arrivée de Mr Harney.

— Mr Harney? Elle fera mieux de servir alors. Il ne doit pas venir.

Et sur ces mots Mr Royall se leva, marcha vers la porte, et lança, en haussant la voix pour être entendu de la sourde :

— Allons, allons, Verena, le dîner !

---

(1) On mange souvent à la campagne, au repas du soir, dans la Nouvelle-Angleterre, des petits pains sans levure appelés des «biscuits».

Charity tremblait d'appréhension. Il était évident qu'il s'était passé quelque chose, et elle était certaine maintenant que Mr Royall savait quoi. Mais pour rien au monde elle ne lui eût donné la satisfaction de laisser voir son inquiétude. Elle prit donc sa place habituelle, tandis que son tuteur, s'asseyant en face d'elle, se versait une grande tasse de thé avant de lui passer la théière. Verena apporta des œufs brouillés; il en remplit son assiette.

— N'en prenez-vous pas? demanda-t-il à la jeune fille.

Charity se ressaisit et se mit à manger.

Le ton sur lequel Mr Royall lui avait dit : « Il ne doit pas venir » lui sembla plein d'une satisfaction menaçante. Elle eut l'intuition qu'il s'était mis tout à coup à haïr Lucius Harney et elle comprit qu'elle en était la cause. Mais elle n'avait aucun moyen de découvrir si c'était quelque acte d'hostilité de la part de Mr Royall qui avait fait partir le jeune homme, ou si, tout simplement, celui-ci voulait éviter de la revoir après leur excursion de la veille. Elle chercha à garder un air indifférent pendant tout le repas; mais elle se sentait observée par Mr Royall et elle savait que son agitation ne lui échappait pas.

Après le dîner elle regagna sa chambre. Bientôt, elle entendit Mr Royall traverser le corridor pour aller s'installer de nouveau sur le perron. Elle s'assit sur son lit, luttant désespérément contre le désir de descendre et de lui demander ce qui s'était passé.

« J'aimerais mieux mourir que de l'interroger », se murmurait-elle tout bas. D'un mot il aurait pu la délivrer de son incertitude; mais pour rien au monde elle n'aurait consenti à le lui demander.

Elle se leva et s'appuya à la fenêtre. La nuit était venue. L'arc léger d'une lune nouvelle était suspendu au bord des collines. A travers l'obscurité, elle aperçut un ou deux passants qui descendaient la route; mais comme la soirée était trop fraîche pour que l'on pût flâner, les rares promeneurs eurent bientôt regagné leurs logis. Çà et là, maintenant, des fenêtres s'éclairaient. Un mince filet de lumière faisait éclater la blancheur d'un groupe de lis dans le jardinet de Mrs Hawes; plus loin, la lampe à pétrole de Carrick Fry projetait un cercle de clarté sur la jardinière rustique posée au milieu de la pelouse. La jeune fille resta longtemps penchée à sa fenêtre, une fièvre d'inquiétude aux tempes. Enfin elle gagna le couloir, prit son chapeau et sortit de la maison en coup de vent. Mr Royall était toujours assis sur le perron. Verena, ses vieilles mains croisées sur sa jupe rapiécée, était auprès de lui. Quand Charity descendit les marches Mr Royall lui cria :

— Où allez-vous?

Elle aurait pu répondre : «Chez Orma Fry» ou «chez les Targatt», et l'une ou l'autre réponse aurait pu se trouver vraie, car elle n'avait pas de projet arrêté. Mais elle s'éclipsa en silence, décidée à ne pas reconnaître à Mr Royall le droit de la questionner.

A la grille du jardin elle s'arrêta, scrutant la rue à droite et à gauche. L'obscurité l'attirait, et elle eut un instant l'idée de monter sur la colline et de s'enfoncer dans les bois de mélèzes au-dessus de la prairie. Puis, elle examina encore la rue d'un regard indécis. Comme elle regardait, la lueur d'une lampe apparut à travers les sapins près de la grille de Miss Hatchard. Lucius Harney était donc là?... Il n'était pas retourné à Hepbrun avec Mr Miles, comme elle se l'était imaginé tout d'abord? Mais où avait-il dîné, et qu'est-ce qui l'avait empêché de venir prendre ses repas, comme d'habitude, chez Mr Royall? La lumière qui éclairait une des fenêtres de la maison Hatchard était une preuve certaine de la présence du jeune homme, car les domestiques étaient en congé et la femme de ménage ne venait que le matin, pour faire la chambre de Harney et préparer son café. Sans doute était-il en ce moment même assis devant sa lampe... Pour savoir enfin la vérité Charity n'avait qu'à traverser la moitié du village, et à frapper à la fenêtre éclairée. Elle hésita quelques instants; puis elle se dirigea vers la maison de Miss Hatchard.

Elle marchait très vite, regardant à droite et à gauche, afin d'éviter les rencontres possibles. A mi-chemin elle traversa la rue en biais pour échapper à la clarté de la lampe des Carrick Fry. Toutes les fois qu'elle était malheureuse elle se sentait seule, butée contre un monde sans pitié; et un instinct de sauvagerie presque animale s'emparait d'elle. La rue était vide : elle passa sans être vue par la grille du jardin et suivit le sentier qui menait à la demeure de Miss Hatchard. La façade blanche apparaissait indistincte à travers les arbres, ne laissant filtrer qu'un petit rectangle de lumière à l'étage inférieur. Charity avait cru d'abord que la lampe se trouvait dans le salon de Miss Hatchard; mais en approchant elle se rendit compte que la fenêtre éclairée se trouvait à un autre coin de la maison. Elle ne connaissait pas la pièce à laquelle appartenait cette fenêtre, et elle s'arrêta sous les arbres, prise d'une peur soudaine. Elle reprit néanmoins sa marche, avançant doucement sur le gazon, et se tenant tout contre la maison de sorte que la personne qui pouvait se trouver dans la pièce éclairée n'aurait pu l'apercevoir même au cas où elle eût trahi sa présence en faisant du bruit.

La fenêtre s'ouvrait sur une étroite véranda surmontée d'un treillage couvert de clématites. Elle s'appuya contre le treillage, écarta les branches de clématites et regarda. Elle vit un coin de la chambre, le pied d'un lit d'acajou, une gravure sur le mur, un lavabo sur lequel on avait jeté un essuie-mains, et l'extrémité de la table couverte d'un tapis vert sur laquelle se trouvait la lampe. Une moitié de l'abat-jour était visible, et juste sous cet abat-jour, deux mains fines et hâlées, l'une tenant un crayon et l'autre une règle, se mouvaient en des gestes lents et précis, sur une planche à dessin.

Le cœur de Charity bondit, puis cessa de battre, Harney était là... et tandis que son âme à elle était ballottée sur une mer de douleur, il était tranquillement assis devant une planche à dessin! La vue de ces deux mains accomplissant leur besogne avec leur habileté, leur précision coutumières, l'arracha à son rêve. Elle comprit tout à coup la disproportion entre l'angoisse qu'elle avait ressentie et la cause de son agitation... Elle était sur le point de se détourner de la fenêtre, honteuse et humiliée, quand brusquement une des mains repoussa la planche, tandis que l'autre, d'un geste énervé, jetait au loin le crayon.

Charity avait souvent remarqué le soin extrême que Harney avait de ses dessins, ainsi que la netteté et la méthode avec lesquelles il exécutait et terminait tous ses travaux. Ce mouvement d'impatience avec lequel il avait repoussé loin de lui la planche à dessin, semblait témoigner une humeur nouvelle. Ce geste trahissait un découragement subit, ou un dégoût de son travail, et la jeune fille se demanda si lui aussi était en proie à de secrètes inquiétudes. L'impulsion qui la portait à fuir disparut; elle monta les deux marches de la véranda et plongea son regard dans la pièce. Harney avait posé ses coudes sur la table, le menton appuyé sur ses mains croisées. Il avait retiré son veston, son gilet, et déboutonné le col de sa chemise de flanelle; elle remarqua les lignes vigoureuses de son jeune cou, les muscles souples qui le reliaient à la poitrine. Il regardait droit devant lui, les yeux fixes, un air de fatigue et de dégoût sur son visage; on eût dit qu'il contemplait dans un miroir invisible le reflet déformé de ses propres méfaits. Pendant un moment Charity l'épia avec une sorte de terreur; il lui apparaissait comme un être nouveau, un étranger qui se dissimulait sous ses traits familiers. Détachant enfin ses yeux du jeune homme, elle vit sur le parquet une valise verte, à demi remplie de vêtements. Elle comprit alors qu'il se préparait à partir et qu'il avait sans doute décidé de s'en aller sans la revoir. Elle devina que cette décision, quelle qu'en fût la cause, le troublait profondément, et elle conclut aussitôt que son changement de plan était dû à quelque intervention secrète de Mr Royall. Tous ses anciens ressentiments, toutes ses révoltes intérieures se ravivèrent, confusément mêlées à l'émotion qu'éveillait en elle la proximité de Harney. Quelques heures auparavant, elle s'était sentie soutenue et consolée par l'amitié compatissante du jeune homme; maintenant elle se retrouvait seule dans la vie, et doublement seule après cet instant de sympathie partagée.

Harney continuait d'ignorer sa présence. Immobile, le menton appuyé sur les mains, il fixait toujours d'un œil morne le même endroit de la tenture. Il n'avait même pas eu l'énergie de terminer ses préparatifs, vêtements et papiers gisaient sur le sol autour de la valise. Tout à coup il décroisa ses mains et se leva; Charity se rejeta rapidement en arrière et s'accroupit sur la marche de la véranda. La nuit était si obscure qu'il était peu probable qu'il la découvrît, à moins qu'il n'ouvrît la fenêtre, et encore aurait-elle eu le temps de se dissimuler sous l'ombre épaisse des arbres. Il resta debout quelques instants, regardant autour de lui avec la même expression de fatigue et de dégoût, comme s'il se méprisait lui-même, lui et tout ce qui l'entourait; puis il se rassit à sa table, donna encore quelques coups de crayon et le rejeta de nouveau. Finalement il se leva, traversa la chambre, écarta sa valise d'un coup de pied, et se jeta sur son lit, les bras repliés sous sa tête, fixant le plafond d'un air maussade. Combien de fois Charity l'avait-elle vu ainsi couché près d'elle, sur l'herbe des prés ou sur l'épais tapis des aiguilles de pins, les yeux tournés vers le ciel, le visage illuminé de plaisir comme par les taches de soleil que les branches faisaient bouger sur son front! Maintenant son visage était si changé qu'elle le reconnaissait à peine, et la douleur, qu'elle ressentait à la vue de sa douleur à lui, lui serrait la gorge. Des larmes jaillirent de ses yeux et coulèrent sur ses joues.

Elle demeura longtemps ainsi accroupie sur la marche, retenant sa respiration, tout engourdie par l'immobilité. Un mouvement de sa main, un léger coup sur la vitre, et elle se représentait le changement qui s'opérerait sur le visage de Harney. Dans toutes les veines de son corps raidi elle sentait déjà monter la chaleur de l'accueil que lui feraient les yeux et les lèvres de Harney; mais quelque chose l'empêchait de bouger. Ce n'était pas la peur de quelque sanction humaine ou divine; elle n'avait jamais eu peur de sa vie. C'était simplement qu'elle venait de se représenter ce qui arriverait si elle entrait. Il arrivera ce qui arrivait fatalement entre jeunes gens et jeunes filles, ce que North Dormer feignait d'ignorer en public, et ce dont il ricanait par-dessous. Il arriverait ce que Miss Hatchard ignorait sans doute encore, mais ce que toutes les compagnes de Charity savaient avant même d'avoir quitté l'école. Il arriverait ce qui était arrivé à Julia, la sœur d'Ally Hawes, ce qui avait fini par entraîner son départ pour Nettleton, ce qui faisait que personne ne prononçait plus jamais son nom...

Bien entendu, ces histoires ne se terminaient pas toujours d'une manière aussi sensationnelle que dans le cas de Julia Hawes. D'autres dénouements moins bruyants n'en étaient peut-être que plus tragiques. Charity avait toujours soupçonné que le sort de Julia n'était pas sans ses compensations secrètes. Il y avait d'autres dénouements pires que celui-là, dénouements mesquins, misérables, inavoués ou inavouables, et d'autres existences qui se traînaient lamentablement sans changement visible, dans le même décor restreint et toujours à base d'hypocrisie. Mais ce n'étaient point là les raisons qui la retenaient. Depuis la veille elle se représentait avec précision le trouble profond qu'elle éprouverait si Harney la prenait dans ses bras : les mains, les lèvres se fondant l'une dans l'autre, et la longue flamme la dévorant de la tête aux pieds. Mais un autre sentiment se mêlait à celui-là : un étonnement rempli d'orgueil à se sentir aimée par lui, la douce surprise que cette tendresse avait déposée dans son cœur. Parfois, quand sa jeunesse lui montait à la tête, elle s'était vue cédant comme d'autres jeunes filles à de furtives caresses dans le crépuscule, mais elle ne pouvait pas se diminuer ainsi devant Harney. Elle ne savait pas pourquoi il voulait s'en aller; mais, puisqu'il s'en allait, elle sentait qu'elle ne devait rien faire qui pût défigurer l'image qu'il emportait d'elle. S'il la voulait il faudrait qu'il la cherchât : qu'il n'obéît pas à une surprise des sens, qu'elle ne fût pas prise comme tant d'autres, comme une Julia Hawes avait été prise...

Aucun son ne montait plus du village endormi. Dans l'obscurité profonde du jardin elle percevait, de temps en temps, un secret frémissement des branches, comme si quelque oiseau nocturne les frôlait. A un moment des pas se firent entendre près de la grille. Elle se rejeta dans l'ombre et le bruit se perdit au loin, laissant derrière lui un silence plus profond. Les yeux de Charity se tenaient toujours fixés sur le visage tourmenté de Harney; elle sentait qu'elle ne pourrait point bouger tant qu'il ne ferait pas lui-même quelque mouvement. Cependant, elle commençait à s'engourdir et parfois ses pensées vacillaient tellement qu'il lui semblait qu'elle n'était plus retenue là que par le poids de sa fatigue.

Cette étrange veillée se prolongea longtemps encore. Harney gisait toujours sur le lit, immobile, les yeux fixes, comme s'il poursuivait sa vision jusqu'à son amère conclusion. Enfin, il bougea, et changea légèrement d'attitude. Le cœur de Charity se mit à battre très fort. Mais le jeune homme ne fit qu'étendre ses bras, pour retomber aussitôt dans la même position. Avec un profond soupir, il rejeta les cheveux qui lui tombaient sur le front; puis tout son corps se détendit, et son visage se tourna de côté sur l'oreiller. Le sourire habituel revint sur ses lèvres, l'air hagard disparut de son visage, qui redevint frais comme celui d'un enfant, et Charity s'aperçut qu'il dormait.

Elle se leva alors et s'éloigna.

VIII

Charity avait tellement perdu la notion du temps passé sous la fenêtre de Harney qu'elle ne se rendit compte de l'heure tardive que lorsqu'elle fut dans la rue. Quand elle quitta l'ombre épaisse des sapins, toutes les fenêtres situées entre la demeure de Miss Hatchard et la maison Royall étaient sans lumière.

Elle crut pourtant deviner, du côté de l'étang des canards, deux formes dans la nuit. Elle se rejeta vivement en arrière, et attendit... Mais rien ne bougea et elle avait si longtemps tenu les yeux fixés sur la chambre éclairée que l'obscurité la troublait; elle pensa qu'elle avait dû se tromper.

Elle continua son chemin, se demandant si Mr Royall était encore sur le perron. Dans l'état d'exaltation où elle se trouvait, il lui était assez indifférent qu'il l'attendît ou qu'il ne l'attendît pas. Elle se sentait planer au-dessus de la vie, sur un grand nuage d'angoisse, du haut duquel les réalités de chaque jour n'apparaissaient plus que comme de petits points dans l'espace. Le perron était vide, le chapeau de Mr Royall pendait à la patère dans le vestibule, et la lampe de cuisine brûlait en attendant Charity. Elle la prit et monta se coucher.

Le lendemain, les heures de la matinée s'écoulèrent mornes et sans incident. Charity s'était imaginé que, d'une façon ou d'une autre, elle saurait si Harney était déjà parti; mais Verena, qu'isolait sa surdité, ne pouvait rien lui apprendre; et personne ne vint qui pût l'éclairer à ce sujet.

Mr Royall sortit de bonne heure, et ne rentra qu'à l'heure du déjeuner. A son retour il alla droit à la cuisine et cria à la vieille : «Allons, à table!» Dans la salle à manger, Charity était déjà assise à sa place habituelle, et l'on avait mis le couvert de Harney comme d'habitude. Mr Royall n'ayant fait aucune allusion à l'absence du jeune homme, Charity ne demanda pas d'explication. L'exaltation fiévreuse de la nuit précédente était tombée; la jeune fille se disait que Harney était parti avec indifférence, presque brutalement, et que, maintenant, sa vie à elle allait retomber dans l'étroite ornière d'où pour une heure il l'avait tirée. Elle se disait surtout, et avec une ironie amère, qu'une autre qu'elle n'eût pas hésité à user de ses talents pour le garder.

Elle resta à table jusqu'à la fin du repas, afin de ne pas fournir à Mr Royall l'occasion d'une remarque; mais quand il se leva, elle se leva également, laissant Verena desservir toute seule. Elle avait déjà gagné l'escalier quand Mr Royall l'interpella.

— J'ai la migraine, dit-elle. Je monte me coucher.

— Un moment, je vous prie. J'ai quelque chose à vous dire.

A son ton elle devina qu'elle allait enfin être fixée. Tous ses nerfs étaient tendus, mais en entrant dans le bureau, elle fit un dernier effort pour paraître indifférente.

Mr Royall se tenait debout au milieu de la pièce, ses épais sourcils hérissés, sa mâchoire inférieure agitée d'un léger tremblement. D'abord elle pensa qu'il avait bu; mais elle voyait qu'il était de sang-froid, et en proie à une profonde et âpre émotion qui ne ressemblait en rien à ses accès de colère habituels. Tout à coup elle comprit que, jusque-là, elle ne l'avait jamais vraiment regardé; que jamais elle ne lui avait accordé une pensée, et que, sauf le jour où il avait voulu forcer la porte de sa chambre, il n'avait représenté à ses yeux que *la personne qui est toujours là*, fait central et incontesté de la vie, aussi inévitable, mais aussi dépourvu d'intérêt que le village où ils habitaient. Même alors elle n'avait envisagé son tuteur qu'en fonction d'elle-même, sans se préoccuper de savoir quels sentiments personnels il pouvait bien éprouver. Elle se bornait à conclure instinctivement qu'il la laisserait désormais tranquille. Pour la première fois elle se demandait ce que Mr Royall était en réalité.

Les deux mains appuyées sur le dossier de sa chaise, il la dévisageait. Finalement il dit :

— Voyons, Charity, si nous causions une fois comme deux amis?

Tout de suite, elle eut l'impression que quelque chose s'était passé et qu'il la tenait en son pouvoir. Elle s'écria brusquement, sans trop savoir ce qu'elle disait :

— Où est Mr Harney? Pourquoi n'est-il pas revenu? L'avez-vous renvoyé?

La décomposition des traits de Mr Royall l'effraya. Il devint subitement exsangue, et les rides qui creusaient sa face basanée s'enfoncèrent et parurent presque noires.

— N'a-t-il pas eu le temps de répondre à quelques-unes de ces questions la nuit dernière? Vous avez été assez longtemps ensemble, répondit-il.

Charity demeura sans voix. Sa pensée était si loin qu'elle dut faire effort pour comprendre la portée de l'accusation. Mais l'instinct de défense s'était déjà éveillé en elle.

— Qui donc a dit que nous étions ensemble hier au soir?

— A l'heure qu'il est tout le monde le dit.

— Alors, c'est vous qui leur avez mis ce mensonge dans la bouche...

Et avec un subit éclat de fureur elle lui jeta :

— Oh! comme je vous ai toujours haï!

Elle s'attendait à une riposte aussi vive, mais son exclamation tomba dans le silence.

— Je le sais, répliqua Mr Royall lentement. Mais ce n'est pas cela qui avancera beaucoup les choses.

— En tout cas, cela me permet de n'attacher aucune importance aux mensonges qu'il vous plaît de débiter sur moi.

— Si mensonges il y a, ce ne sont pas les miens. J'en jure sur la Bible, Charity. Je ne savais même pas où vous étiez; je ne suis pas sorti de cette maison hier soir.

Voyant qu'elle ne répondait rien, il reprit :

— Est-ce un mensonge d'avancer qu'on vous a vue sortir de chez Miss Hatchard à minuit?

Elle se raidit dans un rire, toute sa hardiesse insolente revenue :

— Je n'ai pas songé à regarder l'heure.

— Malheureuse... malheureuse... vous... vous... Mon Dieu, pourquoi me l'avez-vous dit? éclata-t-il en tombant sur sa chaise, la tête penchée sur la poitrine comme celle d'un vieillard.

Mais sous la sensation du danger Charity avait repris possession d'elle-même.

— Pensez-vous que je prendrais la peine de vous mentir? Qui êtes-vous, après tout, pour me demander où je vais quand je sors?

Mr Royall releva la tête. Son visage avait repris son expression calme, presque douce, l'expression que Charity se souvenait lui avoir vue parfois quand elle était petite fille, du vivant de Mrs Royall.

— Je vous en prie, Charity, dit-il doucement, ne continuons pas sur ce ton. Cela ne nous servira à rien, ni à l'un ni à l'autre. On vous a vue entrer dans la maison de cet homme... on vous a vue en sortir... Je sentais cela arriver, j'espérais intervenir à temps. Dieu m'est témoin que...

Elle l'interrompit, le cinglant de son mépris :
— Ah! c'était donc vous? Je savais bien que c'était vous qui l'aviez renvoyé!

Il la regarda d'un air surpris.
— Ne vous l'a-t-il pas dit? Je croyais qu'il avait compris.

Il continuait à parler lentement, avec des arrêts pénibles :
— Je ne vous ai pas nommée : je me serais plutôt coupé la main. Je lui ai dit tout simplement que je ne pouvais pas me passer du cheval plus longtemps, et que Verena avait trop à faire avec la cuisine. Ce n'est sans doute pas la première fois que pareille aventure lui arrive. En tous les cas, il parut prendre la chose en douceur. Il m'a dit qu'il avait à peu près terminé ce qu'il était venu faire; il n'y a pas eu un

mot de plus entre nous... S'il vous a dit autre chose, il vous a menti.

Charity l'écoutait en proie à un accès de rage froide. Elle se moquait bien des potins du village... mais assister à l'anéantissement de tous ses rêves, froissés par une main brutale!

— Je vous ai dit que je ne lui avais pas parlé. Nous n'avons pas été ensemble cette nuit.

Surpris, Mr Royall, la regarda.

— Vous n'avez pas été ensemble cette nuit?

— Non... Ce n'est pas que je me soucie de ce que vous pouvez dire... mais, aussi bien, pourquoi ne sauriez-vous pas la vérité? Nos relations ne sont pas ce que vous pensez... vous et les vilaines gens d'ici. Il était bon pour moi, c'était mon ami, voilà tout. Tout d'un coup il a cessé de venir, et j'ai bien deviné que vous en étiez la cause, *vous!* s'écria-t-elle, avec toute la rancune irritée que le passé avait accumulée en elle.

Et elle continua :

— Si bien que je suis allée chez lui hier soir pour lui demander ce que vous lui aviez dit...

Mr Royall poussa un soupir de soulagement.

— Mais alors... si vous ne l'avez pas trouvé chez lui, pourquoi êtes-vous restée si longtemps absente?... Charity, de grâce, répondez-moi. Comprenez donc que j'ai besoin de savoir pour les faire taire.

Charity ne s'émut pas. Cette soudaine abdication de toute autorité sur elle la laissait indifférente. Elle ne sentit que l'outrage de son intervention.

— Ne voyez-vous donc pas que je me moque de ce que l'on dit de moi? Oui, c'est vrai... j'étais sortie pour le voir. Et je l'ai vu de loin... il était dans sa chambre. Mais je n'ai pas osé entrer. Je suis restée

103

dehors tout le temps à le guetter. Je ne voulais pas qu'il crût que je courais après lui...

Elle sentit que la voix lui manquait, et se ressaisit dans un dernier élan de défi :

— Aussi longtemps que je vivrai, je ne vous pardonnerai pas ! Je ne vous pardonnerai jamais !

Mr Royall ne répondit pas. Il demeura assis, la tête penchée, absorbé dans ses pensées. Ses mains aux veines saillantes étreignaient les bras de son fauteuil. L'âge semblait être tombé sur lui comme l'hiver descend sur les collines après les premières pluies d'automne. Enfin, il releva la tête.

— Vous dites que vous vous moquez de ce que l'on dit de vous. Mais vous êtes la fille la plus fière que je connaisse, et jamais vous n'admettriez que l'on vous critiquât. Or, vous savez bien qu'il y aura toujours des jaloux pour vous épier. Vous êtes la plus jolie et la plus fine jeune fille du village, et cela suffit à déchaîner toutes les mauvaises langues contre vous. Jusqu'à ces derniers temps vous n'aviez jamais fourni de prétexte à la médisance, pas plus qu'aux bavardages... Ce prétexte, on le tient maintenant et l'on s'en servira. Moi, je crois ce que vous me dites; mais les autres, vous savez bien qu'ils ne le croiront pas... C'est Mrs Tom Fry qui vous a vue entrer chez Harney... deux ou trois autres mauvaises langues étaient à guetter votre sortie... Songez donc, vous avez passé des journées entières avec ce garçon depuis qu'il est ici... Je suis un homme de loi, et je sais, hélas, combien la calomnie a la vie dure.

Il s'arrêta, mais Charity demeura immobile, ne donnant aucun signe d'acquiescement, ni même d'attention.

— C'était un garçon bien sympathique, continua Mr Royall. Moi-même j'avais plaisir à causer avec lui. Les jeunes gens d'ici n'ont pas eu sa chance. Mais il y a une vérité vieille comme le monde, c'est que lorsqu'un jeune homme a envie d'épouser une jeune fille il trouve toujours moyen de le lui dire.

Charity ne répondit pas. Rien ne pouvait lui être plus douloureux et plus humiliant que d'entendre de telles paroles sortir de cette bouche.

Mr Royall se leva.

— Ecoutez-moi, Charity. J'ai eu autrefois une mauvaise pensée et vous me l'avez fait payer cher. Ce compte n'est-il pas réglé? Il y a, en moi, quelque chose dont je ne suis pas toujours maître; mais sauf cette fois-là, j'ai toujours agi loyalement avec vous et vous l'avez toujours su... Vous saviez que vous n'aviez rien à craindre de moi. Malgré tous vos mépris et toutes vos railleries vous avez toujours su que je vous aimais comme un homme aime une honnête femme. Il est vrai que je suis beaucoup plus âgé que vous; mais je dépasse de plusieurs coudées ce village et ses habitants, et cela, vous le savez aussi. J'ai gâché ma vie il y a de longues années; mais il n'est peut-être pas trop tard pour la refaire. Si vous consentez à m'épouser nous partirons d'ici pour aller nous établir dans une grande ville où l'on se débrouille toujours. Il n'est pas trop tard pour trouver un débouché. Je vois cela à la façon dont on m'accueille quand je vais à Hepburn ou à Nettleton pour plaider ou pour m'occuper d'affaires.

Charity ne bougea pas. Rien dans cet appel n'atteignait son cœur et elle ne pensait qu'à trouver des répliques blessantes et flétrissantes. Mais une lassitude croissante l'envahissait. Que pouvait-il faire qui eût la moindre importance? Elle voyait son ancienne vie se refermer sur elle et percevait à peine la chimérique vision d'avenir qu'il évoquait.

— Charity... Charity... dites que vous consentez... dites...

Elle entendit passer dans la voix de Mr Royall toute la fièvre de ses années perdues et de sa passion vainement prodiguée.

— A quoi sert tout ceci? Quand je m'en irai d'ici, ce ne sera pas avec vous, dit-elle brutalement.

Tout en parlant, elle se dirigeait vers la porte; mais elle le trouva devant elle, lui barrant le chemin. Il semblait soudainement grandi et fort, comme si l'extrémité de son humiliation lui avait donné une vigueur nouvelle.

— Ainsi, c'est tout ce que vous avez à me dire? C'est peu.

Il s'était adossé au chambranle de la porte, si imposant et si puissant qu'il semblait remplir, à lui seul, la pièce étroite.

— Eh bien, oui... vous avez raison : je n'ai aucun droit sur vous... Pourquoi songeriez-vous à un homme fini comme moi? Vous voulez l'autre, je ne vous en blâme pas. Vous avez jeté votre dévolu sur ce qu'il y avait de mieux, dès que l'occasion s'est présentée. C'est toujours comme cela que j'ai procédé moi-même.

Il la fixait de ses yeux pénétrants, et elle eut le sentiment que la lutte en lui atteignait à son maximum d'intensité.

— Voulez-vous qu'il vous épouse? demanda-t-il brusquement.

Ils se regardèrent un long moment dans les yeux, avec cette tragique égalité de courage qui donnait parfois à Charity le sentiment qu'ils étaient du même sang.

— Répondez. Voulez-vous qu'il vous épouse?... Il peut être ici dans une heure si vous le désirez. Ce n'est pas pour rien que je suis homme de loi depuis trente ans. Il a loué la voiture de Carrick Fry pour se faire conduire à Hepburn; mais il ne peut pas partir avant une heure. Et je puis lui présenter les choses de telle manière qu'il ne soit pas long à se décider... C'est un faible, au fond, et j'en ferai ce que je voudrai. Je ne dis pas que vous ne le regretterez pas plus tard... mais, par Dieu, vous l'épouserez si vous le voulez, et je vous y aiderai.

Elle l'écoutait en silence. Tout ce qu'il sentait et tout ce qu'il disait lui demeurait si lointain que nulle saillie méprisante n'aurait pu la soulager. Tout en l'écoutant, le souvenir des souliers boueux de Liff Hyatt se posant sur les fleurs blanches de la ronce lui traversa l'esprit. Pareille aventure lui était arrivée : en elle, quelque chose avait fleuri, quelque chose d'éphémère, mais d'exquis, quelque chose qu'elle avait dû voir piétiné sous ses yeux... Et tandis que cette pensée l'emplissait, elle apercevait Mr Royall devant elle, toujours appuyé contre le chambranle de la porte, mais abattu, diminué, comme si le silence de la jeune fille était la réponse qu'il redoutât le plus.

— Je ne veux rien de ce que vous pouvez m'offrir, dit-elle froidement. Je suis contente qu'il s'en aille.

Mr Royall resta encore un moment immobile, la main sur le bouton de la porte.

— Charity! dit-il d'un ton suppliant.

Elle ne répondit pas et il tourna alors le bouton et sortit. Elle l'entendit soulever le loquet de la porte d'entrée et le vit descendre les marches du perron. Il traversa le jardin, la taille penchée, la démarche lourde, et elle le vit s'éloigner lentement le long de la route.

Elle demeura quelque temps à la même place, toute tremblante encore d'humiliation. Les dernières paroles de Mr Royall résonnaient si fort à ses oreilles qu'il lui semblait que l'écho devait s'en propager dans tout le village, la proclamant une créature capable de se prêter aux plus viles suggestions. Sa honte l'écrasait comme une oppression physique : le plafond et les murs lui faisaient l'effet de se refermer sur elle, et elle fut brusquement saisie par le désir d'être dehors, très loin, là où elle pourrait respirer. Comme elle allait atteindre la porte d'entrée, Lucius Harney l'ouvrit.

Il avait l'air plus grave et moins assuré que de coutume. Pendant un moment, ils se regardèrent sans parler. Machinalement, il lui tendit la main.

— Est-ce que vous sortiez? demanda-t-il. Puis-je entrer?

Le cœur de la jeune fille battait si violemment qu'elle eut peur de parler. Elle le regardait, les yeux dilatés, prête à pleurer; puis elle sentit que son silence pouvait la trahir, et, très vite, elle dit :

— Oui, entrez.

Elle le conduisit dans la salle à manger, et là ils s'assirent en face l'un de l'autre. La table, sur laquelle traînaient encore l'huilier et la corbeille à pain en fer-blanc laqué, les séparait. Harney avait déposé son chapeau de paille, et, comme il était assis en face d'elle, dans son léger veston d'été, une cravate marron nouée sous son col de flanelle, ses cheveux lisses et bruns rejetés en arrière, elle se le représenta comme elle l'avait vu la nuit précédente, couché sur son lit, les cheveux épars tombant sur ses yeux, sa gorge nue sortant de sa chemise déboutonnée. Il ne lui avait jamais semblé si loin d'elle qu'au moment où cette vision passa dans son esprit.

Brusquement, il parla.

— Je suis si peiné que ce soit un adieu : vous savez sans doute que je pars, dit-il d'un air embarrassé.

Elle devina qu'il se demandait jusqu'à quel point elle était renseignée sur les raisons de son départ.

— Je suppose que votre travail s'est trouvé achevé plus tôt que vous ne le pensiez, dit-elle.

— Oui... en effet... ou plutôt non : il y a encore beaucoup de maisons que j'aurais aimé dessiner. Mais mon congé est limité, et puisque Mr Royall a besoin de son cheval, il me serait difficile, si je restais ici, de trouver un moyen de locomotion.

— Il n'y a pas beaucoup d'attelages à louer par ici, en effet, dit-elle. Et il y eut un autre silence.

— J'ai passé ici des journées bien agréables. C'est à vous que je le dois et je voulais vous remercier de l'accueil que vous m'avez fait, continua-t-il, une légère rougeur sur le front.

Charity ne trouva aucune réponse. Il continua :

— Vous avez été tellement bonne pour moi. Je voulais vous le dire... J'aimerais vous savoir plus heureuse, moins isolée... sans doute il se fera un jour un changement dans votre vie.

Elle répondit :

— Rien ne change à North Dormer : les gens s'adaptent aux choses, voilà tout.

Sa réponse coupait court aux consolations banales que le jeune homme se préparait à offrir. Il se tut, la regardant d'un air indécis. Puis il dit, avec son doux sourire :

— Cela ne sera pas vrai pour vous. Non, cela ne peut l'être.

Le sourire de Harney fut comme un coup de couteau dans le cœur de Charity. Elle sentit les larmes qui montaient, et elle se leva.

— Au revoir, dit-elle.

Elle eut vaguement conscience qu'il lui prenait la main, et que sa main à lui était comme inanimée.

— Au revoir, dit-il.

Sur le seuil de la porte il s'arrêta un instant.

— Vous direz au revoir de ma part à Verena.

Elle entendit qu'il traversait le vestibule et fermait la porte extérieure. Elle perçut le grincement des cailloux du jardin sous ses pas rapides, et le cliquetis de la grille qui se refermait derrière lui.

Le lendemain matin, quand elle se leva après une nuit d'insomnie, l'aube froide éclairait ses vitres. Elle se pencha dehors et aperçut un petit garçon au visage couvert de taches de rousseur, qui se tenait de l'autre côté de la route, et qui levait les yeux vers elle. C'était le fils d'un fermier qui habitait, à quelques kilomètres de là, sur la route de Creston et elle se demandait ce qu'il pouvait bien faire là, à cette heure matinale, et pourquoi il la regardait si obstinément. Quand l'enfant la vit, il traversa la route et vint, d'un air indifférent, s'appuyer contre la grille du jardin. Après un instant d'hésitation, personne ne bougeant dans la maison, elle jeta un châle sur sa chemise de nuit, descendit l'escalier et sortit. Lorsqu'elle atteignit la grille le gamin s'en allait déjà sur la route en sifflant; mais elle vit qu'une lettre avait été glissée entre les barreaux de bois de la grille. Elle la prit et remonta vivement dans sa chambre.

L'enveloppe portait son nom. Charity la décacheta et trouva quelques mots griffonnés à la hâte sur un feuillet arraché d'un carnet :

«Chère Charity, je ne puis partir ainsi. Je reste quelques jours à Creston River. Voulez-vous venir me rejoindre à l'étang de Creston? Je vous y attendrai jusqu'au soir.»

IX

Charity, assise devant le miroir, essayait un chapeau qu'Ally Hawes lui avait confectionné en grand secret. C'était un chapeau de paille blanche, avec un grand bord doublé de soie cerise et qui donnait à son teint l'éclat rosé de l'intérieur du coquillage posé sur la cheminée de la salle à manger.

Charity avait appuyé le miroir contre la Bible en cuir noir de Mrs Royall, le calant avec une pierre blanche qui servait de presse-papier, et sur laquelle était peinte une vue du pont de Brooklyn. Elle s'était assise devant la glace et ployait les bords de son chapeau tantôt d'une façon, tantôt d'une autre, tandis que, par-dessus son épaule, le pâle visage d'Ally apparaissait comme le spectre des bonheurs manqués.

— Je suis vraiment trop laide! dit Charity, avec un soupir de satisfaction mal dissimulée.

Ally sourit et reprit le chapeau.

— Je vais vite coudre les roses, afin que vous puissiez cacher le chapeau tout de suite.

Charity, avec un rire heureux, fit bouffer des doigts ses lourds cheveux sombres : elle savait que Harney prenait plaisir à voir leurs reflets d'acajou jouer autour de son front et sur sa nuque. Puis elle s'assit sur son lit et examina Ally qui se penchait sur le chapeau, les sourcils froncés par l'attention.

— Dites, Ally, n'avez-vous jamais envie d'aller à Nettleton passer la journée? demanda-t-elle.

Ally secoua la tête sans lever les yeux.

— Non. Je me souviens toujours de l'horrible visite que j'y ai faite avec Julia... chez cette doctoresse...

— Oh! Ally...

— C'est plus fort que moi. La maison est au coin de Wing Street et de Lake Avenue. Le tram électrique qui part de la gare passe tout à côté; le jour où le pasteur nous a emmenées voir les projections, j'ai reconnu l'endroit tout de suite, et je ne pouvais plus penser à autre chose. Il y a une grande enseigne noire avec des lettres d'or qui occupe toute la façade : «Consultations particulières»... Julia a été à deux doigts de la mort...

— Pauvre Julia! soupira Charity, de toute la hauteur de sa pureté et de sa sécurité.

Elle, Charity, possédait un ami qui la respectait et en qui elle avait confiance. Elle allait passer avec lui la journée du lendemain, le Quatre Juillet, jour de la Déclaration d'Indépendance (1), à Nettleton. Qui avait le droit d'y redire? Et quel mal y avait-il à cela? Le malheur venait de ce que des filles comme Julia ne savaient pas choisir, ni tenir les mauvais sujets à distance... Charity se laissa glisser du lit et tendit les mains.

— Est-ce cousu? Donnez que je l'essaie encore.

Elle se coiffa et sourit à son image. Elle ne pensait plus à Julia...

---

(1) Fête nationale des Etats-Unis.

Le lendemain matin elle était debout avant l'aube et, se penchant à sa fenêtre, elle assista au lever du soleil derrière les collines, et vit la lueur argentée, qui précède une journée de chaleur, trembler sur les champs endormis.

Elle avait fait son plan avec grand soin. Elle avait annoncé qu'elle allait à une fête champêtre organisée par la «Fraternité de l'Espoir» de Hepburn, et comme personne à North Dormer n'avait l'intention de s'aventurer aussi loin, il était peu probable que son absence à la fête fût constatée. D'ailleurs, elle ne s'en souciait guère. Elle était résolue à affirmer son indépendance, et si elle s'abaissait à mentir au sujet de la fête de Hepburn, cette dissimulation était surtout due au secret instinct qui lui faisait toujours redouter quelque profanation de son bonheur. Toutes les fois où elle se trouvait avec Lucius Harney, elle eût voulu qu'un impénétrable nuage les enveloppât.

Il avait été convenu qu'elle partirait à pied, qu'elle retrouverait le jeune homme à un point fixé d'avance sur la route de Creston, et que de là une voiture les conduirait à Hepburn, à temps pour attraper le train de neuf heures et demie pour Nettleton. Harney avait d'abord témoigné peu d'enthousiasme pour l'excursion. Il ne demandait pas mieux que d'emmener Charity à Nettleton, mais il lui conseillait vivement de ne pas choisir le Quatre Juillet pour leur visite, à cause de la foule, du retard probable des trains, et de la difficulté pour elle de rentrer avant la nuit. Mais voyant qu'elle tenait à son idée, et désirant ne pas la désappointer, il céda et feignit même de se réjouir à l'idée de cette escapade.

Charity comprenait fort bien que, pour un jeune homme «de la ville», la fête du Quatre Juillet à Nettleton devait être bien peu de chose ; mais elle n'avait jamais rien vu, et un ardent désir s'était emparé d'elle, le désir de se promener dans les rues d'une grande ville, un jour de fête, au bras de son ami, et bousculée par des badauds endimanchés. La fermeture des boutiques constituait la seule ombre au tableau, mais elle espérait bien que Harney la reconduirait une autre fois, un jour où elles seraient ouvertes.

Elle sortit de bonne heure de la maison, sans avoir été aperçue, glissant à travers la cuisine pendant que Verena était penchée sur son fourneau. Pour ne pas attirer l'attention, elle tenait son chapeau à la main dissimulé dans un grand mouchoir, et elle avait jeté une longue écharpe grise appartenant à Mrs Royall sur la robe neuve de mousseline blanche confectionnée par les doigts habiles d'Ally. Les dix dollars, que Mr Royall lui avait donnés, et une partie de ses petites économies à elle avaient été dépensés pour sa toilette, et quand Harney sauta de la voiture pour venir à sa rencontre elle se sentit plus que dédommagée par l'admiration qui se lisait dans ses yeux.

Le gamin de Creston, le même qui lui avait apporté le billet de Harney, devait attendre avec la voiture à Hepburn jusqu'à leur retour. Il grimpa dans le petit «buggy» et se jucha aux pieds de Charity, les jambes pendantes entre les roues. Charity et Harney ne pouvaient se dire grand-chose à cause de sa présence, mais cela n'avait pas beaucoup d'importance, car leur passé était maintenant assez riche pour qu'ils puissent communiquer sans se parler. Une longue journée d'été s'ouvrait devant eux, pareille à ces lointains bleuâtres qui s'étendaient derrière les collines, et la jeune fille trouvait un plaisir délicat dans l'ajournement même de leur tête-à-tête.

Lorsque, deux semaines auparavant, en réponse à l'appel de Harney, Charity s'était rendue à l'étang de Creston, son cœur débordait à tel point d'humiliation et de colère, que la première parole du jeune homme eût pu la blesser irrémédiablement ; mais il avait trouvé le mot juste, le ton d'une amitié simple et sincère. Il n'avait fait aucune allusion à ce qui s'était passé entre Mr Royall et lui ; il avait présenté son départ comme la conséquence naturelle de la pénurie de moyens de transport à North Dormer, et avait insisté sur le fait que Creston River était un centre d'excursions plus commode. Il avait loué à la semaine un «buggy» qui appartenait au père du gamin, le propriétaire d'une remise qui desservait quelques pensions de famille à bon marché disséminées sur les bords de Creston Lake, et il dit à Charity qu'il ne pouvait pas, tant qu'il se trouvait dans le voisinage, renoncer au plaisir de la voir le plus souvent possible.

Elle avait promis à la fin de leur première entrevue de continuer à lui servir de guide dans ses excursions, et pendant la quinzaine qui suivit, ils parcoururent le pays dans tous les sens comme de simples camarades heureux de se trouver ensemble. Dans la plupart des amourettes entre jeunes filles et gars du village, on essayait de suppléer par des baisers à l'absence de conversation ; mais, sauf durant leur retour de la maison brune, lorsqu'il l'avait prise par la taille en tâchant de la consoler dans son chagrin, Harney n'avait jamais cherché à la surprendre d'une caresse soudaine. Il semblait qu'il lui suffît de respirer sa présence comme il eût respiré le parfum d'une fleur ; mais comme le plaisir qu'il prenait à être avec elle et son appréciation de sa jeunesse et de sa grâce brillaient perpétuellement dans ses yeux et adoucissaient les inflexions de sa voix, sa réserve ne suggérait aucune froideur mais seulement la déférence due à une jeune fille bien élevée.

L'allure rapide du bon trotteur attelé «buggy» créait autour d'eux un courant d'air frais ; mais quand ils atteignirent Hepburn ils se trouvèrent tout à coup oppressés par la lourde chaleur. Le quai de la gare était noir de monde. Charity et Harney se refugièrent dans la salle d'attente, bondée elle aussi d'une foule qu'alangissait déjà la température éprouvante et la longue attente des trains en retard. Des mères au teint pâle étaient aux prises avec des nourrissons agités, ou s'efforçaient de soustraire leurs aînés à la fascination de la voie ; des jeunes filles avec leurs «amis» ricanaient et se bousculaient, se passant des bonbons dans des sacs poisseux, tandis que les pères de famille, le col défait et luisants de sueur, portaient de lourds rejetons sur un bras, tantôt sur l'autre, tout en surveillant d'un œil inquiet les membres dispersés de leur famille.

Le train arriva enfin et la foule s'y engouffra. Harney hissa Charity dans la première voiture et, s'étant emparé de haute lutte d'une banquette à deux places, ils s'y installèrent dans un heureux isolement, tandis que le train les emportait à travers de grasses prairies semées de bouquets d'arbres. La brume du matin s'était transformée en une vibration de cristal répandue sur toutes choses, pareille aux moires qui agitent l'air autour d'une flamme ; et le paysage opulent semblait ployer sous la langueur. Mais pour Charity la chaleur était un stimulant, enveloppant le monde entier dans la flamme dont brûlait son cœur. De temps en temps une secousse du train la jetait contre Harney, dont le bras la frôlait à travers la fine mousseline de sa robe. Elle se redressait, leurs yeux se rencontraient, et le souffle brûlant du jour semblait les confondre en un seul être.

Le train entra dans la gare de Nettleton avec un bruit retentissant ; ils furent entraînés dans le flot des voyageurs, et ils débarquèrent sur une place poudreuse, encombrée de fiacres miteux et de tapissières à rideaux, traînés par de maigres haridelles couvertes de filets frangés pour les préserver des mouches, et balançant tristement leurs longues têtes résignées.

Une horde de cochers braillait : «A l'hôtel de l'Aigle», «A l'hôtel Washington», «Par ici pour le lac», «En voiture pour Greytop», et leurs appels bruyants se mêlaient aux détonations des pétards et des mortiers et aux éclats stridents d'une fanfare de pompiers essayant de jouer *la Veuve Joyeuse* tandis qu'on les entassait dans un immense omnibus pavoisé.

Les auberges qui entouraient la place étaient également pavoisées et enguirlandées de lanternes en papier. Harney et Charity gagnèrent la grande rue. Au-dessus de leurs têtes les fils de fer innombrables tendus sur de grands poteaux en ciment semblaient vibrer et bourdonner dans la chaleur, et le long des hautes façades de briques et de granit, la double ligne de drapeaux et de lanternes s'étendait jusqu'aux arbres du parc, à l'extrémité de la perspective.

Ce chatoiement de couleurs, ce tohu-bohu de fête populaire semblaient transformer Nettleton en une grande ville. Charity ne pouvait croire que Springfield ou même Boston eussent quelque chose de plus beau à montrer, et elle se demandait si, en ce moment même, Annabel Balch, au bras d'un jeune homme aussi élégant que Harney, cheminait dans un décor aussi merveilleux que celui qui s'offrait à sa vue éblouie.

— Où voulez-vous que nous allions d'abord ? demanda Harney ; mais comme elle tournait vers lui le regard vague de ses yeux ravis, il devina la réponse et dit :

— Nous faisons un tour dans les rues, n'est-ce pas ?

Le trottoir regorgeait de monde. Ils y reconnurent leurs compagnons de voyage, mêlés à d'autres voyageurs venus d'autres directions, à la population de Nettleton, et aux ouvriers des filatures qui se trouvent le long du Creston. Les boutiques étaient fermées, mais on l'aurait à peine remarqué, tant étaient nombreuses les portes vitrées qui s'ouvraient sur des bars, des restaurants, des droguistes avec des «fontaines» de soda-water glacé fonctionnant à jet continu, sur des étalages de fruitiers et de confiseurs où s'amoncelaient des gâteaux aux fraises, des bonbons à la noix de coco, des plateaux couverts de boîtes de caramels et de boules de gomme, des paniers

119

pleins de fraises, des grandes grappes de bananes. Devant certaines boutiques étaient dressés des tréteaux où s'empilaient des oranges et des pommes, des poires tachées et des framboises poussiéreuses. L'air était saturé d'une odeur de fruits trop mûrs, de vieux café, de bière et de pommes de terre frites.

Jusqu'aux boutiques fermées qui laissaient deviner à travers les larges vitres de leur devanture quelque chose de leurs trésors cachés. Des flots de soie et de ruban déferlaient contre les berges de mousses, d'où des chapeaux enchanteurs émergeaient, pareils à des orchidées tropicales. Des rangées de gramophones ouvraient leurs gueules géantes et rivales et semblaient entonner un chœur silencieux ; des bicyclettes luisantes et bien alignées avaient l'air d'attendre le signal de quelque invisible starter ; des articles de fantaisie de toutes sortes, menus objets en cuir, en carton-pâte, en celluloïd, balançaient leurs attraits insidieux ; et dans une vaste baie, qui semblait prête à s'ouvrir pour exposer la foule à leur contact piquant, d'élégantes dames en cire, vêtues de robes provocantes, et que l'on eût dit absorbées dans un papotage de salon, montraient du doigt, d'un geste hardi et pudique à la fois, leurs corsets roses et leurs combinaisons diaphanes.

Tout à coup Harney s'aperçut que sa montre s'était arrêtée et entra dans la boutique d'un petit bijoutier. Pendant qu'on examinait la montre, Charity se pencha sur une vitrine où brillaient, posées comme autant d'étoiles sur un fond de velours bleu sombre, des broches, des bagues et des épingles. Elle n'avait jamais vu des bijoux d'aussi près, et elle brûlait d'envie de soulever la glace et de plonger sa main parmi ces trésors scintillants. Mais la montre de Harney était déjà réparée, et la main du jeune homme, se posant sur le bras de Charity, la tira de son rêve.

— Qu'est-ce qui vous plaît le mieux là-dedans ? demanda-t-il en se penchant à côté d'elle sur la vitrine.

— Je ne sais pas...

Elle montra une branche de muguet en or, avec des fleurs en émail.

— Ne trouvez-vous pas que cette broche bleue est plus jolie ? suggéra-t-il.

Et tout de suite le muguet lui parut un objet bien insignifiant à côté de la petite pierre ronde, bleue comme un lac de montagne, et cerclée de points brillants. Charity rougit de son manque de goût.

— La broche est si belle que je n'osais pas même la regarder.

Il rit, et tous deux sortirent de la boutique ; mais quelques pas plus loin Harney s'écria :

— Excusez-moi, j'ai oublié quelque chose.

Et il la quitta brusquement. Charity, s'arrêtant devant la boutique de gramophones, contempla les immenses gueules roses jusqu'au moment où il la rejoignit et glissa son bras sous le sien.

— Vous n'aurez plus peur maintenant de regarder la broche bleue, car elle est à vous, dit-il.

Et elle sentit qu'il lui glissait un petit écrin dans la main. Son cœur bondit de joie, mais elle ne put que balbutier un remerciement timide. Elle s'était souvenue tout d'un coup des jeunes filles qu'elle avait entendu discuter sur le meilleur moyen de se faire offrir des cadeaux par leurs «amis», et elle eut peur

121

que Harney ne s'imaginât qu'elle s'était penchée sur la vitrine du bijoutier dans l'espoir de se faire donner un présent...

Un peu plus loin, ils franchirent une porte vitrée ouvrant sur un grand hall très clair d'où partait un escalier monumental à rampe d'acajou. Dans chaque coin du hall il y avait des comptoirs grillagés de cuivre, où s'étalaient des cigares, des bonbons, des journaux et des magazines.

— Il faut que nous songions à déjeuner, dit Harney.

Il conduisit Charity dans un cabinet de toilette revêtu de céramiques luisantes, et tout orné de glaces, où des jeunes filles en toilettes tapageuses se mettaient de la poudre tout en redressant leurs immenses chapeaux empanachés. Quand elles furent parties, Charity osa enfin plonger son visage brûlant dans une des cuvettes de marbre, et rajuster son chapeau, dont le bord avait été un peu déformé par les ombrelles des promeneurs.

Les toilettes étalées aux vitrines des magasins de nouveautés l'avaient tellement impressionnée qu'elle osait à peine se regarder dans le miroir ; mais quand elle leva enfin les yeux, l'éclat de son visage sous son chapeau doublé de cerise et la ligne de ses jeunes épaules à travers la mousseline légère lui rendirent tout son courage. Elle sortit la broche bleue du petit écrin, la fixa sur son corsage, et se dirigea vers le restaurant, la tête haute, comme si elle avait de tout temps foulé les dalles de marbre des grands hôtels en compagnie de jeunes gens non moins élégants que Harney.

Elle se sentit un peu intimidée à la vue des serveuses en noir, aux tailles minces et aux physionomies hautaines surmontées de séduisants petits bonnets, qui circulaient, dédaigneuses, entre les tables serrées.

— On ne pourra pas vous servir avant une heure, fit l'une d'elles en passant.

Harney s'arrêta, jetant autour de la salle encombrée un regard hésitant.

— Oh ! nous ne pouvons pas rester ici à attendre dans cette chaleur, déclara-t-il, essayons ailleurs...

Et avec un sentiment de soulagement Charity le suivit hors de ce lieu de splendeur inhospitalière.

Après une marche fatigante, et plusieurs tentatives infructueuses, ils découvrirent enfin, dans une rue retirée, un petit caboulot intitulé : « Restaurant Français ».

Sous une toile tendue, quelques tables étaient dressées en plein air entre des plates-bandes de zinnias et de pétunias : un gros orme les ombrageait, se penchant par-dessus la clôture d'un jardin voisin. Ils déjeunèrent là avec des mets de saveur étrange, tandis que Harney, renversé dans une chaise à bascule, grillait des cigarettes et versait dans le verre de Charity un vin couleur de paille, le même, assura-t-il, que celui qui se boit en France dans les joyeux vide-bouteilles du même genre.

Charity trouva le vin moins bon que le sirop de «sarsaparilla (1)», mais elle en but une gorgée pour le plaisir d'imiter Harney et de s'imaginer qu'elle voyageait avec lui dans quelque pays lointain. L'illusion s'augmenta du fait qu'ils étaient servis par une femme robuste, aux cheveux noirs bien

---

(1) Boisson rafraîchissante américaine.

lissés et au rire agréable, qui échangeait avec Harney des mots inintelligibles, et semblait surprise et ravie de voir qu'il pût lui répondre dans sa langue. Aux autres tables, des gens du peuple, probablement des ouvriers d'usine, conversaient dans le même jargon aigu et jetaient sur Harney et Charity des regards bienveillants. Un caniche miteux, aux petits yeux roses, furetait sous les tables, et quémandait des morceaux de sucre en se dressant sur son séant de façon burlesque.

Harney ne paraissait nullement pressé de quitter le restaurant. Bien que l'endroit fût chaud, il était du moins ombragé et tranquille, et il ne leur parvenait qu'un écho lointain du bruit des tramways, des hurlements des trompes d'automobiles, du vacarme des orgues mécaniques, des cris rauques des mégaphones et de la grande rumeur de la foule qui grossissait sans cesse. Le jeune homme, paresseusement allongé, fumait un cigare, flattait le caniche de la main et faisait fondre son sucre dans le café brûlant que la patronne leur avait versé dans des tasses ébréchées.

— C'est du vrai café, vous savez, dit-il, corrigeant d'un mot toutes les idées antérieures de Charity quant aux qualités requises pour ce breuvage.

Ils n'avaient pas encore fait de projets pour le reste de la journée, et quand Harney demanda à Charity où elle désirait aller, elle ne sut pas comment choisir parmi tant d'alternatives attrayantes. Elle avoua finalement qu'elle désirait beaucoup voir le lac, qu'elle n'avait pu visiter lors de son premier voyage à Nettleton ; et quand Harney répondit : «Oh ! nous avons le temps, ce sera plus agréable un peu plus tard», elle proposa d'aller au cinéma, comme le jour de l'excursion organisée par Mr Miles. Elle crut s'apercevoir que l'idée ne souriait guère à Harney, sans doute à cause de la chaleur ; mais il s'essuya le front avec son mouchoir fin, et dit gaiement :

— Eh bien ! va pour le cinéma.

Avec une dernière caresse au chien ils prirent congé du petit restaurant.

La matinée organisée par Mr Miles avait eu lieu dans la salle de l'Association des Jeunes Gens Chrétiens, local austère aux murs blancs et nus, avec un grand orgue surmontant l'estrade ; mais Harney conduisit Charity dans une salle de spectacle étincelante : tout ce qu'elle voyait ce jour-là lui semblait étinceler. Entre deux rangs d'immenses affiches représentant des gredins en habit de soirée poignardés par de blondes beautés, ils gagnèrent un théâtre aux amples draperies de velours, et bondé jusqu'aux dernières limites de la compressibilité humaine. Puis tout se fondit dans le cerveau de la jeune fille en cercles vertigineux de chaleur, en alternatives aveuglantes de lumière et d'obscurité. Tout ce que le monde pouvait avoir à déployer d'étrange et de merveilleux sembla défiler devant elle dans un chaos de palmiers et de minarets, de charges de cavalerie, de lions rugissants, de policemen comiques, d'assassins aux masques terribles. La foule qui l'entourait, les centaines de visages blêmes de chaleur, jeunes, vieux ou d'âge indéterminé, mais tous en proie à la même émotion contagieuse, vint à faire partie du spectacle et à danser sur l'écran avec les figures des tableaux.

Bientôt la pensée de la rafraîchissante course en tramway jusqu'au lac devint irrésistible. Charity et

Harney sortirent du théâtre en jouant des coudes, et comme ils se tenaient sur le trottoir brûlant, Harney tout pâli par la chaleur, et Charity elle-même un peu déprimée, ils virent passer un jeune homme au volant d'une petite automobile électrique portant sur une bande de calicot : « Dix dollars pour le tour du lac. » Avant que Charity eût compris ce qui se passait, Harney avait arrêté la voiturette.

— Voulez-vous que je vous conduise au match de base-ball, et vous ramène ensuite au lac ? Ça ne coûte que quinze dollars de plus, proposa le chauffeur avec un sourire engageant. Mais Charity dit vivement :

— J'aime mieux aller tout droit au lac.

La rue était si encombrée qu'on n'avançait qu'avec peine ; mais l'orgueil d'être assise dans l'automobile qui se frayait péniblement un chemin entre les tapissières et les tramways bondés fit que le temps parut trop court à Charity.

— Nous approchons de l'avenue du Lac, cria le jeune homme par-dessus son épaule.

Et comme ils s'arrêtaient pour laisser passer une tapissière où étaient entassés une trentaine de « Chevaliers de Pythias (1) », en chapeaux à plumes, avec des épées, Charity leva les yeux et vit au coin de la rue une maison de briques avec une grande enseigne noire et or : « Docteur Merkle. Consultations privées à toute heure. » Tout à coup elle se souvint des paroles d'Ally Hawes : « La maison était au coin de Wing Street et de Lake Avenue... Il y a une grande enseigne noire sur la façade... » et malgré la chaleur et son allégresse, un frisson glacé la traversa.

---

(1) Un chapitre des francs-maçons américains.

X

Enfin le Lac!... Une immense nappe de métal en fusion, sur laquelle s'inclinait des arbres aux branches alanguies. Charity et Harney avaient loué une barque, et, s'éloignant des appontements et des buvettes, ils se laissaient paresseusement aller à la dérive, recherchant la fraîcheur des berges. Là où le soleil dardait ses rayons, l'eau flambait sous le ciel que voilait la chaleur de la brume, et l'ombre la plus légère devenait noire par contraste. Le lac était si poli et si calme que le reflet des arbres sur ses bords apparaissait comme un émail sur une surface solide ; mais à mesure que le soleil déclinait, l'eau devenait transparente, et Charity, se penchant par-dessus l'embarcation, plongeait son regard fasciné dans des profondeurs si limpides qu'elle voyait les cimes inversées des arbres se mêler aux herbes vertes du fond.

Doublant une pointe à l'extrémité la plus lointaine du lac ils accostèrent dans une petite anse, contre un tronc d'arbre qui avançait dans l'eau. Des branches de saules, longues et souples, retombaient sur eux comme un voile. A travers cette verte pénombre, les champs de blé scintillaient au soleil ; et tout le long de l'horizon les collines lointaines semblaient palpiter sous le ciel éblouissant. Charity s'était renversée sur les coussins de l'arrière ; Harney rentra les avirons et s'étendit au fond de la barque, sans parler.

Depuis leur rencontre à l'étang de Creston il avait toujours été sujet à ces accès d'un mutisme songeur qui n'avaient rien de commun avec les moments où tous deux cessaient de parler parce que les mots devenaient inutiles. Son visage prenait alors l'expression que Charity lui avait vue lorsqu'elle l'avait épié la nuit du jardin de Miss Hatchard ; et de nouveau elle se sentait envahie par le sentiment de la distance mystérieuse qui les séparait. Mais le plus souvent ces crises d'absorption intérieure étaient suivies d'une explosion de gaieté qui chassait cette ombre avant qu'elle n'en fût glaçée.

Elle pensait encore aux dix dollars que le jeune homme avait donnés au watman pour sa course. Ces dix dollars ne représentaient que vingt minutes d'agrément, et il semblait inimaginable à Charity que quelqu'un eût le moyen de payer un simple amusement un pareil prix. Avec dix dollars, Harney aurait pu lui acheter une bague de fiançailles ; elle savait que celle de Mrs Tom Fry, qui venait de Springfield et qui était sertie d'un brillant, n'avait couté que huit dollars soixante-quinze cents. Mais elle ne savait pas pourquoi cette pensée lui était venue. Harney ne lui achèterait jamais un anneau de fiançailles : ils étaient amis et camarades mais rien de plus. Il avait été parfaitement loyal envers elle ; à aucun moment il ne lui avait dit un mot qui pût susciter chez elle de fausses espérances. Charity se demandait ce que serait la jeune fille inconnue au doigt de laquelle il passerait un jour l'anneau...

Les bateaux commençaient à devenir nombreux, et le bruit des tramways arrivant sans cesse annonçait le retour des foules du match de base-ball. Les ombres s'allongeaient sur les eaux gris perle ; deux nuages blancs près du soleil prenaient peu à peu un reflet d'or. Sur la rive opposée, des hommes travaillaient avec hâte à terminer un échafaudage de bois dans un pré. Charity demanda ce qu'ils faisaient.

— Ce sont des préparatifs pour le feu d'artifice, et d'après les préparatifs je suppose que le spectacle sera assez imposant.

Harney la regarda, et un sourire vint éclairer ses yeux pensifs.

— Avez-vous jamais vu un beau feu d'artifice? demanda-t-il.

— Miss Hatchard fait toujours partir de belles fusées pour la fête du Quatre Juillet, répondit-t-elle.

— Oh!... fit-il, avec une moue dédaigneuse. Je veux dire un grand spectacle, tel qu'on en donne pour les jours de fête. Bateaux illuminés, bouquets, et tout le reste.

Elle rougit de plaisir.

— Est-ce que l'on tire des fusées sur le lac?

— Plutôt! N'avez-vous pas remarqué ce grand radeau près duquel nous avons passé? C'est merveilleux de voir les fusées plonger dans l'eau, sous vos pieds.

Elle ne répondit rien et Harney rajusta les avirons dans les tolets.

— Si nous devons rester ce soir, dit-il, nous ferons bien de tâcher d'attraper quelque chose à manger.

— Mais comment pourrons-nous rentrer à North Dormer si tard ? risqua-t-elle, sentant qu'elle aurait une tristesse infinie s'il fallait rentrer sans avoir vu toutes ces belles choses.

Il consulta un petit horaire, trouva un train à dix heures du soir et la rassura :

— La lune se lève si tard qu'il fera sombre à huit heures et nous aurons plus d'une heure pour jouir du feu d'artifice.

Le crépuscule tombait déjà et des lumières commençaient à s'allumer au bord du lac. Les tramways qui arrivaient de Nettleton ressemblaient à de grands serpents lumineux rampant à travers les bouquets d'arbres de la berge. Les chalets-restaurants se couvraient de lanternes, et l'air s'emplissait de l'écho de rires et de cris joyeux, mêlé au clapotis des flots sous les rames.

Harney et Charity avaient trouvé une table dans le coin d'un grand balcon au-dessus du lac, et ils attendaient patiemment qu'on les servît. Au-dessous d'eux, toute proche, l'eau battait les pilotis de leur terrasse, agitée par les évolutions d'un petit vapeur blanc tout enguirlandé de globes de couleur, qui faisait le tour du lac. Le pont du bateau était déjà noir de monde, au moment du départ pour le premier tour.

Tout à coup Charity entendit un rire de femme derrière elle, il lui sembla reconnaître le timbre de voix et elle se retourna. Une bande de jeunes filles aux toilettes voyantes et de jeunes gens avec des chapeaux de paille neufs posés très en arrière sur leurs cheveux coupés ras, et des insignes maçonniques à la boutonnière, avaient envahi la terrasse et réclamaient une table à grands cris. La jeune fille qui était à la tête de la bande était celle qui avait ri. Elle portait un grand chapeau orné d'une longue plume blanche et de dessous la bordure ses yeux peints dévisageaient Charity, et semblaient amusés de la rencontre.

— Dites donc, est-ce que cela ressemble assez à la fête du Old Home Week ? fit-elle à la jeune femme qui était près d'elle ; et toutes deux échangèrent des ricanements et des coups d'œil. Charity s'était tout de suite aperçue que la femme à la plume blanche était Julia Hawes. Elle avait perdu sa fraîcheur, le noir sous ses yeux accentuait la minceur de son visage, mais ses lèvres avaient toujours la même courbe charmante et le même sourire froidement moqueur, comme si elle venait de découvrir chez la personne qu'elle regardait quelque ridicule caché.

Charity rougit jusqu'aux oreilles et détourna les yeux. Elle se sentait humiliée par le ricanement de Julia et vexée que la moquerie d'une telle créature pût l'affecter. Elle tremblait à l'idée que Harney remarquât que la bande bruyante l'avait reconnue ; mais ils ne trouvèrent pas de table libre, et sortirent en tumulte du restaurant.

Bientôt un doux sifflement se fit entendre dans l'air et une pluie d'argent tomba des hauteurs bleues du ciel nocturne. Dans une autre direction, de pâles chandelles romaines éclatèrent une à une à travers les arbres ; puis une fusée à chevelure de comète balaya l'horizon, telle un présage. Entre ces lueurs intermittentes les rideaux de velours de l'obscurité descendaient, de plus en plus épais, et dans les intervalles d'éclipse les cris de la foule se calmaient et n'étaient plus qu'un long murmure étouffé.

Charity et Harney, dépossédés par de nouveaux

venus, furent enfin obligés d'abandonner leur table et de se frayer un chemin à travers le monde qui se pressait à l'embarcadère. Ils crurent pendant un moment qu'ils ne pourraient se dégager du flot des nouveaux arrivants ; mais finalement Harney put s'assurer les deux dernières places sur l'estrade d'où les privilégiés devaient assister au feu d'artifice. Chacune de leurs deux places était à l'extrémité d'un rang, l'une au-dessus de l'autre. Charity avait enlevé son chapeau pour mieux voir, et toutes les fois qu'elle se rejetait en arrière pour suivre la courbe d'une fusée, sa tête se trouvait appuyée contre les genoux de Harney.

Après un moment les feux dispersés cessèrent. Un plus long intervalle d'obscurité suivit, puis tout à coup la nuit tout entière s'ouvrit comme une fleur. De chaque point de l'horizon, des arches d'or et d'argent s'érigèrent et s'entre-croisèrent, des jardins célestes fleurirent, répandant des pétales de flamme, étalant leurs branches lourdes de fruits d'or, et l'air était tout rempli d'un doux bourdonnement surnaturel, comme si de grands oiseaux bâtissaient leurs nids sur les cimes invisibles de ces arbres géants.

De temps en temps les feux d'artifice cessaient et le pinceau lumineux d'un projecteur déversait un flot de clarté lunaire sur le lac. Elle montrait, dans un éclair, des centaines de bateaux, d'un noir d'acier au milieu de l'éclat moiré de l'eau, puis elle se retirait comme avec un repli de vastes ailes translucides. Le cœur de Charity battait de ravissement. C'était comme si toute la beauté latente des choses venait de lui être dévoilée. Elle ne pouvait s'imaginer que le monde contînt quelque chose de plus merveilleux ; mais elle entendit à côté d'elle quelqu'un qui disait : «Attendez le bouquet, attendez la pièce principale» ; et ses espérances prirent aussitôt un nouvel essor. Enfin, juste au moment où il lui semblait que l'arche immense du ciel n'était plus qu'une vaste paupière abaissée sur ses yeux éblouis, d'où jaillissaient sans fin des étincelles de lumière diamantée, l'ombre de velours s'étala de nouveau sur toute chose et un murmure d'attente courut à travers la foule.

— Maintenant... vous allez voir, s'écria la voix à coté d'elle.

Et Charity, serrant son chapeau sur ses genoux, l'écrasa dans son effort pour réprimer son extase.

Pendant un moment la nuit parut devenir plus impénétrablement noire ; puis un grand tableau se dressa contre l'obscurité, pareil à une constellation naissante. Sur une banderole dorée se détachaient les mots : «Washington traversant le Delaware» ; et à travers un flot de vagues d'un or figé le Héros National passa, dressé, solennel, gigantesque, les bras croisés, debout à la poupe d'un navire d'or qui avançait avec lenteur. On entendit un long : «Oh! oh! oh!...» L'estrade craquait et tremblait sous les trépidations de joie de la foule «Oh! oh! oh!» soupira Charity; elle avait oublié le lieu où elle se trouvait, elle avait même fini par oublier la proximité de Harney. Il lui semblait qu'elle avait été ravie dans les étoiles.

Le tableau disparut et l'obscurité retomba. Subitement Charity sentit deux mains qui se posaient sur son visage encadrant sa tête renversée, et les lèvres de Harney s'appuyèrent sur les siennes. Avec une véhémence soudaine il mit ses bras autour de la jeune fille, la tenant serrée contre sa poitrine, tandis qu'elle lui rendait ses baisers. Un Harney inconnu se révélait, un Harney qui la dominait, et sur lequel pourtant elle sentait qu'elle possédait un nouveau, un mystérieux pouvoir...

Mais la foule se mit en mouvement, et il dut desserrer son étreinte.

— Venez, dit-il d'une voix incertaine.

Il sauta par-dessus l'estrade et la reçut dans ses bras lorsqu'elle sauta à son tour. Puis il la prit par la taille, la protégeant contre la poussée de la foule. Elle se serrait contre lui, sans voix, exultante, comme si le remous de la foule qui les enveloppait n'était qu'une vaine rumeur de l'air.

— Venez, répéta-t-il, essayons d'attraper le tramway...

Il l'entraînait et elle le suivait, encore toute perdue dans son rêve. Ils marchaient comme s'ils n'étaient plus qu'un seul être, isolés dans leur extase à tel point que les gens qui les bousculaient de toutes parts leur semblaient impalpables. Mais quand ils atteignirent le terminus, le tramway illuminé était déjà prêt à partir, les plates-formes noires de voyageurs. Les voitures qui attendaient à la suite étaient tout aussi encombrées, et la foule était si dense qu'il semblait inutile de lutter pour avoir une place.

«Dernier départ pour le lac», hurla un mégaphone sur l'appontement; et les lumières du petit vapeur se mirent à danser dans les ténèbres.

— Inutile d'attendre ici; si nous faisions le tour du lac? proposa Harney.

Ils se frayèrent un chemin jusqu'au bord de l'eau, juste au moment où la passerelle s'abaissait. La lumière électrique au bout de l'appontement frappait en plein sur les passagers en train de débarquer, et parmi eux Charity aperçut Julia Hawes, sa plume blanche de travers, le visage empourpré, un rire canaille sur les lèvres. Comme elle mit pied à terre, elle s'arrêta court, ses yeux cerclés de noir pétillaient de malice.

— Tiens! Charity Royall, cria-t-elle; et, retournant la tête : Ne vous avais-je pas dit que c'était une fête de famille? Voici la petite gosse à grand-papa qui vient le chercher pour le ramener à la maison!

Un rire étouffé courut dans le groupe, et tout à coup, dominant son entourage, et s'affermissant sur la rampe dans un effort désespéré pour se tenir droit, Mr Royall descendit la passerelle d'un pas raide. Comme les jeunes gens de la bande, il portait un emblème maçonnique à la boutonnière de sa redingote. Il avait un panama neuf sur la tête, et son étroite cravate noire, à demi défaite, flottait sur le plastron de chemise froissée. Son visage d'un brun livide, tacheté de rouge par la colère, et ses lèvres, pendantes comme celles d'un vieillard, présentaient le tableau d'une ruine lamentable dans l'aveuglante clarté qui baignait la foule.

Il se tenait derrière Julia Hawes, une main sur son bras; mais quand il quitta la passerelle il se dégagea et fit un ou deux pas à l'écart. Il avait tout de suite reconnu Charity, et son regard allait lentement d'elle à Harney, dont le bras l'entourait encore. Il s'arrêta, les fixant, et essayant de maîtriser le sénile tremblement de ses lèvres; puis il se redressa avec la majesté chancelante de l'ivresse et étendit le bras.

— Sacrée garce!... fille en cheveux! proféra-t-il lentement.

Il y eut dans le groupe une explosion de gaieté ivre, et Charity, involontairement, porta les mains à sa tête. Elle se souvint alors que son chapeau était tombé de ses genoux quand elle avait sauté de l'estrade, et tout à coup elle se vit, nu-tête, échevelée, le bras d'un homme autour de sa taille, face à face avec cette bande d'ivrognes, que précédait la pitoyable figure de son tuteur. Le tableau la remplit de honte. Elle connaissait depuis son enfance le fâcheux penchant de Mr Royall; lorsqu'elle montait se coucher, elle l'avait vu souvent, assis seul et morose, le soir, dans son bureau, une bouteille de whisky devant lui, ou rentrant lourd et querelleur de ses voyages d'affaires à Hepburn ou Springfield; mais l'idée qu'il pût s'afficher publiquement avec une bande de filles et piliers de bar ne lui était jamais venue, et le spectacle la terrifiait.

— Oh!... s'écria-t-elle dans un sanglot de souffrance.

Et s'arrachant des bras de Harney, elle marcha droit sur Mr Royall :

— Il faut rentrer avec moi... Venez tout de suite, fit-elle d'une voix basse et autoritaire, comme si elle n'avait pas entendu sa grossière apostrophe.

Une des filles cria :

— Dites donc, combien lui en faut-il, à celle-là?

Il y eut un autre rire, suivi d'un silence, pendant lequel Mr Royall continua à foudroyer Charity du regard. A la fin ses lèvres contractées se desserrèrent.

— J'ai dit : sacrée garce! articula-t-il avec force, en s'appuyant sur l'épaule de Julia.

Des rires et des plaisanteries commençaient à s'élever dans la foule, et une voix cria de la passerelle :

— Allons, allons, avancez, tout le monde à bord!

La poussée des voyageurs qui montaient et qui descendaient sépara les acteurs de cette scène rapide, et les rejeta dans la cohue. Charity se retrouva au bras de Harney : elle sanglotait désespérément. Mr Royall avait disparu, et dans le lointain elle entendit se perdre les échos du rire de Julia.

Le bateau, noir de passagers, venait de quitter le quai, partant pour sa dernière course.

XI

Vers deux heures du matin, le gamin qui les avait attendus à Creston avec le buggy arrêta son cheval endormi à la porte de la maison rouge, et Charity mit pied à terre. Harney avait pris congé d'elle à Creston River, chargeant le gamin de la reconduire à North Dormer. L'esprit de Charity était encore tout baigné d'un douloureux brouillard, et elle ne se rappelait que confusément ce qui s'était passé, ce qu'ils s'étaient dit, Harney et elle, durant l'interminable laps de temps qui s'était écoulé depuis leur départ de Nettleton. L'instinct animal qui lui faisait rechercher la solitude lorsqu'elle souffrait était si puissant qu'elle éprouva un sentiment de soulagement quand Harney l'eut quittée et qu'elle se retrouva seule dans la voiture.

Au-dessus de North Dormer la pleine lune blanchissait la brume qui flottait dans les creux des collines et jetait son voile léger sur les champs. Charity s'arrêta un moment à la grille du jardin, regardant, à travers l'obscurité pâlissante, le buggy qui s'en allait au trot lent de son cheval fatigué; puis elle passa derrière la maison, et chercha sous le paillasson la clef qui ouvrait la porte de la cuisine. La cuisine était obscure, mais elle finit par trouver une boîte d'allumettes, alluma une bougie et monta l'escalier. La porte de Mr Royall, en face de la sienne, était ouverte toute grande sur la pièce obscure : évidemment il n'était pas rentré. Charity gagna sa chambre, poussa le verrou, dénoua sa ceinture et enleva sa robe. Sous le lit elle vit le vieux carton dans lequel elle avait caché son beau chapeau cerise.

Longtemps elle resta étendue sans dormir, fixant la clarté lunaire sur le plafond bas de sa chambre. L'aube blanchissait le ciel quand elle s'assoupit, et lorsqu'elle se réveilla le soleil brûlait ses paupières.

Elle s'habilla et descendit à la cuisine. Il n'y avait là que Verena qui leva sur Charity ses yeux calmes de sourde. Mr Royall n'était pas rentré, et les heures passèrent sans qu'il réapparût. Charity était remontée chez elle. Elle restait assise, immobile, les mains sur ses genoux, plongée dans une sorte de stupeur. Des bouffées d'air lourd agitaient les rideaux de sa fenêtre, où des mouches bourdonnaient contre les petites vitres verdâtres.

A une heure, Verena se hissa péniblement jusqu'à la chambre de la jeune fille pour voir si elle ne descendait pas pour le déjeuner; mais Charity fit signe que non, et la vieille femme s'en alla en disant :

— Je vais mettre les plats au chaud.

Le soleil avait tourné, quittant la chambre de Charity. Elle se mit à la fenêtre, regardant la rue du village par les volets entrebâillés. Aucune pensée dans son esprit, rien qu'un noir tourbillon d'images confuses. D'un œil distrait elle regardait les gens qui passaient, l'attelage de Dan Targatt traînant une charge de troncs de sapins à Hepburn, la vieille jument blanche du sacristain broutant l'herbe du talus, le long de la route. Il lui semblait qu'elle contemplait ces scènes familières d'au-delà de la tombe.

Elle fut tirée de son apathie en voyant Ally Hawes sortir de chez les Fry et s'acheminer lentement de son pas boiteux vers la maison rouge. L'apparition de la jeune fille rappela Charity au contact brutal de la réalité. Elle devina qu'Ally venait lui demander des nouvelles de son excursion ; personne d'autre ne savait qu'elle fût allée à Nettleton, et Ally avait été profondément flattée d'avoir été seule initiée.

A la pensée de voir son amie, de subir ses regards, de répondre à ses questions ou de les éluder, toute l'horreur de son aventure de la veille s'empara à nouveau de Charity. Ce qui avait été un cauchemar fiévreux devint une réalité implacable à laquelle il n'y avait pas à se soustraire. La pauvre Ally, en ce moment, personnifiait la mentalité collective de North Dormer, avec ses curiosités mesquines, sa malveillance latente, sa feinte ignorance du mal. Charity savait que, bien que toutes relations avec Julia fussent soi-disant rompues, la tendre Ally restait secrètement en rapport avec elle. Nul doute que Julia ne saisisse avec empressement l'occasion de raconter le scandale; il était même probable que l'histoire, enflée et dénaturée, était déjà en route pour North Dormer.

Le pas traînant d'Ally ne l'avait pas encore menée bien loin de la porte des Fry quand elle fut arrêtée par la vieille Mrs Sollas, bien connue pour sa loquacité, et qui parlait très lentement parce qu'elle n'avait pas encore pu s'habituer au nouveau râtelier qu'elle s'était fait poser à Hepburn. Pourtant, ce répit même ne durerait plus longtemps; dans dix minutes au plus Ally serait à la porte, Charity l'entendrait dire bonjour à Verena et monter l'escalier en boitant.

Tout à coup Charity comprit que la fuite, et la fuite immédiate, était pour elle le seul parti possible. S'échapper, s'en aller loin des visages familiers, des lieux où elle était connue, cette idée l'avait toujours hantée dans ses heures de détresse. Elle avait toujours eu une foi enfantine dans le pouvoir miraculeux des milieux nouveaux et des visages inconnus pour transformer sa vie et pour en effacer les souvenirs amers. Mais de telles impulsions n'avaient été que d'éphémères velléités auprès de la froide résolution qui s'emparait d'elle maintenant. Elle sentit qu'elle ne pouvait rester une heure de plus sous le toit de l'homme qui l'avait insultée en public, ni se retrouver face à face avec des gens qui tout à l'heure allaient se repaître de tous les détails de son humiliation.

Sa compassion passagère pour Mr Royall avait sombré dans le dégoût : tout en elle se détournait avec révolte de l'ignoble spectacle du vieillard ivre l'apostrophant en présence d'une bande de garnements et de filles. Brusquement, elle revécut avec une intensité douloureuse l'horrible moment où il avait tenté de s'introduire de force dans sa chambre; et ce qu'elle avait supposé alors n'être qu'une minute d'aberration lui apparaissait maintenant comme un simple incident dans une vie de débauche et de dégradation.

Tandis que ces pensées se pressaient en foule dans son cerveau, elle avait sorti son vieux sac d'écolière et y entassait en hâte du linge, quelques vêtements, et le petit paquet de lettres qu'elle avait reçues de

Harney. Elle retira de dessous sa pelote la clef de la bibliothèque et la mit bien en vue. Puis elle sortit du fond d'un tiroir la broche bleue que Harney lui avait donnée, et l'agrafa à sa chemise, sous sa robe. Ces préparatifs n'avaient pris que quelques minutes et quand ils furent terminés Ally Hawes était encore sur le seuil des Fry, en train de bavarder avec la vieille Mrs Sollas.

Charity s'était dit, comme toujours dans ses moments de révolte : «Je partirai pour la Montagne... je retournerai chez les miens.» Jusque-là, cependant, elle n'en avait jamais eu sérieusement l'intention; mais maintenant il lui semblait qu'il ne lui restait rien d'autre à faire. Elle n'avait jamais appris de métier de nature qui pût lui assurer l'indépendance et elle ne connaissait personne dans les gros bourgs de la vallée, où elle aurait pu espérer trouver quelque emploi. Miss Hatchard était encore absente; mais se fût-elle trouvée à North Dormer que c'eût été la dernière personne à qui Charity se fût adressée, puisque l'un des motifs qui l'incitaient à partir était son désir de ne plus revoir Lucius Harney. Au retour de Nettleton, dans le train bondé de voyageurs et brillamment éclairé, tout échange de confidences entre les deux jeunes gens avait été impossible; mais pendant la course en voiture de Hepburn à Creston River elle avait retenu de quelques bribes de phrases qu'avait pu prononcer Harney, gêné par la présence du gamin, l'intention où il était de venir la voir le lendemain. Sur le moment, elle avait pensé trouver un vague réconfort dans cette promesse; mais dans la morne lucidité des heures qui suivirent elle en était arrivée à juger impossible une nouvelle rencontre. Son rêve de camaraderie s'était évanoui, et la scène sur le quai, pour vile et ignoble qu'elle eût été, n'en avait pas moins projeté la lumière de la vérité sur son éphémère folie. C'était comme si les paroles de son tuteur l'avaient mise à nu devant la foule ricanante, et avaient proclamé à la foule du monde les avertissements secrets de sa propre conscience.

Toutes ces pensées ne s'ordonnaient pas clairement dans son esprit; elle cédait simplement à l'aveugle poussée de la détresse. Ne plus jamais voir aucun de ceux qu'elle avait connus, surtout ne plus jamais revoir Harney, tel était le désir qui primait tout.

Prenant le sentier qui montait derrière la maison, elle s'enfonça à travers bois pour gagner un raccourci qui aboutissait à la route de Creston. Un ciel bas et couleur de plomb semblait peser sur les champs, et dans la forêt l'air immobile était étouffant; mais elle marchait vite, impatiente d'atteindre la route forestière qui la conduirait dans la montagne.

Il lui fallait pour cela suivre la grand-route jusqu'à un kilomètre environ du village de Creston. Elle hâtait le pas, craignant de rencontrer Harney. Mais elle ne le vit pas, et allait atteindre la route forestière lorsqu'elle remarqua une grande tente blanche qui se profilait à travers les arbres au bord du chemin. Charity supposa que cette tente abritait un cirque ambulant venu là pour la fête du Quatre Juillet; mais en s'approchant elle aperçut une grande enseigne qui portait cette inscription : «Tente de l'Evangile.» L'intérieur de la tente semblait vide; mais un gros jeune homme en veston d'apalga noir, la figure pâle et ronde sous ses cheveux flasques coiffés en raie, souleva la portière et vint au-devant d'elle avec un sourire.

— Ma sœur, votre divin Sauveur sait tout. Ne voulez-vous pas entrer et déposer à ses pieds le fardeau de vos péchés? demanda-t-il d'un ton onctueux, posant sa main grasse sur le bras de Charity.

Elle se rejeta en arrière toute rougissante. Pendant un moment elle s'imagina que l'histoire de Nettleton était arrivée jusqu'à cet inconnu; puis elle comprit l'absurdité de cette supposition.

— Je voudrais bien en avoir à déposer! répliqua-t-elle avec une ironie amère.

L'évangéliste murmura, interloqué :

— Ma sœur, ma sœur, ne blasphémez pas...

Mais elle avait dégagé son bras et courait maintenant vers la route forestière, tremblant de peur à l'idée de rencontrer un visage familier. Bientôt elle fut hors de vue du village et continua à monter vers le centre de la forêt. Elle ne pouvait espérer faire dans l'après-midi les vingt-cinq kilomètres qui la séparaient de la Montagne; mais elle connaissait, à mi-chemin de Hamblin, un endroit où elle pourrait passer la nuit et où personne ne songerait à venir la chercher. C'était une petite habitation abandonnée, sur une pente, dans un des replis solitaires de la colline. Elle avait remarqué cette maison plusieurs années auparavant, un jour que ses compagnes et elle étaient venues chercher des noix dans la noiseraie voisine. La petite troupe, surprise par un orage, s'était réfugiée dans la maison, et elle se souvenait que Ben Sollas, qui aimait faire peur aux jeunes filles, leur avait raconté que l'endroit avait la réputation d'être hanté.

Charity commençait à se sentir faible et fatiguée, car elle n'avait rien mangé depuis le matin, et elle n'était pas habituée aux longues marches. La tête lui tournait et elle s'assit un moment au bord de la route. Tout à coup elle entendit le tintement d'un grelot de bicyclette, et se releva brusquement pour se jeter sous bois; mais la bicyclette tournait déjà le coin, et Harney, sautant à terre, s'approcha d'elle, les bras tendus.

— Charity! Que faites-vous ici?

Elle le regarda comme on regarde une apparition, si surprise par sa présence inattendue que les mots lui faisaient défaut.

— Où allez-vous? Vous aviez donc oublié que je devais venir vous voir? continua-t-il d'une voix douce, essayant de l'attirer vers lui; mais elle se dégagea de son étreinte.

— Je m'en allais... très loin... Je ne veux plus vous voir... Laissez-moi m'en aller, répéta-t-elle d'un air farouche. Il la regarda, et son visage se rembrunit, comme si l'ombre d'un pressentiment l'avait effleurée.

— C'est moi que vous fuyez, Charity?

— C'est tout le monde. Je vous en prie, ne restez pas avec moi.

Harney examinait d'un air hésitant la route déserte qui se perdait dans des lointains baignés de soleil.

— Où allez-vous? répéta-t-il.

— Chez moi.

— Chez vous... comment? dans cette direction?

Elle redressa la tête d'un air de défi.

— Oui, chez les miens... là-haut, dans la Montagne.

Tout en parlant elle s'aperçut qu'un changement s'était opéré dans Harney. Il ne l'écoutait plus, il la regardait avec cette même expression passionnée et absorbée qu'elle avait vue dans ses yeux après leur baiser sur l'estrade, à Nettleton. Il était redevenu le nouveau Harney, le Harney qui s'était révélé dans cette brusque étreinte, et qui semblait si pénétré de la joie de sa présence qu'il était complètement indifférent à ce qu'elle pensait ou sentait.

Il lui prit les mains en riant.

— Devinez comment je vous ai trouvée? dit-il gaiement.

Il tira de sa poche le petit paquet de ses lettres, et le brandit devant les yeux effarés de la jeune fille.

— Vous les avez laissé tomber, petite imprudente — tomber au milieu de la route —, non loin d'ici, et le jeune homme préposé à la tente de l'Evangile était en train de les ramasser juste au moment où je passais.

Il s'était rejeté en arrière, tenant Charity au bout de ses bras tendus, et scrutant son visage troublé avec le regard pénétrant de ses yeux de myope.

— Vous croyiez vraiment que vous pourriez me fuir? Vous voyez bien que le destin en avait décidé autrement! dit-il.

Et avant qu'elle ait pu répondre, il la reprit dans ses bras et l'embrassa de nouveau, non plus avec véhémence, mais tendrement, presque fraternellement, comme s'il avait deviné sa peine confuse et qu'il voulût qu'elle sût qu'il la comprenait. Il mêla ses doigts aux siens.

— Venez... Marchons un peu. J'ai besoin de vous parler. Nous avons tant de choses à nous dire.

Il parlait avec une gaieté d'adolescent, sur un ton confiant et léger, comme si rien ne s'était passé de nature à faire naître une contrainte entre eux; et pendant un moment, dans le soulagement subit de se sentir délivrée de son chagrin solitaire, Charity se laissa gagner par cette bonne humeur. Mais il s'était retourné, et l'entraînait le long de la route dans la direction d'où elle venait. Elle se raidit et s'arrêta court.

— Je ne veux pas retourner à North Dormer.

Ils se regardèrent un moment en silence; puis Harney répondit doucement :

— Bien, allons de l'autre côté, alors.

Elle demeurait immobile, muette, les yeux baissés, et il poursuivit :

— Ne m'avez-vous pas parlé un jour d'une petite maison abandonnée qui se trouvait quelque part par ici et que vous deviez me faire voir?

Comme elle ne répondait toujours pas, il reprit, sur le même ton de tendre réconfort :

— Allons-y, voulez-vous? Nous pourrons nous y asseoir et causer tranquillement.

Il prit une de ses mains qu'elle laissait pendre à ses côtés et y posa ses lèvres.

— Vous ne vous imaginez pas, je pense, que je vais vous laisser me renvoyer? Croyez-vous donc que je ne comprends pas?

La vieille petite maison, dont les murs en bois étaient devenus d'un gris de cendre sous le soleil, était située dans un verger au-dessus de la route. La clôture du jardin s'était affaissée, mais la grille brisée tenait encore aux montants. Un sentier végétal conduisait vers la maison à travers des buissons de roses dont les petites fleurs pâles s'effeuillaient sur les herbes folles. De grêles pilastres surmontés d'une jolie imposte vitrée encadraient l'ouverture d'où la porte même était tombée : elle gisait sur l'herbe et y pourrissait sous un vieux pommier tombé au travers de ses panneaux brisés.

A l'intérieur, également, la pluie et le vent avaient revêtu les boiseries d'une teinte d'argent pâli. La maison était aussi sèche et aussi pure que l'intérieur d'une coquille vide depuis longtemps. Mais elle avait dû être exceptionnellement bien bâtie, car les petites chambres paraissaient encore presque habitables; les cheminées en bois, aux ornements d'une netteté classique, étaient encore en place, et aux angles d'un des plafonds des arabesques en stuc dessinaient leur réseau léger.

Harney avait trouvé un vieux banc devant la porte de la cuisine, et l'avait tiré dans la maison. Charity s'y assit, la tête renversée contre le mur, dans un état de lassitude endolorie. Devinant qu'elle avait faim et soif, il lui avait apporté quelques tablettes de chocolat prises dans son sac de cycliste, et rempli pour elle sa timbale à une source dans le verger; puis il vint s'asseoir à ses pieds, alluma une cigarette et la considéra sans parler. Au-dehors, les ombres de l'après-midi s'allongeaient sur l'herbe, et, par la fenêtre vide de carreaux qui lui faisait face, Charity vit la Montagne profiler sa masse sombre contre un coucher de soleil aux lueurs cuivrées. Il était temps de partir.

Elle se leva; Harney en fit autant. Il passa son bras sous celui de la jeune fille avec un air d'autorité.

— A présent, Charity, vous allez rentrer à North Dormer avec moi.

Elle le regarda et secoua la tête.

— Je ne retournerai jamais à North Dormer. Vous ne savez pas...

— Qu'est-ce que je ne sais pas?

Elle se tut et il poursuivit :

— Ce qui est arrivé hier sur le quai était horrible... il est tout naturel que vous en soyez toute retournée. Mais au fond rien n'est vraiment changé : de telles choses ne sauraient vous atteindre. Il faut tâcher d'oublier. Vous devez essayer de comprendre que les hommes... quelquefois...

— Je les connais, les hommes. C'est pour cela...

Il rougit légèrement sous la riposte, comme si elle avait touché en lui, sans s'en douter, un point sensible.

— Eh bien! alors... vous devez savoir qu'il faut être indulgente... votre tuteur avait bu...

— Je sais tout cela. Ce n'est pas la première fois que je l'ai vu dans cet état. Mais jamais il n'aurait osé me parler comme il l'a fait s'il n'avait pas...

— S'il n'avait pas quoi? Que voulez-vous dire?

— S'il n'avait pas déjà cherché à faire de moi ce qu'on fait de ces filles. Elle baissa la voix et détourna les yeux. Comme cela, il n'aurait pas eu besoin de sortir de chez lui...

Harney la regardait fixement. Pendant un moment il parut ne pas saisir le sens de ses paroles; puis son visage devint tout sombre.

— Ah! la brute! l'ignoble brute! Sa colère flamba et la rougeur lui monta jusqu'aux tempes. Jamais je n'aurais imaginé... C'est trop infâme, bégaya-t-il, comme si sa pensée reculait devant l'horreur de cette révélation.

— Je ne mettrai plus jamais les pieds chez lui, répétait-elle obstinément.

— Non... acquiesça-t-il.

Il y eut un long intervalle de silence, pendant lequel Charity eut l'impression que Harney scrutait son visage, comme pour y lire quelque explication supplémentaire; et un flux de honte l'envahit.

— Je sais ce que vous devez penser de moi, s'écria-t-elle, maintenant que je vous ai avoué ces choses...

Mais cette fois encore, comme elle parlait, elle eut la sensation qu'il ne l'écoutait plus. Il s'approcha d'elle et la saisit comme s'il l'arrachait à quelque péril imminent : ses yeux impétueux plongeaient dans ceux de Charity, et tandis qu'il la serrait contre lui, elle sentit les battements précipités de son cœur.

— Embrassez-moi encore... comme hier soir, dit-il.

Et il écarta ses cheveux comme pour aspirer tout son visage dans un baiser.

XII

C'était par un après-midi de la fin d'août, chez Miss Hatchard. Plusieurs jeunes filles étaient assises dans une pièce du rez-de-chaussée au milieu d'un gai fouillis d'andrinople, de drapeaux étoilés, d'étamine bleue et blanche, de guirlandes et de rubans tricolores.

North Dormer se préparait pour la fête du *Old Home Week*. Cette mode de décentralisation sentimentale ne faisait encore que débuter et comme les précédents étaient rares et le désir de donner l'exemple contagieux, la fête était devenue le sujet d'ardentes et d'interminables discussions qui avaient lieu sous le toit de Miss Hatchard. L'encouragement à célébrer la fête venait plutôt de ceux qui avaient quitté North Dormer que de ceux qui avaient été obligés d'y demeurer, et il y avait quelque difficulté à soulever dans le village l'enthousiasme nécessaire. Le salon collet monté et un peu terne de Miss Hatchard se trouvait donc le centre d'allées et venues constantes : on arrivait de Hepburn, de Nettleton, de Springfield, et même de villes plus éloignées, et chaque fois qu'un visiteur se présentait on le conduisait à travers l'antichambre pour lui permettre de jeter un coup d'œil sur le groupe des jeunes filles absorbées dans leurs préparatifs gracieux.

— Tous les vieux noms du pays... tous les vieux noms, entendait-on dire à Miss Hatchard, dont les béquilles sonnaient sur le parquet de l'antichambre. Targatt... Sollas... Fry... voici Orma Fry qui coud les étoiles de la draperie pour la tribune de l'orgue... Ne vous dérangez pas, mes petites... Et voici Miss Ally Hawes, notre plus habile ouvrière... et Miss Charity Royall, en train de tresser nos guirlandes de verdure... J'ai tenu à ce que tout fût fait au village même... N'ai-je pas raison? Nous n'avons eu besoin de faire appel à aucun talent étranger : mon jeune cousin Lucius Harney, l'architecte — vous savez qu'il est ici et qu'il prépare un livre sur les vieilles maisons du pays? — a tout pris en main, et si adroitement. Venez voir la maquette qu'il a dessinée pour le décor qui sera placé dans la salle de l'hôtel de ville.

Un des premiers résultats de toute cette agitation pour le *Old Home Week* avait été la réapparition de Lucius Harney à North Dormer. Après son départ subit on avait dit dans le pays qu'il était dans le voisinage, mais depuis plusieurs semaines personne ne l'avait aperçu, et le bruit avait couru dernièrement qu'après un séjour de quelque temps à Creston River il avait quitté définitivement la contrée. Cependant peu après le retour de Miss Hatchard il revint s'installer chez elle, et commença à prendre une place prépondérante dans l'organisation de la fête. Il se donna à l'entreprise avec beaucoup de zèle et de bonne humeur, multiplia les croquis, et fit montre de tant de ressources et de tant d'ingéniosité qu'il mit en branle tout le pays par son enthousiasme communicatif.

— Lucius a un tel instinct du passé qu'il a réveillé en nous tous le sentiment de nos privilèges, disait Miss Hatchard, en s'attardant sur ce dernier mot qui lui était particulièrement cher.

Et avant de reconduire le visiteur au salon elle répétait, pour la centième fois, que, sans doute, il pouvait paraître audacieux, pour un village comme North Dormer, de se mettre ainsi en avant, et d'organiser son *Home Week*, alors que bien des endroits plus importants n'y avaient pas encore songé.

— Mais, ajoutait-elle, après tout en pareil cas, ce sont les traditions qui comptent bien plus que le nombre d'habitants, ne trouvez-vous pas? Or, North Dormer avait toujours eu ses traditions, historiques, littéraires (ici, Miss Hatchard, poussait un soupir filial au souvenir du jeune Honorius) et ecclésiastiques... Le visiteur avait certainement entendu parler de l'ancien calice en étain venu d'Angleterre en 1769, le plus précieux ornement de leur église?... Dans une époque brutalement matérialiste il était tellement nécessaire de donner l'exemple d'un retour aux anciens idéals, à la famille et au foyer... Cette péroraison les conduisait d'habitude à mi-chemin de l'antichambre, ce qui permettait aux jeunes filles de retourner à leurs travaux interrompus.

Le jour que Charity était occupée à tresser des guirlandes de feuillages pour l'estrade de l'hôtel de ville était la veille de la fête. Lorsque Miss Hatchard avait réquisitionné toute la jeunesse féminine de North Dormer pour collaborer aux préparatifs, Charity s'était d'abord tenue à l'écart; mais on lui avait fait comprendre que son abstention pourrait prêter à commentaires, et, bien qu'à contrecœur, elle s'était jointe à ses camarades. Les jeunes filles, d'abord timides et embarrassées, ne parvenant pas à deviner le sens exact de la commémoration projetée, s'étaient pourtant bientôt intéressées aux amusants détails de leur tâche et se sentaient toutes flattées de l'attention qu'on leur témoignait. Pour rien au monde elles n'auraient manqué leur après-midi chez Miss Hatchard; et tandis qu'elles découpaient, cousaient, drapaient ou collaient les mille accessoires de la fête leurs langues accompagnaient si assidûment le bruit de la machine à coudre que sous leurs bavardages le silence de Charity passait inaperçu.

Charity demeurait encore presque inconsciente de l'animation joyeuse qui l'entourait. Depuis son retour à la maison rouge, le soir du jour où Harney l'avait surprise fuyant vers la Montagne, elle avait vécu à North Dormer comme suspendue dans le vide. Elle y était revenue parce que Harney, après avoir paru admettre l'impossibilité de ce retour, avait fini par la persuader que toute autre décision serait folie. Elle savait avec certitude qu'elle n'avait plus rien à craindre de Mr Royall. Elle l'avait même affirmé à Harney, bien qu'elle eût omis d'ajouter comme circonstance atténuante que son tuteur lui avait, à deux reprises, proposé de l'épouser. Sa haine l'empêchait, pour le moment, de dire quoi que ce soit qui eût pu excuser Mr Royall aux yeux de Harney.

Celui-ci, une fois persuadé qu'elle ne courait aucun risque, avait tout fait pour l'inciter à rentrer. La première raison qu'il avait fait valoir, et la plus péremptoire, était qu'elle n'avait nulle part d'autre où aller; mais la raison sur laquelle il insista le plus fut que la fuite équivaudrait à un aveu. Si, comme il était presque inévitable, des rumeurs de la scène scandaleuse de Nettleton parvenaient jusqu'à North Dormer, comment sa disparition serait-elle interprétée? Son tuteur l'avait insultée publiquement et elle quittait aussitôt sa maison. Les commentateurs malveillants ne manqueraient pas d'en tirer des conclusions fâcheuses pour elle. Mais si, au contraire, elle revenait tout de suite, et si on la voyait reprendre son existence accoutumée, l'incident serait réduit à ses proprortions véritables : on n'y verrait plus que l'accès de colère d'un vieil ivrogne furieux d'être surpris en mauvaise compagnie, on déclarerait que Mr Royall n'avait injurié sa pupille que pour se justifier lui-même, et cette vilaine histoire prendrait sa place dans la chronique déjà longue de ses obscures débauches.

Charity vit la force de l'argument; mais si elle céda, ce fut moins par conviction que parce que tel était le désir de Harney. Depuis la soirée passée dans la petite maison abandonnée, elle ne pouvait concevoir d'autre raison de faire ou de ne pas faire une chose que le désir ou la répugnance que Harney manifestait pour cette chose. Toutes ses impulsions, si contradictoires et si ballottées, s'étaient fondues en une acceptation fataliste de la volonté de celui qu'elle aimait. Ce n'était pas qu'elle sentît en lui l'ascendant du caractère — il y avait déjà eu des moments où elle s'était rendu compte qu'elle était la plus forte —, c'était parce que tout le reste de la vie n'était plus à ses yeux que la bordure d'ombre qui entourait le foyer lumineux de leur passion. Toutes les fois qu'elle cessait un instant de penser à son amour, elle éprouvait une impression pareille à celle qui lui venait lorsque, étendue sur l'herbe, elle avait fixé le ciel trop longtemps : ses yeux étaient si éblouis par la lumière qu'autour d'elle tout apparaissait indistinct.

Chaque fois que Miss Hatchard, au cours de ses incursions périodiques dans l'atelier, laissait échapper une allusion à son jeune cousin l'architecte, l'effet était le même sur Charity. La guirlande de verdure qu'elle était en train de tresser glissait sur ses genoux et elle tombait dans une sorte de léthargie. C'était si manifestement absurde d'entendre Miss Hatchard parler de Harney d'une façon aussi familière, comme s'il lui appartenait, comme si elle avait un droit quelconque sur lui, comme si elle le connaissait en quoi que ce soit! Elle, Charity Royall, était le seul être au monde qui le connût réellement, qui le connût depuis la plante de ses pieds jusqu'au bout de ses cheveux, qui connût les lueurs changeantes de ses yeux et les inflexions de sa voix, et les choses qu'il aimait et celles qu'il n'aimait pas, et tout enfin, tout ce qu'il y avait à connaître en lui — d'une façon aussi détaillée et pourtant aussi inconsciente que celle de l'enfant qui connaît les murs de la chambre dans laquelle il se réveille chaque matin. C'était cette sensation que nul autour d'elle ne soupçonnait, ou n'eût comprise, qui faisait de sa vie quelque chose d'à part et d'inviolable, comme si rien n'avait le pouvoir de lui faire mal ou de la troubler tant que son secret demeurait à l'abri.

La pièce dans laquelle se tenaient les jeunes filles était celle qui avait servi de chambre à coucher à

Harney. On lui avait donné une autre chambre, à un étage supérieur, pour faire place aux ouvrières du *Home Week,* mais on n'avait pas enlevé les meubles, et dans cette pièce Charity avait perpétuellement devant les yeux la vision qu'elle avait contemplée la nuit où elle s'était cachée dans le jardin. La table où Harney s'était assis était celle autour de laquelle les jeunes filles étaient groupées; la place de Charity était tout près du lit où elle l'avait vu étendu. Parfois, quand elle était sûre qu'on ne la regardait pas, elle se penchait comme pour ramasser quelque chose et posait un instant sa joue contre l'oreiller.

A la chute du jour les jeunes filles se séparèrent. Leur travail était terminé, et le lendemain matin de bonne heure les draperies et les guirlandes devaient être clouées, et les banderoles peintes mises en place, dans la grande salle de l'hôtel de ville. Les premiers invités devaient arriver en voiture de Hepburn pour le banquet de midi, banquet qui aurait lieu sous une tente dressée dans la prairie de Miss Hatchard. C'est seulement après le repas que commenceraient les cérémonies. Miss Hatchard, pâle de fatigue et d'agitation, se tenait sur le perron, appuyée sur ses béquilles, remerciant ses jeunes aides et leur faisant d'affectueux gestes d'adieu tandis qu'elles s'éloignaient.

Charity était partie une des premières; mais en franchissant la grille du jardin elle entendit Ally Hawes qui l'appelait, et elle se retourna à contrecœur.

— Voulez-vous venir essayer votre robe? demanda Ally, la regardant avec une admiration vaguement nostalgique. Je veux m'assurer que les manches ne grignent pas comme hier.

Charity jeta sur elle le regard vague de ses yeux éblouis.

— Oh! dit-elle, les manches vont très bien, et elle se sauva précipitamment, sans écouter les protestations d'Ally. Certes, elle voulait que sa robe fût aussi jolie que celle des autres, elle voulait même éclipser ses compagnes; mais pour le moment il lui était impossible de fixer son attention sur des questions aussi insignifiantes...

En hâte elle remonta la rue jusqu'à la bibliothèque, dont elle avait la clef suspendue à son cou. Du couloir derrière la salle elle tira une bicyclette qu'elle fit rouler jusqu'à la rue. Elle s'assura qu'aucune de ses compagnes de travail n'approchait, mais celles-ci s'étaient dirigées en bande vers l'hôtel de ville. Charity sauta alors en selle et prit la direction de la route de Creston. La route descendait presque continuellement jusqu'à Creston, et, les pieds appuyés sur les pédales libres, Charity se laissait glisser à travers l'air calme du soir comme un de ces éperviers qu'elle avait souvent vu descendre du ciel en planant, les ailes immobiles. Vingt minutes plus tard elle s'engageait dans la route forestière où Harney l'avait surprise le jour de sa fuite, et peu après descendait de sa bicyclette à la porte de la maison abandonnée.

Dans la poudre d'or du couchant la maison ressemblait plus que jamais à une frêle coquille desséchée et polie par bien des saisons. Charity en fit le tour, poussant sa bicyclette devant elle. Derrière la maison se voyaient des signes d'occupation récente.

Une porte rudement construite en planches fermait l'entrée de la cuisine. Elle l'ouvrit et pénétra dans une pièce meublée comme une hutte de trappeur. Devant la fenêtre, une table en bois blanc avec une cruche de grès dans laquelle trempait un gros bouquet de reines-marguerites sauvages; près de la table deux pliants, et dans un coin un matelas recouvert d'une couverture mexicaine de laine bariolée.

La pièce était vide. Appuyant sa bicyclette contre le mur, Charity monta la pente qui dominait la maison et alla s'asseoir sur un rocher, à l'ombre d'un vieux pommier. Rien ne troublait le silence environnant, et de l'endroit où Charity se trouvait elle pouvait entendre de très loin le grelot d'une bicyclette sur la route.

Elle était toujours heureuse d'arriver à la petite maison avant Harney. Elle aimait à avoir le temps de savourer en détail la douceur cachée de cette retraite, les pommiers tordus dont l'ombre se balançait sur l'herbe, les vieux noyers arrondissant leurs dômes en contrebas de la route, les prairies en pente qui s'étendaient vers le couchant, avant que le premier baiser de Harney n'ait tout aboli. Tout ce qui n'avait pas de rapport avec les heures passées dans ce lieu tranquille restait pour elle aussi indécis que le souvenir d'un songe. La seule réalité, c'était ce merveilleux élan de son nouveau «moi», jaillissant vers la lumière comme une plante grimpante qui ouvre ses vrilles contractées. Elle avait toujours vécu parmi des gens dont la sensibilité semblait s'être flétrie faute d'usage; et plus merveilleuses encore au début que les caresses mêmes de Harney lui apparaissaient ces paroles qui semblaient les prolonger et les compléter. Elle s'était toujours représenté l'amour comme quelque chose de trouble et de furtif, et voici qu'il le rendait clair et radieux comme un jour d'été...

Le lendemain du jour où elle lui avait montré le chemin de la maison abandonnée, le jeune homme avait fait ses paquets et quitté Creston River pour Boston; mais à la première station il avait sauté du train avec un petit sac à main, et regagné les collines. Pendant deux semaines d'août, toutes dorées de soleil, il avait campé dans la petite maison, s'approvisionnant d'œufs et de lait qu'il achetait dans une ferme isolée de la vallée, où nul ne le connaissait, et faisant cuire ses repas sur un réchaud à alcool. Il se levait tous les jours avec le soleil, se baignait dans un étang brun, non loin de là, et passait de longues heures étendu sous les branches embaumées des sapins de Canada, ou bien errant le long de la crête de l'Eagle Ridge, bien au-dessus des vallées bleues et vaporeuses qui s'ouvraient de-ci de-là dans l'interminable chaîne des collines. Et chaque après-midi Charity venait le rejoindre.

Avec ce qui lui restait de l'argent que Mr Royall lui avait donné, elle avait loué une bicyclette pour un mois, et tous les jours, après le repas de midi, aussitôt que son tuteur partait pour son étude, elle courait à la bibliothèque, prenait sa bicyclette et filait sur la route de Creston. Elle savait que Mr Royall, comme tout le monde de North Dormer, était parfaitement au courant de son acquisition. Peut-être même savait-il, ainsi que tous les voisins, l'usage qu'elle en faisait. Mais cela lui était égal : elle sentait son tuteur si dépourvu d'autorité que s'il l'avait interrogée elle lui aurait probablement dit la vérité; mais ils ne s'étaient jamais adressé la parole depuis le soir de leur rencontre à Nettleton. Mr Royall, cette fois-là, n'était revenu à North Dormer que le surlendemain. Il était arrivé juste au moment où Charity et Verena se mettaient à table pour dîner. Il avait avancé sa chaise, pris sa serviette dans le tiroir du buffet et s'était assis à sa place d'un air aussi peu embarrassé que s'il revenait d'une de ses séances quotidiennes chez Carrick Fry; et l'indifférence habituelle de Charity à son égard fit paraître presque naturel qu'elle ne levât même pas les yeux à son entrée. Seulement, pour bien lui faire comprendre que son silence était volontaire, elle avait quitté la table sans dire un mot, avant qu'il eût fini de manger, et était remontée s'enfermer dans sa chambre. Depuis lors, il avait pris l'habitude de causer familièrement avec Verena chaque fois que Charity était dans la pièce; autrement rien ne paraissait avoir changé dans leurs rapports.

Tandis qu'elle guettait l'arrivée de Harney, Charity ne pensait pas à ces choses d'une manière suivie; mais ces choses demeuraient dans son esprit comme le fond sombre sur lequel les heures brèves passées avec Harney flambaient ainsi qu'un incendie dans la forêt (1). Rien d'autre n'importait, ni le bien, ni le mal, ou ce qui aurait pu lui sembler tel avant qu'elle connût son amant. Il l'avait prise et

---

(1) Dans les régions très boisées de la Nouvelle-Angleterre les forêts prennent souvent feu, et l'on voit de loin sur le fond sombre des montagnes l'éclat rouge de ces incendies.

emportée dans un monde nouveau, hors duquel, à des heures fixes, l'ombre d'elle-même s'échappait pour accomplir certains actes quotidiens; mais tout cela lui semblait si vague, si peu réel, qu'elle s'étonnait parfois d'être visible pour les gens parmi lesquels elle allait et venait...

Derrière la Montagne toute noire le soleil était descendu dans une mer d'or calme. D'un pâturage dans les hauteurs le tintement de cloches d'un troupeau sonnait; un peu de fumée bleue flottait au-dessus de la ferme dans la vallée, se dispersait dans l'air pur et s'y perdait. Pendant quelques instants, dans cette ombre transparente qui précède le crépuscule, les champs et les bois se dessinèrent avec une précision irréelle; puis la nuit les effaça et la petite maison devint toute grise et spectrale sous les branches de ses vieux pommiers ratatinés.

Le cœur de Charity se serra. La première tombée de la nuit après un jour radieux lui donnait souvent le sentiment d'une menace cachée; c'était comme un regard jeté sur le monde tel qu'il serait quand l'amour en serait parti. Elle se demandait si un jour viendrait où, assise à cette même place, elle attendrait en vain celui qu'elle aimait...

Le grelot de la bicyclette tinta. Un instant après elle était à la grille, et leurs yeux se riaient. A travers les herbes géantes ils gagnèrent la porte de derrière de la maison. La chambre leur parut d'abord tout à fait obscure, et ils durent s'avancer lentement, en se tenant la main. Par la fenêtre, le ciel semblait clair par contraste; et au-dessus de la masse noire des fleurs dans la cruche de grès une étoile blanche luisait comme un phalène...

— Tant de choses à faire à la dernière minute, expliquait Harney en riant. J'ai dû aller en voiture à Creston à la rencontre d'une personne qui descend chez ma cousine pour la fête...

Il avait mis ses bras autour de Charity et lui baisait les cheveux et les lèvres. Sous ses caresses, du plus profond de l'être de la jeune fille, des sensations, des sentiments montaient vers la lumière et jaillissaient comme des fleurs au soleil. Elle avait noué ses doigts aux doigts de Harney, et ils allèrent s'asseoir côte à côte sur la couche improvisée. Charity n'entendait qu'à peine les excuses de son amant : en son absence mille doutes la tourmentaient, mais dès qu'il était là elle cessait de se demander d'où il venait, ce qui l'avait retardé, qui l'avait retenu loin d'elle. Il semblait que les lieux où il avait été et les gens avec qui il s'était trouvé devaient cesser d'exister dès qu'il les avait quittés, de même que sa propre vie était comme suspendue en son absence.

Il continuait maintenant à parler avec abondance, très gai, déplorant son retard, bougonnant au sujet de l'abus que l'on faisait de son temps et mimant d'une façon comique la bienveillante agitation de Miss Hatchard.

— Elle a dépêché Mr Miles pour demander à votre tuteur de faire le discours à la cérémonie de demain; je ne l'ai su que la chose faite.

Charity garda le silence, et il ajouta :

— Après tout, peut-être est-ce aussi bien. Personne d'autre n'aurait été capable de le faire.

Charity ne fit pas de réponse : le rôle que son tuteur pourrait jouer ou ne pas jouer dans les cérémonies du lendemain lui était indifférent. Comme toutes les autres figures qui peuplaient son petit univers, Mr Royall était devenu inexistant pour elle. Elle avait même cessé de le haïr.

— Demain, je ne vous verrai que de loin, continua Harney. Seulement nous nous rattraperons dans la soirée, lorsqu'on dansera à l'hôtel de ville. Voulez-vous que je vous promette de ne pas danser avec les autres jeunes filles?

D'autres jeunes filles? Y avait-t-il d'autres jeunes filles? Charity avait oublié jusqu'à ce péril, tant Harney et elle lui semblaient enfermés dans leur monde secret. Son cœur eut un sursaut d'effroi.

— Oui, promettez, balbutia-t-elle.

Il rit, et la prenant dans ses bras :

— Petite folle... pas même si elles sont laides? demanda-t-il.

De son geste habituel il lui écartait les cheveux du front, lui tenant le visage renversé, et se penchant si près d'elle que sa tête se dessina toute noire entre les yeux de Charity et la pâleur du ciel, où flottait l'étoile blanche...

Côte à côte ils revinrent par la route sombre sous bois, jusqu'au village. La pleine lune brillait au-dessus d'eux. Sous son éclat le gris fluide des montagnes se changeait en un noir intense, et la voûte du ciel avait tant de légèreté que les étoiles apparaissaient aussi pâles que leur propre reflet dans l'eau. A l'orée du bois, à un kilomètre de North Dormer, Harney sauta de sa bicyclette, prit Charity dans ses bras pour un dernier baiser, et attendit pendant qu'elle rentrait seule au village. Ils étaient plus en retard que d'habitude, et au lieu de ramener sa bicyclette jusqu'à la bibliothèque elle la rangea contre le hangar de la maison rouge et entra dans la cuisine. Verena y était seule. Lorsque Charity entra, la sourde la fixa de ses doux yeux impénétrables, alla prendre une assiette couverte et un verre de lait sur le buffet, et les posa silencieusement sur la table. Charity la remercia d'un signe de tête et s'asseyant se jeta affamée sur sa tranche de pâté et vida le verre d'un trait. Sa fuite rapide à travers la nuit lui avait mis le visage en feu, et ses yeux étaient éblouis par le clignotement de la lampe de cuisine. Elle se sentait comme un oiseau de nuit subitement pris et mis en cage.

— *Il* n'est pas rentré depuis le souper, dit Verena. Il est allé jusqu'à l'hôtel de ville.

Charity n'entendit même pas. Son âme volait encore par la forêt. Elle lava son couvert, le rangea, puis monta à tâtons l'escalier obscur. Quand elle ouvrit sa porte, elle s'arrêta toute surprise. Elle avait fermé ses volets avant de sortir, pour empêcher la chaleur du jour de pénétrer dans la pièce, mais ils s'étaient à demi rouverts, et un rayon de lune, traversant la chambre, s'était posé sur le lit, éclairant une robe en crêpe de Chine blanc qui s'y déployait dans toute sa blancheur virginale. Charity avait dépensé son dernier sou pour cette robe, qui devait éclipser celles de toutes les autres jeunes filles. Elle voulait montrer à North Dormer qu'elle était digne de l'admiration de Harney. Au-dessus de la robe, plié sur l'oreiller, était le voile blanc que les jeunes filles prenant part à la cérémonie devaient porter sous une guirlande de reines-marguerites, et à côté du voile elle aperçut une paire de petits souliers de satin blanc qu'Ally avait sortie d'une vieille malle où elle gardait en réserve de mystérieux trésors.

Charity restait immobile, contemplant toutes ces blancheurs étalées. Cela lui rappelait une vision fugitive qu'elle avait eue dans la nuit après sa première rencontre avec Harney. Elle n'avait plus de telles visions... d'autres plus chaudes et plus vivantes les avaient supplantées... mais c'était stupide à Ally d'avoir étalé ces vêtements blancs sur son lit, comme on avait fait pour la robe de noce de Hattie Targatt qui avait été exposée à l'admiration des voisins quand elle s'était mariée avec Tom Fry.

Charity prit les souliers de satin et les regarda avec curiosité. Le jour, ils paraîtraient sans doute un peu usés, mais au clair de lune ils semblaient sculptés dans de l'ivoire. Elle s'assit sur le plancher pour les essayer. Ils lui allaient parfaitement, bien qu'une fois debout elle ne se sentit pas tout à fait d'aplomb sur les hauts talons. Elle regarda ses pieds, que la forme gracieuse et fine des souliers avait merveilleusement arqués et amincis. Elle n'avait jamais vu des souliers pareils, pas même aux vitrines de Nettleton.. jamais, sauf... oui, une fois, elle en avait remarqué une paire de la même forme aux pieds d'Annabel Balch.

Une subite rougeur lui monta aux joues. Ally faisait parfois un peu de couture pour Miss Balch, quand cette brillante personne venait rendre visite à Miss Hatchard. Sans doute recueillait-elle des cadeaux, des épaves de la garde-robe de la jeune fille : tous les trésors de la malle mystérieuse provenaient des personnes pour lesquelles Ally travaillait. Il n'y avait pas d'hésitation possible : les souliers blancs avaient appartenu à Annabel Balch...

Comme elle se tenait là, regardant ses pieds d'un air renfrogné, elle entendit sous sa fenêtre la sonnette d'un grelot de bicyclette agité trois fois. C'était le signal secret de Harney lorsqu'il rentrait au village. Elle courut à la fenêtre, trébuchant sur ses hauts talons, ouvrit tout grands ses volets et se pencha dehors. Harney, levant la tête, lui fit signe de la main en passant, et continua sa course, son ombre noire dansant joyeusement devant lui sur la route vide, blanchie par la lune. Charity, appuyée sur le rebord de la fenêtre, le suivit des yeux jusqu'à ce qu'il eût disparu sous les sapins de Miss Hatchard.

XIII

Une foule compacte emplissait la grande salle de l'hôtel de ville, et la chaleur était étouffante. Quand Charity y fit son entrée — elle était la troisième dans la théorie blanche des jeunes filles que conduisait Orma Fry —, elle n'eut d'abord conscience que du brillant effet des colonnes enguirlandées qui encadraient la scène vers laquelle elle se dirigeait, et des nombreux visages inconnus qui se retournaient pour voir s'avancer la procession. Mais regards et couleurs se perdirent dans une sorte de tache confuse jusqu'au moment où elle se trouva debout, au fond de la scène, tenant son gros bouquet de reines-marguerites et de gerbes d'or bien droit devant elle, et attentive au signal qu'allait donner Lambert Sollas, l'organiste de l'église de Mr Miles, venu tout exprès de Hepburn pour tenir l'harmonium. Celui-ci, gravement installé devant son instrument, promenait déjà son regard de chef sur l'essaim agité des jeunes filles rangées sur l'estrade.

L'instant d'après, tout rose d'émotion, Mr Miles apparut, émergeant de son vaste surplis blanc et dominant les fronts inclinés des spectateurs du premier rang. Vif et énergique à son ordinaire, il récita une courte prière puis se retira, et sur un signe de tête de Lambert Sollas le chœur des jeunes filles entonna *Home, Sweet Home* (1). Pour Charity ce fut une joie de chanter : c'était comme si, pour la première fois, son ivresse secrète pouvait enfin s'épancher au-dehors et lancer son défi à la face du monde. La flamme qui courait dans ses veines, la brûlante haleine de l'été, le murmure de la forêt, le frais appel des oiseaux au lever du soleil, l'alanguissante chaleur de midi, il lui semblait que tout cela se faisait jour à travers sa voix inexpérimentée, que soutenait et guidait le chœur de ses compagnes.

Quand le chant cessa il y eut un moment d'arrêt pendant lequel les gants gris perle de Miss Hatchard esquissèrent un appel furtif vers le fond de la salle. Mr Royall se leva à son tour, gravit les marches de la scène et apparut derrière le pupitre enguirlandé de fleurs. Comme il passait tout près de Charity, elle remarqua la gravité que son visage avait revêtu, cet air majestueux qui lui en imposait et la fascinait dans son enfance. La redingote noire de l'avocat avait été soigneusement brossée et repassée, et son étroite cravate noire était si bien mise, les deux bouts en étaient si exactement de la même longueur, qu'il était évident que le nœud avait dû lui coûter beaucoup de temps. Son aspect frappa d'autant plus Charity que c'était la première fois qu'elle le regardait en face depuis la soirée de Nettleton. Rien dans son attitude sérieuse et digne ne rappelait le vieillard ivre et grossier qui l'avait invectivée sur le quai. Appuyé sur le pupitre, légèrement penché en

---

(1) Vieille chanson populaire anglo-américaine.

avant, il dévisagea lentement ses auditeurs, puis il se redressa et commença à parler.

Tout d'abord Charity ne prêta aucune attention à ce qu'il disait : des lambeaux de phrases, des citations sonores, des allusions aux hommes illustres (y compris le couplet de rigueur à la mémoire de Honorius Hatchard) effleurèrent ses oreilles distraites. Elle cherchait à découvrir Harney parmi les personnages de marque qui occupaient le premier rang des fauteuils. Miss Hatchard, coiffée d'un chapeau gris perle assorti à ses gants, était assise entre Mrs Miles et une dame inconnue à l'air important; mais Harney n'était pas auprès d'elle. Charity se trouvait à l'un des bouts de la scène : de sa place elle ne pouvait voir l'autre extrémité du premier rang des fauteuils à cause de l'écran de verdure qui masquait l'harmonium. L'effort qu'elle faisait pour apercevoir Harney par-dessus l'écran ou au travers des branches entrelacées la rendait inconsciente de tout le reste; mais l'effort demeura vain, et, peu à peu, son attention fut attirée par le discours de son tuteur.

C'était la première fois qu'elle l'entendait parler en public; déjà elle connaissait l'ample sonorité de sa voix lorsqu'il lisait à voix haute ou entretenait ses concitoyens devant la cheminée de Carrick Fry. Mais il lui semblait que les inflexions n'en avaient jamais été plus riches et plus graves qu'aujourd'hui; il parlait lentement, avec des pauses qui semblaient convier ses auditeurs à participer silencieusement à sa propre pensée; et Charity observa que leurs visages s'éclairaient et semblaient répondre à cet appel.

Il touchait à la fin de son discours :

— La plupart de ceux qui sont venus ici aujourd'hui reprendre contact pour une heure avec leur village natal n'ont voulu faire qu'un pieux pèlerinage, et vont repartir vers les grandes villes où ils retrouveront une existence toute remplie de devoirs plus vastes. Pourtant, ce n'est pas là la seule manière de revenir à North Dormer. Quelques-uns d'entre nous, messieurs, partis commes vous, dans notre jeunesse, à la recherche de cette vie plus active et de ces devoirs plus vastes, sont revenus d'une autre façon à North Dormer... ils y sont revenus pour de bon. Je suis un de ceux-là, beaucoup parmi vous le savent...

Il s'arrêta un instant, et il y eut comme une attente dans l'auditoire attentif :

— Mon histoire est sans intérêt, mais elle comporte une leçon, non pas tant pour ceux qui ont déjà fixé leur existence ailleurs, que pour les jeunes gens qui, peut-être en ce moment même, nourrissent le projet de quitter ces montagnes paisibles pour aller se jeter dans la lutte. Des événements qu'ils ne peuvent prévoir feront peut-être que quelques-uns d'entre eux reviendront un jour vers le foyer de leur enfance : qu'ils reviendront, comme moi, pour de bon...

Il promena ses regards autour de lui et répéta d'une voix grave :

— Pour de bon. Voilà où je veux en venir. North Dormer est un pauvre petit coin, presque perdu dans l'immensité du décor qui l'entoure : peut-être ce petit coin aurait-il pu devenir un centre plus important, et plus en harmonie avec l'ampleur de son paysage, si ceux qui étaient obligés d'y revenir y étaient revenus avec ce sentiment présent à leur esprit, qu'ils voulaient y revenir pour de bon, — c'est-à-dire, vous me comprenez, n'est-ce-pas? pour y propager quelque bien, non pas pour y semer le mal, ou tout simplement pour y traîner une vie indifférente.

« Messieurs, regardons les choses bien en face. Certains, parmi nous, sont revenus à leur village natal parce qu'ils n'ont pas réussi ailleurs. D'une façon ou d'une autre, les choses ont mal tourné... ce que nous avions rêvé ne s'est pas réalisé. Mais le fait d'avoir échoué ailleurs ne nous condamne pas fatalement à ne pas réussir chez nous. Les expériences que nous avons tentées sur un terrain plus vaste, même si elles ont été infructueuses, auraient dû nous aider à faire de North Dormer un endroit plus important... Et vous, jeunes gens, qui vous préparez sans doute en ce moment même à suivre l'appel de l'ambition, à tourner le dos aux vieux foyers, eh bien, laissez-moi vous dire que si jamais vous revenez vers eux, il sera digne de vous d'y revenir, cette fois, pour leur bien. Pour cela vous devez continuer à les chérir, ces vieux foyers, pendant que vous serez loin d'eux, et si c'est même contre votre gré que vous devez y revenir, même si vous ne voyez dans ce retour qu'une erreur entière du Destin ou de la Providence, vous vous devez d'essayer d'en tirer le meilleur parti possible pour vous et pour l'amélioration de votre vieux village... Mesdames et messieurs, je vous donne ma recette pour ce qu'elle vaut... après un certain temps je crois que vous serez en mesure de dire comme je puis le dire aujourd'hui : «Je suis heureux de vivre ici.» Croyez-moi, vous tous qui m'écoutez, la meilleure façon de faire du bien là où l'on vit, c'est d'y vivre en étant heureux d'y vivre.

Il s'arrêta. Un murmure d'émotion et de surprise courut dans l'assistance. Ce n'était pas du tout ce qu'attendaient les auditeurs, mais ils n'en étaient que plus émus.

— Très bien, très bien! cria quelqu'un du milieu de la salle.

Il y eut alors une explosion soudaine de vivats, et quand le bruit se fut un peu apaisé Charity entendit Mr Miles dire à son voisin, en essuyant ses lunettes :

— Voilà qui est parler en homme.

Mr Royall, descendu de la scène, avait pris place sur une des chaises, devant l'harmonium. Un monsieur fringant sous ses cheveux blancs — un parent éloigné des Hatchard — lui succéda derrière le pupitre, et broda d'agréables variations sur des thèmes villageois, sur les vieilles mamans qui attendaient patiemment le retour de leurs fils, et sur les bois où les enfants du village allaient faire la cueillette des noisettes... Et Charity de nouveau se mit à chercher Harney.

Tout à coup Mr Royall repoussa sa chaise, et une des branches d'érable qui se trouvait devant l'harmonium tomba avec fracas. A travers cette éclaircie l'extrémité du premier rang de fauteuils devint visible, et Charity aperçut enfin Harney. Il était assis à côté d'une jeune fille dont le visage, tourné vers lui, était presque caché par les larges bords de son chapeau. Mais Charity n'avait pas besoin de la voir de face. En un clin d'œil elle avait reconnu la taille svelte, les cheveux blonds savamment tordus sous le chapeau, les gants longs, cerclés de bracelets, de Miss Balch. Au bruit que fit la chute de la branche, Miss Balch tourna la tête vers la scène, et le joli sourire de ses lèvres minces semblait comme un reflet attardé des paroles que son voisin venait de lui murmurer.

Quelqu'un s'avança pour redresser la branche et Miss Balch et Harney furent de nouveau cachés. Mais pour Charity la vision de leurs deux figures avait effacé tout le reste. Cette vision lui avait révélé, dans un éclair, la réalité de sa situation. Derrière l'écran fragile des caresses de son amant, se dressait tout l'impénétrable mystère de sa vie : ses rapports avec d'autres gens, avec d'autres femmes, ses opinions, ses préjugés, ses principes, tout ce réseau d'influences, d'intérêts et d'ambitions dans lequel l'existence de chaque homme se trouve prise. De toutes ces choses elle ne savait rien sinon ce qu'il avait pu lui confier de ses projets d'architecte. Elle avait toujours vaguement soupçonné qu'il était en contact avec des gens importants, qu'il était engagé dans des relations multiples et compliquées — mais elle avait toujours senti que tout cela dépassait tellement sa compréhension que le mystère de cette vie inconnue flottait comme une brume lumineuse à l'extrême horizon de sa pensée. Au premier plan, et cachant tout le reste, il y avait l'éclat de la présence de Harney, les jeux de la lumière et de l'ombre sur son visage, la façon dont ses yeux de myope s'agrandissaient, et s'approfondissaient à son approche comme pour l'attirer toute en lui, et, par-dessus tout, ce flux de tendre jeunesse et d'amour dans lequel ses paroles la plongeaient.

Maintenant, elle le voyait détaché d'elle, repris par l'inconnu, murmurant à une autre des choses qui provoquaient ce même sourire de malicieuse complicité que, si souvent, il avait fait fleurir sur ses lèvres. Le sentiment qui s'emparait d'elle n'était pas un sentiment de jalousie : elle était trop sûre de son amour. C'était plutôt une terreur de l'inconnu, de toutes les attractions mystérieuses qui maintenant déjà devaient entraîner son amant loin d'elle, et de sa propre impuissance à lutter contre ces influences.

Elle lui avait donné tout ce qu'elle avait — mais qu'était-ce, comparé aux autres dons que lui réservait la vie ? Elle comprenait maintenant le cas de ces jeunes filles du pays à qui pareille aventure était arrivée : elles aussi avaient donné tout ce qu'elles avaient, mais, pour total qu'il fût, le don n'était pas suffisant, et il n'avait servi qu'à acheter quelques fugitifs instants de bonheur...

La chaleur était devenue suffocante — elle la sentait tomber sur elle comme une vague de plus en plus lourde. Dans la salle, pleine à craquer, les visages autour d'elle se mirent à danser comme, jadis, les tableaux sur l'écran du cinéma de Nettleton. Un instant la figure de Mr Royall se détacha sur le fond embrouillé de la toile mouvante. Il avait repris sa place devant l'harmonium et était assis non loin d'elle, les yeux fixés sur son visage son regard semblait percer jusqu'au centre même des sensations confuses de Charity... Subitement une sensation de malaise physique suivie d'une mortelle appréhension s'abattit sur elle, et à travers la peur, tout l'éclat des heures brûlantes passées dans la petite maison abandonnée lui revint en une lueur d'incendie...

175

Elle se raidit et détourna les yeux de son tuteur. Le discours du cousin Hatchard venait de finir, et Mr Miles agitait de nouveau ses grandes ailes blanches. Des fragments de sa péroraison flottèrent à travers les pensées confuses de Charity. Il parlait d'une riche moisson de souvenirs consacrés... d'une heure sanctifiée vers laquelle, dans les moments d'épreuve, se retrouveraient dans leurs prières les pensées des fils de North Dormer...

— Et maintenant, Seigneur, acheva-t-il, nous te rendons humbles et ferventes actions de grâces pour ce jour béni de réunion, en ce cher village où nous sommes revenus de si loin. Garde-le-nous intact, notre village, Seigneur, dans toute son humble beauté, dans toute sa douceur familiale, dans la bonté et la sagesse de ses vieillards, dans le courage et le persévérant travail de ses jeunes gens, dans la piété et la pureté de cet essaim de jeunes filles innocentes...

Il agita ses ailes blanches vers les chanteuses, et au même moment Lambert Sollas d'un air résolu attaqua les premières mesures du *Auld Lang Syne*. Charity s'était levée et regardait fixement devant elle... Tout à coup, laissant tomber ses fleurs, elle s'abattit comme une masse aux pieds de Mr Royall.

XIV

La célébration du *Old Home Week* intéressait également les villages voisins dépendant de la commune de North Dormer, et les mêmes cérémonies devaient se dérouler depuis Dormer et les deux Creston jusqu'à Hamblin, ce hameau solitaire juché sur la pente nord de la Montagne, où tombait toujours la première neige. Le troisième jour, il y eut donc des discours et des cérémonies à Creston et à Creston River; le quatrième, on emmena les principaux acteurs de ces fêtes à Dormer et à Hamblin.

Ce ne fut que le quatrième jour que Charity revint pour la première fois à la petite maison déserte. Harney et elle ne s'étaient pas vus seuls depuis qu'ils s'étaient séparés à la lisière du bois, le soir qui précéda la fête de North Dormer. Dans l'intervalle, elle avait passé par bien des émotions différentes, mais pour le moment, la terreur qui l'avait saisie dans la salle de l'hôtel de ville avait afflué jusqu'à la lisière de sa conscience. Evidemment elle s'était trouvée mal parce que la chaleur était par trop étouffante, et aussi parce que les orateurs avaient parlé sans arrêt pendant un temps vraiment interminable... Plusieurs autres personnes avaient été incommodées par la chaleur et avaient dû partir avant la fin. Il y avait eu de l'orage dans l'air pendant tout l'après-midi; et tout le monde s'était plaint de la ventilation insuffisante de la salle.

A la petite sauterie qui avait eu lieu dans la soirée, et à laquelle elle ne s'était rendue qu'à contrecœur, et seulement parce qu'elle n'osait pas n'y pas paraître, elle s'était sentie aussitôt rassurée. Dès son arrivée, elle avait vu Harney qui l'attendait. Il s'était approché tout de suite, la regardant avec des yeux tendres et rieurs, et l'avait entraînée dans le tourbillon d'une valse. Les pieds de Charity étaient devenus subitement légers, dociles au rythme de la musique, et, bien que son expérience de la danse se bornât à quelques bals de village, elle n'avait eu aucune difficulté à se mettre au pas de son danseur. Dans l'animation de la danse, toutes ses vaines craintes l'abandonnèrent; elle ne se souvenait même plus qu'elle dansait sans doute dans les souliers d'Annabel Balch.

La valse terminée, Harney l'avait quittée pour aller à la rencontre de Miss Hatchard et de Miss Balch, qui venaient d'entrer. Charity avait eu un moment d'angoisse à l'apparition de Miss Balch, mais l'angoisse ne dura pas. Elle se sentait, ce soir-là, d'une beauté triomphante, et la certitude que Harney partageait ce sentiment dissipait toutes ses appréhensions. Miss Balch, dans une toilette qui lui allait mal, avait un air blafard et pincé; Charity avait même cru voir dans ses yeux aux cils pâles une expression de découragement. Elle s'assit à côté de Miss Hatchard et l'on vit bientôt à son attitude qu'elle n'avait pas l'intention de danser. Charity non plus n'avait guère dansé. Harney lui avait expliqué que Miss Hatchard l'avait prié de faire valser chacune des autres jeunes filles; mais avant de les inviter, il était venu chaque fois demander la permission de Charity, et cette attention lui avait donné un sentiment de triomphe intime, plus complet encore peut-être qu'au moment où elle tourbillonnait avec lui dans l'enivrement de la musique...

Elle se ressouvenait de tout cela maintenant en l'attendant dans la maison déserte. La soirée était encore chaude et l'air étouffant. Elle avait enlevé son chapeau et s'était étendue de tout son long sur la couverture mexicaine, car il faisait plus frais à l'intérieur de la maison que sous les arbres. Ses bras étaient croisés sous sa tête, et elle tenait les yeux fixés sur la fenêtre à travers laquelle elle apercevait l'âpre silhouette de la Montagne. Derrière cette masse sombre le ciel s'emplissait des multiples gloires du soleil couchant. Dans quelques instants résonnerait sur la route le grelot de la bicyclette de Harney... Il avait en effet pris sa machine pour se rendre à Hamblin, au lieu d'y aller en voiture avec sa cousine et ses amis, afin de pouvoir s'échapper plus tôt et s'arrêter au retour à la maison abandonnée, qui se trouvait précisément sur son chemin. Charity et lui avaient ri ensemble, à l'idée qu'ils entendraient les voitures bondées passer au retour, tandis qu'ils seraient là, bien clos dans leur retraire derrière les vieux pommiers. Ces plaisirs d'orgueil enfantin donnaient à Charity une sensation d'insouciante sécurité.

Néanmoins elle n'avait pas tout à fait oublié la vision de terreur qui lui était brusquement apparue pendant les cérémonies à l'hôtel de ville. Depuis ce moment-là toute foi en la durée de son bonheur l'avait désertée, et elle sentait qu'à l'avenir chaque minute passée avec Harney serait encerclée de doute.

De noire, la Montagne devenait pourpre, comme saturée de l'éclat du soleil couchant. Une ligne de lumière plus vive en cernait la crête, et au-dessus du mur de flamme le ciel d'un vert pâle évoquait la fraîcheur glauque d'un lac dans la forêt. Charity ne bougeait pas, les yeux sur la Montagne en feu, guettant l'étoile blanche du cépuscule...

Ses regards étaient toujours posés sur le pan de ciel qu'encadrait la fenêtre, lorsqu'elle eut conscience qu'une ombre avait traversé les rayons de lumière qui baignaient la chambre. Peut-être était-ce Harney qui longeait la fenêtre. Elle se redressa paresseusement, puis laissa retomber sa tête sur ses bras repliés. Les peignes avaient glissé de sa chevelure, qui se déroulait sur sa poitrine. Elle ne bougeait pas, un vague sourire sur ses lèvres, ses paupières paresseuses à demi refermées. Il y eut un léger bruit, quelqu'un touchait au loquet de la porte. Elle cria, toute joyeuse :

— Avez-vous lâché la chaîne?

La porte s'ouvrit et Mr Royall entra.

Brusquement elle se redressa, s'appuyant contre les coussins entassés, et tous deux se regardèrent sans parler. Puis l'avocat referma la porte et fit quelques pas dans sa direction.

Charity se dressa, et murmura :

— Que venez-vous faire ici?

Les dernières lueurs du soleil couchant éclairaient en plein le visage pâle de Mr Royall.

— Je suis venu parce que je savais que vous y étiez, répondit-il simplement.

Elle se rappela que ses cheveux étaient dénoués, et sentit qu'elle ne pourrait lui parler tant qu'elle serait ainsi décoiffée. Elle se baissa pour ramasser ses peignes et essaya d'arranger sa chevelure, mais ses mains tremblaient. Mr Royall la regardait en silence.

— Charity, dit-il, *il* sera ici dans un instant. Laissez-moi vous parlez d'abord...

— Vous n'avez pas le droit de me parler. Je puis faire ce qui me plaît.

— Je le sais... Que comptez-vous faire?

— Je ne répondrai pas à cette question, ni d'ailleurs à aucune autre.

Les yeux de Mr Royall se détournèrent. Il se mit à examiner curieusement la pièce encore baignée de soleil. Sur la table, des reines-marguerites mauves et des feuilles d'érable pourpres remplissaient la cruche. Contre le mur, une petite planche supportait une lampe, la bouillotte, quelques tasses et quelques soucoupes. Les deux pliants étaient installés près de la table.

— C'est donc ici que vous vous retrouvez? dit-il.

Il parlait d'une voix tranquille et semblait tout à fait maître de lui. Charity se sentit toute décontenancée : elle était prête à rendre violence pour violence, mais cette calme acceptation des choses la laissait désarmée.

— Voyons, Charity... vous me dites toujours que je n'ai pas de droits sur vous. Il y aurait peut-être deux manières d'envisager la question... mais je ne veux pas la discuter avec vous... Tout ce que je sais, c'est que je vous ai élevée du mieux que j'ai pu et que j'ai toujours bien agi envers vous. Oui, il y a eu une exception, je le sais. Mais ce ne serait pas juste de ne tenir compte que de l'exception, que d'un bref accès de folie. Non, ce ne serait pas juste, et vous le savez aussi bien que moi, sinon, vous n'auriez pas continué à vivre sous mon toit. Il me semble que le fait que vous y soyez restée me donne une sorte de droit : le droit de veiller sur vous, d'empêcher qu'il ne vous arrive malheur. C'est ce droit seul que je vous demande de prendre en considération.

Elle l'écoutait en silence; puis elle riposta avec un rire ironique.

— Attendez d'abord qu'un malheur me soit arrivé.

Il se tut un instant, comme s'il pesait les paroles qu'elle venait de prononcer.

— C'est là tout ce que vous répondez?
— Oui, c'est tout.
— C'est bien... j'attendrai.

Il se détourna lentement, comme pour partir; mais à ce moment ce que redoutait Charity se produisit. La porte s'ouvrit et Harney entra.

Il s'arrêta net, figé par la surprise; toutefois se remettant aussitôt, il s'avança vers Mr Royall, le regardant bien en face.

— Vous êtes venu me voir, monsieur? demanda-t-il, d'un ton froid, en jetant sa casquette sur la table de l'air d'un homme qui est chez lui.

Mr Royall promena lentement ses yeux par toute la pièce, puis ses regards se posèrent sur le jeune homme.

— C'est ici votre demeure? demanda-t-il.

Harney sourit :

— Mon Dieu, la maison est à moi autant qu'à tout le monde. J'y viens dessiner de temps en temps.

— Et recevoir les visites de Miss Royall.
— Quand elle me fait l'honneur...
— Est-ce ici le home où vous vous proposez de la conduire lorsque vous vous marierez?

Il y eut un pesant, un interminable silence. Charity, tremblante de colère, s'était avancée comme pour répondre; mais finalement, elle s'était tue trop humiliée pour pouvoir articuler un son. Harney avait baissé les yeux devant le regard du vieillard, mais au bout d'un moment il les releva et regardant bien en face Mr Royall, il répondit :

— Miss Royall n'est pas une enfant. N'est-ce-pas un peu ridicule de parler d'elle de cette façon? Je suis persuadé qu'elle se juge libre d'aller et venir comme il lui plaît, sans en rendre compte à personne.

Il s'arrêta et reprit :

— Du reste, je suis prêt à répondre à toute question qu'il lui plaira de me poser.

L'avocat se tourna vers elle.

— Demandez-lui donc quand il va vous épouser.

Il y eut un autre silence, et ce fut au tour de Mr Royall de rire d'un rire rauque, douloureux.

— Vous n'osez pas! s'écria-t-il, avec un éclat de passion subite.

Il s'était rapproché de Charity, son bras droit levé, dans un geste, non de menace, mais d'exhortation tragique.

— Vous n'osez pas, et vous savez pourquoi!

Il se retourna brusquement vers le jeune homme.

— Et vous savez aussi, vous, pourquoi vous ne l'avez pas demandée en mariage, et pourquoi vous n'avez pas l'intention de le faire. C'est parce que vous n'avez pas besoin de la demander en mariage,

183

ni vous, ni d'ailleurs les autres non plus. Il n'y a que moi qui ai été assez bête pour ignorer cela; personne ne se trompera sur son compte comme je me suis trompé... personne de l'Eagle County, en tout cas. Tout le monde sait qui elle est, d'où elle vient, et de qui elle sort. Tout le monde sait que sa mère était une fille de Nettleton, qui a suivi une de ces fripouilles de la Montagne pour cohabiter avec lui, au milieu de cette colonie de païens. Je l'ai vue là-haut, il y a quinze ans, quand j'y suis monté pour aller chercher la petite. Je l'ai prise chez moi pour l'arracher à la vie ignoble que menait sa mère... j'aurais mieux fait de la laisser dans la pourriture d'où elle vient...

Il s'arrêta, promenant un regard sombre sur les deux jeunes gens, puis sur la Montagne toute menaçante sous la frange de feu qui la couronnait.

Tout à coup, se laissant choir sur une chaise devant la table où si souvent les amants avaient fait leurs repas rustiques, il se couvrit le visage de ses deux mains. Harney s'était appuyé contre la fenêtre, les sourcils froncés; il faisait tourner entre ses doigts un petit paquet qui se balançait au bout d'une ficelle... Charity entendit Mr Royall pousser un ou deux profonds soupirs; ces épaules tremblaient un peu, comme s'il sanglotait en silence. Lentement, il se releva et traversa la chambre, ne regardant plus Charity ni Harney. Tous deux le virent qui cherchait la porte et tâtonnait pour trouver le loquet; enfin il sortit et disparut dans l'obscurité.

Un long silence suivit son départ. Charity attendait que Harney parlât le premier, mais il semblait qu'il ne trouvât tout d'abord rien à dire. Il finit par dire :

— Je me demande comment il nous a découverts?

Elle ne fit aucune réponse. Il jeta sur la table le paquet qu'il tenait à la main, et s'approchant :

— Je suis navré, chérie... que ceci soit arrivé...

Elle rejeta la tête en arrière avec fierté.

— Je ne regrette rien, absolument rien.

— Non...

Elle attendait qu'il la saisît sans ses bras; mais il s'était détourné, avec un air d'irrésolution. La dernière lueur du jour s'était éclipsée derrière la Montagne. Tout dans la chambre était devenu vague et crépusculaire. Du terrain creux au-delà du verger montait déjà une brume humide de soir d'automne : ils en sentaient le froid sur leurs visages enflammés. Harney arpenta la pièce d'un pas lent; puis, se retournant, il alla s'asseoir devant la table.

— Venez, dit-il sur un ton impérieux.

Elle s'assit, tandis qu'il dénouait la ficelle du paquet, étalant sur la table une douzaine de sandwichs.

— J'ai dérobé ces sandwichs au banquet de Hamblin, dit-il en riant, et il les poussa devant elle.

Elle rit, elle aussi, prit un sandwich et se mit à manger.

— Avez-vous préparé le thé? demanda le jeune homme.

— Non, dit-elle. J'ai oublié.

— Tant pis... Il est trop tard pour faire bouillir l'eau maintenant.

Il n'ajouta rien, et tous deux continuèrent à manger en silence. L'obscurité avait envahi la petite pièce, et Charity ne voyait déjà plus le visage de Harney. Tout à coup le jeune homme se pencha par-dessus la table et posa sa main sur les siennes.

— Je vais être obligé de m'absenter pendant

quelque temps, Charity, dit-il, un mois ou deux peut-être... pour arranger certaines choses; puis je reviendrai... et nous nous marierons.

Sa voix semblait celle d'un étranger : rien n'y demeurait plus des vibrations qu'elle connaissait si bien. Elle laissa sa main sous la sienne et la sentit froide et inerte. Un moment elle leva la tête pour lui répondre; mais les mots moururent dans sa gorge. Ils restèrent longtemps immobiles, figés pour ainsi dire dans leur attitude de tendresse confiante, comme si quelque mort étrange était venue s'abattre sur eux. A la fin Harney se leva en frissonnant légèrement.

— Dieu! Qu'il fait humide... nous n'aurions plus pu venir ici longtemps, dit-il.

Sur la planche il prit un bougeoir d'étain et alluma la bougie; puis il appuya un volet démonté contre la fenêtre et posa le bougeoir sur la table. La clarté vacillante de la bougie projetait des ombres bizarres sur son front plissé et rendait son sourire pareil à une grimace.

— Mais ces jours ont été bien bons tout de même, n'est-ce pas, Charity? Qu'est-ce qu'il y a? Pourquoi me regardez-vous ainsi? N'est-ce pas vrai que ces jours ont été bons?

Il vint près d'elle et la prit dans ses bras :

— Et il y en aura d'autres, beaucoup d'autres... beaux... plus beaux... n'est-ce pas, chérie?

Il lui renversa doucement la tête, cherchant derrière l'oreille la courbe de sa gorge qu'il aimait tant embrasser, et y appuya sa bouche... Il lui baisait les cheveux, les yeux, les lèvres. Elle se serrait contre lui, désespérément, et comme il l'attirait sur le divan, elle eut l'impression que tous deux sombraient ensemble dans un abîme sans fond.

XV

Ce soir-là, comme d'habitude, ils se séparèrent à l'orée du bois.

Harney devait partir le lendemain matin de bonne heure. Il pria Charity de ne parler à personne de leurs projets de mariage avant son retour, et, chose étrange, elle se sentit comme soulagée par cet ajournement. Un lourd fardeau d'humiliation pesait sur elle et amortissait toute autre sensation.

Elle dit au revoir à son amant sans presque donner de signes d'émotion. Les promesses de retour que lui prodiguait Harney lui semblaient presque blessantes. Elle ne doutait pas de son intention de revenir; les doutes qu'elle pouvait avoir étaient beaucoup plus profonds et moins définissables.

Depuis cette chimérique vision d'avenir qui avait flotté dans son imagination à leur première rencontre elle n'avait presque jamais pensé qu'il l'épouserait. Elle n'avait pas eu à écarter cette idée de son esprit, puisque, à vrai dire, cette idée, elle ne l'avait jamais eue. Toutes les fois qu'elle songeait à l'avenir, elle sentait instinctivement que l'abîme qui la séparait de Harney était trop profond, et que le pont qu'y jetait leur amour était aussi fragile qu'un arc-en-ciel. Mais elle ne songeait que rarement à l'avenir : chaque jour était assez plein de richesses pour l'absorber tout entière. Maintenant elle avait l'impression que désormais tout allait être différent, et qu'elle-même ne serait plus pour Harney ce qu'elle avait été. Au lieu de demeurer comme à part, isolée dans sa pensée, elle devinait obscurément qu'elle serait comparée à d'autres, et qu'on attendrait d'elle des choses qu'elle ne soupçonnait même pas. Elle était trop fière pour avoir peur, mais sa liberté d'esprit s'en ressentit...

Harney n'avait fixé aucune date pour son retour. Il avait dit seulement qu'il lui fallait d'abord examiner bien des choses et régler certaines questions. Il avait promis d'écrire aussitôt qu'il aurait quelque chose de précis à lui communiquer, et il lui avait laissé son adresse, la priant de lui écrire quelquefois. Mais l'adresse l'effaroucha. C'était à New York, à un cercle de la Cinquième Avenue dont le nom n'en finissait pas. L'adresse seule semblait dresser une insurmontable barrière entre eux. Une ou deux fois, dans les premiers jours, elle avait sorti une feuille de papier, s'était assise devant elle et avait cherché ce qu'elle pourrait bien dire; mais elle avait le sentiment que sa lettre n'arriverait jamais à destination. Jamais elle n'avait envoyé de lettre plus loin qu'à Hepburn...

Il y avait dix jours que Harney était parti lorsque sa première lettre arriva. La lettre était tendre mais grave, et ne ressemblait en rien aux petits billets enjoués qu'il lui faisait tenir par le gamin du fermier quand il habitait Creston River. Il parlait formellement de son intention de revenir mais ne mentionnait aucune date, et rappelait à Charity qu'ainsi qu'ils l'avaient décidé ensemble leurs projets ne devaient pas être divulgués avant qu'il ait eu le temps «d'arranger les choses». Combien de temps prendrait cet arrangement, c'est ce qu'il ne pouvait encore prévoir; mais elle pouvait compter qu'il reviendrait sitôt que tout serait définitivement aplani.

Charity lut cette lettre avec la sensation étrange qu'elle venait de si loin qu'elle avait perdu en chemin presque toute sa signification. Elle envoya en guise de réponse une carte postale coloriée représentant la chute du Creston River, sur laquelle elle écrivit : «Avec les tendresses de Charity». Elle sentait tout ce qu'il y avait de piteux et d'inadéquat dans cet envoi, et elle entrevoyait avec désespoir que par son incapacité à s'exprimer elle lui donnerait une impression de froideur, peut-être même d'aversion; mais qu'y pouvait-elle? Elle ne pouvait oublier qu'il ne lui avait jamais parlé de mariage avant que Mr Royall ne l'eût contraint à prononcer ce mot; et, bien qu'elle ne se fût pas senti la force de rompre le charme qui l'attachait à lui, elle avait comme perdu toute spontanéité de sentiment et semblait attendre passivement le sort qu'elle ne pouvait détourner.

Quand elle était revenue à la maison rouge, elle n'y avait pas trouvé Mr Royall. Le lendemain matin — le jour même du départ de Harney — Verena annonça à Charity, lorsque celle-ci descendit de sa chambre, que son tuteur était parti pour Worcester et Portland. C'était en effet l'époque de l'année où il allait d'habitude faire son rapport aux compagnies d'assurances qu'il représentait, et son départ, bien qu'un peu soudain, n'avait rien que de très naturel. Elle ne s'en soucia pas autrement, contente seulement qu'il ne fût pas là..

Après le départ de Harney, elle chercha la solitude et évita soigneusement ses amies. North Dormer se remettait peu à peu de tout le bruit qu'on avait fait autour de son nom, et l'agitation qui durait encore permit à Charity de demeurer à l'écart sans attirer l'attention. Pourtant, elle ne pouvait échapper longtemps à la fidèle Ally. Dans les premiers jours qui suivirent la clôture du *Old Home Week,* Charity esquiva sa rencontre en allant flâner sur les collines tout le temps qu'elle n'était pas à son poste à la bibliothèque. Mais une période de pluie survint, et un après-midi où les averses ne cessaient pas, Ally, certaine de trouver son amie chez elle, vint à la maison rouge avec son ouvrage.

Les deux jeunes filles s'installèrent au premier étage dans la chambre de Charity. Les mains sur les genoux, plongée dans une sorte de songe lourd, Charity n'était qu'à demi consciente de la présence d'Ally, assise en face d'elle sur une petite chaise de paille. Ally avait épinglé son travail sur son genou et serrait ses lèvres minces en se penchant sur son aiguille.

— C'est moi qui ai eu l'idée de faire passer un ruban dans le bouillonné, dit-elle d'un air fier, se rejetant en arrière pour admirer la blouse qu'elle garnissait. C'est pour Miss Balch : elle en a été tout à fait contente.

Elle s'arrêta, puis reprit avec un léger tremblement de sa voix sifflante.

— Je n'ai pas osé lui dire que j'avais eu cette idée d'après une blouse que j'ai vue à Julia.

Charity leva les yeux nonchalamment.

— Voyez-vous encore quelquefois Julia?

Ally rougit, comme si l'allusion lui avait échappé sans qu'elle y prît garde.

— Oh! il y a longtemps que je l'ai vue avec cette blouse...

Le silence retomba, et Ally, reprit après un instant :
— Miss Balch, en partant, m'a laissé beaucoup de commandes, cette fois.

— Quoi... elle est partie? demanda Charity, brusquement inquiète.

— Vous ne le saviez pas? Elle est retournée à Springfield le lendemain même de la fête de Hamblin. Je l'ai vue qui partait en voiture de bonne heure avec Mr Harney.

Il y eut un autre silence, ponctué par le bruissement de l'averse contre les vitres, et, à intervalles, par le crissement des ciseaux d'Ally.

A un moment, celle-ci eut un petit rire songeur.
— Savez-vous ce que Miss Balch m'a dit avant de s'en aller? Elle m'a dit qu'elle me ferait venir à Springfield pour travailler à son trousseau.

Charity leva de nouveau ses paupières appesanties et regarda le pâle et mince visage d'Ally qui se balançait lentement au-dessus de ses doigts agiles.

— Elle va donc se marier?

Ally laissa tomber la blouse sur ses genoux et s'arrêta, les yeux sur son ouvrage. Ses lèvres semblaient devenues subitement sèches, car elle les humectait du bout de sa langue.

— Mon Dieu, je le suppose... d'après ce qu'elle a dit... Vous ne le saviez donc pas?

— Pourquoi le saurais-je?

Ally ne répondit pas. Elle se pencha sur la blouse et se mit à enlever un fil de bâti avec la pointe de ses ciseaux.

— Pourquoi le saurais-je? répéta Charity avec âpreté.

— Je ne sais pas... j'ai pensé que vous aviez peut-être entendu ce qu'on raconte ici. On prétend qu'elle est fiancée à Mr Harney.

Charity se redressa en riant, et levant ses bras au-dessus de sa tête d'un geste nonchalant.

— Si tous ceux que les gens marient s'épousaient pour de bon, vous auriez tous les jours des robes de mariées à faire, fit-elle ironiquement.

— Ah!... alors, vous ne le croyez pas? risqua Ally.

— Que je le croie ou que je ne le croie pas, cela ne changerait rien à la chose.

— Evidemment... Tout ce que je sais, c'est que je l'ai vue pleurer le soir de la fête parce que sa robe lui allait mal. C'est pour cela qu'elle n'a pas voulu danser...

Charity était restée debout, les yeux fixés sur le corsage de dentelle qu'Ally tenait sur ses genoux. Brusquement elle se pencha et s'en empara d'un geste brutal.

— Eh bien, elle ne dansera pas non plus avec ce corsage-ci, s'écria-t-elle, avec une violence soudaine; et saisissant la blouse dans ses jeunes mains vigoureuses, elle la déchira en deux et jeta les fragments de dentelle sur le plancher.

— Oh! Charity... s'écria Ally qui se leva, consternée.

Pendant quelques secondes les deux jeunes filles se firent face, ayant entre elles les lambeaux de la blouse. Ally fondit en larmes.

— Mon Dieu, qu'est-ce que je vais lui dire? Qu'est-ce que je vais faire? C'était de la vrai dentelle! murmura-t-elle à travers ses sanglots.

Charity lui lança un regard cruel.

— Vous n'auriez pas dû apporter ce corsage ici, dit-elle. Je hais les vêtements des autres... c'est comme si les gens étaient eux-mêmes dans la pièce.

Les deux jeunes filles continuèrent à se regarder, après cet aveu, jusqu'au moment où Charity s'écria avec une figure convulsée :

— Tenez, Ally, allez-vous-en, allez-vous-en... ou je vous détesterai, vous aussi.

Quand Ally fut sortie de la chambre, Charity se jeta sur son lit en sanglotant.

La pluie, qui avait duré plusieurs jours, fut suivie par une tempête de vent du nord-ouest. Quand la tempête se fut calmée, les bois prirent leurs premières teintes automnales, le ciel devint d'un bleu plus dense, et de grands nuages blancs vinrent se poser sur les collines comme des banquises de neige. Les premieres feuilles recroquevillées des érables commencèrent à tournoyer sur la pelouse de Miss Hatchard, et la vigne vierge éclaboussa d'écarlate le portique blanc du *Mémorial Hatchard*. Ce fut un mois de septembre triomphant et doré. Les couleurs flamboyantes de la vigne vierge gagnaient chaque jour un peu davantage les pentes des collines, où elles montaient en vagues de carmin et de pourpre. Les mélèzes brillaient de l'éclat pâle du halo jaune qui encercle un foyer ardent, les érables flambaient ou rougeoyaient comme de la braise, et les bouquets de sapins du Canada faisaient des taches d'indigo sur l'incandescence de la forêt.

Les nuits froides étaient pleines d'un vif et dur scintillement d'étoiles lointaines, qui paraissaient à la fois plus petites et plus éclatantes qu'en été.

Parfois, durant ses longues heures d'insomnie, Charity avait la sensation d'être liée à la grande roue tournante des astres et de rouler avec eux dans le vide des espaces noirs. La nuit elle projetait bien des choses... c'est alors qu'elle essayait d'écrire à Harney. Mais ne sachant comment exprimer ce qu'elle voulait lui dire, elle attendait. Depuis son entretien avec Ally, elle avait acquis la certitude intérieure que Harney était bien fiancé à Miss Balch, et que «les arrangements» dont il avait parlé comportait la rupture possible de ce lien. Le premier accès de jalousie une fois passé, elle n'éprouva plus de crainte à ce sujet. Elle était certaine que Harney reviendrait, et certaine également que, pour le moment du moins, c'était elle qu'il aimait et non Miss Balch. La jeune fille n'en demeurait pas moins une rivale, puisqu'elle représentait tout ce que Charity n'était pas, toutes les choses que Charity se sentait le plus incapable de comprendre ou d'accomplir. Annabel Balch pouvait ne pas être la jeune fille que Harney devait épouser, mais elle était le type de la jeune fille qu'il eût été naturel qu'il épousât. Charity ne s'était jamais vue, même aux heures les meilleures, devenant sa femme. Jamais elle n'était parvenue à fixer cette vision et à la suivre dans ses conséquences quotidiennes; mais par contre elle pouvait parfaitement imaginer Annabel Balch dans ce rôle.

Plus elle pensait à tout cela, plus elle sentait la fatalité qui pesait sur elle, et l'inutilité de la lutte. Elle n'avait jamais su s'adapter aux circonstances : elle ne pouvait que briser, déchirer et détruire. La scène avec Ally l'avait laissée toute honteuse de sa sauvagerie puérile. Qu'aurait pensé Harney s'il en avait été témoin? Et cependant, quand cet incident repassait dans son esprit perplexe, elle ne pouvait se représenter ce qu'une personne civilisée aurait fait à sa place. Elle se sentait trop inégale aux forces inconnues avec lesquelles elle se trouvait aux prises.

Ce sentiment finit à la longue par la décider à une action soudaine. Elle prit une feuille de papier à lettre dans le cabinet de travail de Mr Royall, et, s'asseyant près de la lampe de cuisine, un soir où Verena était montée se coucher, elle commença sa première lettre à Harney. La lettre était très courte.

«Je désire que vous épousiez Annabel Balch si vous le lui avez promis. Ne craignez pas que je ne prenne mal la chose... ce que je veux, c'est que vous agissiez loyalement. Votre Charity qui vous aime.»

Elle mit la lettre à la poste le lendemain matin de très bonne heure, et pendant quelques jours elle se sentit le cœur étrangement léger. Puis elle commença à se demander pourquoi Harney ne lui répondait pas...

Un matin qu'elle était seule à la bibliothèque, l'esprit absorbé dans ses pensées, les rangées de livres lui parurent tourner autour d'elle et le pupitre chanceler sous ses coudes. Ce vertige fut suivi d'une nausée pareille à celle qu'elle avait eue le jour de la cérémonie à l'hôtel de ville. Mais alors la salle avait été pleine de monde et il y régnait une chaleur étouffante, tandis que la bibliothèque était vide, et si fraîche que Charity avait conservé sa jaquette. Cinq minutes avant, elle se sentait tout à fait bien; et voilà que tout à coup il lui semblait qu'elle allait mourir. Le bout de dentelle auquel elle travaillait encore lui tomba des mains et le crochet d'acier alla rouler en tintant sur le parquet. Elle serra ses tempes entre ses mains moites, se raidissant contre son bureau pour lutter avec le malaise qui l'envahissait. Peu à peu le vertige s'apaisa et au bout de quelques minutes elle se leva, tremblante et terrifiée, saisit son chapeau et sortit pour prendre l'air. Mais le paysage baigné d'or automnal vacillait autour d'elle, et ses oreilles étaient remplies d'un singulier bourdonnement, tandis qu'elle se traînait à pas lents le long de la route qui paraissait interminable, jusqu'au seuil de la maison rouge.

Comme elle en approchait, elle vit un buggy qui stationnait à la porte, et son cœur sursauta dans sa poitrine. Mais ce n'était que Mr Royall qui descendait de la voiture, son sac de voyage à la main. Il l'aperçut et attendit sur le perron. Elle eut conscience qu'il la regardait avec une attention extrême, comme s'il y avait quelque chose d'étrange dans sa démarche, et dans un effort désespéré pour dissimuler son malaise elle rejeta la tête en arrière. Leurs yeux se rencontrèrent et elle dit d'un air indifférent, comme si rien ne s'était jamais passé entre eux :

— Vous voilà de retour?

— Oui, me voilà, répondit-il, et il se dirigea vers son cabinet de travail.

Charity grimpa péniblement l'escalier jusqu'à sa chambre : ses pieds étaient si lourds qu'il lui semblait qu'ils étaient collés aux marches.

Deux jours plus tard, Charity descendait du train à Nettleton, et, sortant de la gare, s'engageait sur la place grise de poussière. Le froid des jours précédents avait cessé, et la température était aussi douce et presque aussi chaude que le jour où elle avait traversé, avec Harney, cette même place, alors toute pavoisée pour la fête du Quatre Juillet. Les mêmes locatis et les grands breaks se tenaient en ligne devant la gare, et les pauvres haridelles avec des filets sur leurs flancs balançaient toujours leurs tristes têtes fatiguées. Elle reconnut les enseignes voyantes au-dessus des restaurants et des salons de billard, et les longues lignes de fils de fer sur les hauts poteaux qui bordaient la rue principale. Prenant le chemin que jalonnaient ces poteaux, elle marcha très vite, la tête penchée, jusqu'à une large rue transversale dont une maison de briques formait le coin. Elle traversa cette rue et jeta un regard furtif sur la façade de la maison; puis elle revint sur ses pas et franchit brusquement une porte qui s'ouvrait sur un escalier aux marches bordées de cuivre. Au second étage elle sonna, et une jeune mulâtresse aux cheveux crépus, avec un tablier de mousseline à volants, l'introduisit dans une antichambre où un renard empaillé tendait aux visiteurs, sur ses pattes de devant, un plateau de cuivre pour les cartes. Au fond de l'antichambre une porte vitrée portait cette inscription : *Consultations*. Après une attente de quelques minutes dans un salon meublé de sofas en peluche surmontés de grands cadres dorés, dans lesquels souriaient des photographies de jeunes femmes aux toilettes tapageuses, Charity fut introduite dans le bureau...

Quelques moments plus tard elle ressortait par la porte vitrée; le docteur Merkle l'accompagnait et la conduisait dans une autre pièce, plus petite et encore plus encombrée de fauteuils de peluche et de cadres dorés. Le docteur Merkle était une femme dodue, aux petits yeux animés, avec des cheveux noirs qui lui descendaient très bas sur le front, et des dents trop blanches et trop bien rangées. Elle portait une robe cossue en satin noir; des chaînes d'or et des breloques pendaient sur son corsage bombé. Elle avait de grandes mains lisses, elle était vive dans tous ses mouvements, et il se dégageait de sa personne une odeur de musc et d'acide phénique.

Elle souriait à Charity d'un sourire qui découvrait ses dents irréprochables.

— Asseyez-vous, ma chère. Voulez-vous prendre une petite goutte de quelque chose pour vous remonter?... Non?... Eh bien, étendez-vous un instant sur le canapé. Il n'y a rien à faire encore; mais dans un mois encore, si vous voulez repasser... Je pourrais même vous prendre chez moi pendant deux ou trois jours, et tout se passera sans que vous ayez une seconde d'ennui. Pauvre petite! La prochaine fois vous vous ferez moins de mauvais sang...

Charity la regardait, les yeux dilatés d'étonnement. Cette femme avec ses faux cheveux, ses fausses dents, son faux sourire si suspect... que lui offrait-elle, sinon l'immunité pour quelque crime inconcevable? Jusqu'à ce moment Charity n'avait ressenti qu'un vague dégoût et une détresse physique qui l'effrayait; et voici que, tout à coup, lui était révélée la grave surprise de la maternité. Elle était venue dans cette affreuse maison parce qu'elle ne connaissait pas d'autre moyen de s'assurer qu'elle ne se trompait pas sur son état, et la femme l'avait prise pour une misérable créature comme Julia... Cette pensée lui parut si horrible qu'elle se leva, pâle et tremblante, sentant monter en elle une de ses grandes vagues de colère.

Le docteur Merkle, toujours souriante, se leva, elle aussi.

— Pourquoi voulez-vous partir si vite? Vous devriez vous reposer un peu...

Elle s'arrêta et son sourire devint plus maternel.

— Plus tard... si l'on jase un peu trop chez vous, et si vous désirez faire une absence... j'ai une dame de mes amies à Boston qui cherche une demoiselle de compagnie. Vous seriez tout à fait la personne qu'il lui faut, ma petite...

Charity avait gagné la porte.

— Je ne veux pas rester. Je ne reviendrai jamais ici, balbutia-t-elle, la main sur le bouton.

Mais d'un geste rapide la doctoresse lui barra le chemin.

— Ah! bon. Si c'est comme cela, mes cinq dollars, s'il vous plaît.

Charity jeta un regard désespéré sur le visage rigide et les lèvres serrées de la doctoresse. Elle avait emprunté quatre dollars à Ally, mais elle en avait déboursé deux pour son billet d'aller et retour, et jamais l'idée ne lui était venue que les honoraires d'un médecin pussent dépasser deux dollars.

— Je ne savais pas... Je n'ai pas autant d'argent que cela sur moi... balbutia-t-elle, éclatant en sanglots.

La doctoresse eut un petit rire qui ne découvrit pas cette fois ses dents, et demanda, en termes bref, si Charity s'imaginait qu'elle dirigeait l'établissement pour son plaisir. Tout en parlant elle appuyait ses larges épaules contre la porte, avec l'air hideux du geôlier qui traite avec son prisonnier.

— Vous dites que vous reviendrez régler votre dette? Oui, je ne la connais que trop cette chanson. Donnez-moi votre adresse, et si vous ne pouvez pas me payer, j'enverrai la note à votre famille... Quoi? Je ne comprends pas ce que vous dites... Cela ne vous convient pas? Eh bien, vous êtes plutôt difficile, pour une jeune fille qui n'a pas de quoi payer ses dettes...

Elle s'arrêta, et ses yeux se fixèrent brusquement sur la broche avec la pierre bleue que Charity avait épinglée à sa blouse.

— Et vous n'avez pas honte de refuser ses honoraires à une femme qui travaille pour gagner sa vie, alors que vous vous promenez avec des bijoux comme celui-là?... Tenez, ce n'est pas dans mes habitudes, et je ne ferai cela que pour vous obliger... mais si vous voulez me donner cette broche en gage, je vous laisserai aller... Bien entendu, vous pourrez la reprendre quand vous m'apporterez mon argent...

Pendant le retour à North Dormer, Charity ressentit une quiétude immense et inattendue. Il lui avait été bien pénible de laisser le cadeau de Harney aux mains de cette femme; mais même à ce prix la nouvelle qu'elle rapportait n'avait pas été trop chèrement achetée. Elle restait assise, les yeux à demi clos, tandis que le train filait à travers le paysage familier; et voici que les souvenirs de son précédent voyage, au lieu de tournoyer devant elle comme des feuilles mortes chassées par la rafale, lui semblaient revivre et mûrir dans son sang comme une semence qui n'était qu'endormie. Elle ne saurait plus jamais maintenant ce que c'était que se sentir seule. Tout semblait être devenu subitement clair et simple. Elle n'éprouvait plus aucune difficulté à s'imaginer être la femme de Harney, maintenant qu'elle était la mère de son enfant. Comparés à son droit souverain, les titres d'Annabel Balch ne lui apparaissaient plus que comme les velléités sentimentales d'une jeune fille.

Le soir même, à la porte de la maison rouge, elle trouva Ally qui l'attendait dans le crépuscule.

— Je suis descendue au bureau de poste au moment où on allait le fermer. Will Targatt m'a dit qu'il y avait une lettre pour vous, et je vous l'apporte.

Ally, en tendant la lettre, enveloppait Charity d'un regard de sympathie pénétrante. Depuis la scène du corsage déchiré elle regardait son amie avec des yeux dans lesquels se lisait une admiration nouvelle et un peu effrayée.

Charity s'empara de la lettre en riant.

— Oh! merci... et bonsoir! dit-elle en la quittant brusquement, et elle courut jusqu'à la maison.

Elle savait que si elle tardait une seconde elle aurait Ally sur les talons.

Elle gravit l'escalier en toute hâte et entra en tâtonnant dans sa chambre sombre. Ses mains tremblaient en cherchant des allumettes et en allumant la bougie; l'enveloppe était si soigneusement collée qu'elle dut chercher ses ciseaux pour l'ouvrir. Enfin elle put lire :

«Chère Charity, j'ai reçu votre lettre. Elle me touche plus que je ne puis le dire. Voulez-vous vous fier à moi, en retour, pour agir au mieux? Il y a des choses qu'il est difficile d'expliquer, qu'il est beaucoup plus difficile encore à justifier; mais votre générosité rend tout plus facile. Tout ce que je puis faire maintenant c'est de vous remercier de toute mon âme pour votre intelligente compréhension. En me disant que vous voulez surtout me voir agir loyalement, vous m'avez aidé au-delà de toute expression. S'il y a jamais un espoir de réaliser ce que nous avons rêvé, vous me verrez revenir aussitôt; et je n'ai pas encore perdu cet espoir.»

Elle dévora la lettre d'un seul trait; puis elle la lut et la relut, plus lentement chaque fois, et avec une attention laborieuse. La lettre était si bien tournée qu'elle la trouvait presque aussi difficile à comprendre que les explications du commentateur des scènes bibliques qu'elle avait vues jadis à Nettleton; pourtant, peu à peu elle se rendit compte que le point essentiel se trouvait dans les quelques mots de la fin : «S'il y a jamais un espoir de réaliser ce que nous avons rêvé...»

Mais alors il n'était même pas sûr de cela? Elle comprenait maintenant que chaque mot et chaque réticence constituait un aveu de la priorité des droits d'Annabel Balch. C'était donc vrai qu'il lui était fiancé, et qu'il n'avait pas encore trouvé un moyen de rompre son engagement.

A mesure qu'elle relisait la lettre, Charity devinait ce qu'elle avait dû lui coûter à écrire. Il n'essayait pas d'échapper à une revendication importune, il se débattait avec honnêteté, et d'un cœur contrit, entre des devoirs opposés. Elle ne lui reprochait même pas, dans sa pensée, de lui avoir caché le fait qu'il n'était pas libre; elle ne voyait, dans la conduite de Harney, rien de plus répréhensible que dans la sienne. Dès l'origine, elle avait eu plus besoin de son amour que lui n'avait désiré le sien, et la force qui les avait jetés aux bras l'un de l'autre avait été aussi irrésistible que le vent de la tempête qui arrache les feuilles de la forêt... Seulement, il y avait entre eux, se dressant toute droite au milieu du bouleversement général, la figure indestructible d'Annabel Balch...

Mise ainsi face à face avec le fait brutal qu'il lui fallait accepter, elle demeura sans bouger, les yeux fixés sur la lettre. Un frisson glacé courut par tout son corps et des sanglots violents l'étreignirent à la gorge, la secouant de la tête aux pieds. Elle se sentit d'abord emportée et ballottée sur des flots d'angoisse, ayant à peine conscience d'autre chose que de la lutte aveugle qu'elle devait soutenir contre leurs assauts. Puis, peu à peu, elle se mit à revivre, avec une intensité poignante, chaque phase successive de sa pauvre aventure. Des choses folles qu'elle avait dites à Harney lui revinrent, les réponses joyeuses qu'il lui avait faites, son premier baiser dans les ténèbres, le soir du feu d'artifice, le moment où ils avaient choisi ensemble la broche bleue, la façon dont il l'avait taquinée au sujet des lettres qu'elle avait laissé tomber en fuyant l'évangéliste. Tous ces souvenirs, et des milliers d'autres encore, bourdonnaient dans son cerveau avec une telle insistance qu'elle arriva à sentir auprès d'elle la présence réelle de Harney, les doigts du jeune homme qui passaient dans sa chevelure, et son haleine chaude sur ses joues, ainsi qu'aux jours où il se penchait sur elle et faisait ployer sa tête comme une fleur... Ces souvenirs-là étaient bien à elle; ils avaient passé dans son sang, ils étaient devenus une partie d'elle-même, ils avaient formé l'enfant dans son sein. Il était impossible de rompre des liens que la vie avait si solidement noués.

Cette conviction lui rendit peu à peu des forces et elle commença à chercher, dans sa pensée, les premiers mots de la lettre qu'elle voulait écrire à Harney. Elle voulait lui écrire tout de suite. D'une main fiévreuse, elle se mit à tout bouleverser dans son tiroir pour y trouver une feuille de papier. Mais il n'en restait pas une seule, et il fallait descendre en chercher. Un sentiment superstitieux lui disait que la lettre devait être écrite sous l'impulsion du moment et qu'en fixant son secret dans des mots elle retrouverait assurance et sécurité. Elle prit sa bougie et descendit au cabinet de travail de Mr Royall...

Elle pensait qu'à cette heure il était peu probable qu'elle l'y trouvât; il avait sans doute déjà dîné, et avait dû aller finir la soirée chez Carrick Fry. Elle ouvrit la porte de la pièce qui n'était pas éclairée, et la lumière de sa bougie, qu'elle tenait un peu haute, tomba en plein sur Mr Royall, assis au milieu de l'obscurité dans son fauteuil de crin à grand dossier. Ses coudes étaient posés sur les bras du fauteuil; sa tête, un peu inclinée, se releva vivement quand Charity entra. Elle eut un mouvement de recul quand leurs yeux se rencontrèrent, car elle savait que les siens étaient rougis par les larmes, et que son visage était livide de la fatigue et de l'émotion du voyage. Mais il était trop tard pour s'échapper, et elle resta là, regardant son tuteur en silence.

Il se leva et vint à elle, les mains tendues. Le geste était si imprévu qu'elle lui laissa prendre ses mains, et ils restèrent ainsi sans parler jusqu'au moment où Mr Royall lui dit gravement :

— Vous me cherchiez, Charity?

Alors elle se dégagea d'un mouvement brusque et recula :

— Moi? Non... Elle posa la bougie sur le bureau. Je voulais du papier à lettre, voilà tout.

Le visage de Mr Royall se contracta et ses épais sourcils s'avancèrent au-dessus de ses yeux. Sans répondre, il ouvrit le tiroir de son bureau, prit une feuille, une enveloppe, et les lui tendit.

— Voulez-vous aussi un timbre? demanda-t-il.

Elle fit signe que oui, et il lui donna le timbre. Comme il le lui remettait, elle sentit qu'il la regardait avec une attention intense, et elle pensa que la clarté vacillante de la bougie sur son visage pâle devait déformer encore davantage ses traits gonflés, et rendre plus sombre la cernure de ses yeux. Elle s'empara du papier et de l'enveloppe que Mr Royall lui tendit. L'assurance qui lui était revenue se dissolvait sous le regard impitoyable de son tuteur. Il lui semblait lire dans ce regard, sous la claire perception de son état, un souvenir ironique du jour où, dans cette même pièce, il lui avait offert de contraindre Harney à l'épouser. Ce regard semblait dire qu'il savait qu'elle demandait du papier à lettre pour écrire à son amant — à l'amant qui l'avait abandonnée, ainsi qu'il le lui avait prédit. Elle se souvint du mépris avec lequel elle s'était détournée de lui, ce jour-là, et se dit que, s'il devinait la vérité, il devait se sentir bien vengé. Elle sortit en toute hâte et gagna l'escalier, mais quand elle fut de retour dans sa chambre, devant sa table, tous les mots sur lesquels elle comptait avaient disparu et elle n'écrivit pas...

Tout eût été bien différent si elle avait pu aller retrouver Harney. Elle n'aurait eu qu'à se montrer, et leurs souvenirs communs auraient plaidé sa cause. Mais elle n'avait plus d'argent, et il n'y avait personne à qui elle aurait osé demander la somme qu'il fallait pour un tel voyage. Il n'y avait rien d'autre à faire qu'à écrire et à attendre la réponse de Harney. Longtemps, elle resta penchée sur la page blanche, mais elle ne trouvait rien à dire qui exprimât vraiment ce qu'elle sentait...

Harney lui avait écrit qu'elle lui avait rendu les choses plus faciles, et elle était heureuse qu'il en fût ainsi. Elle ne désirait pas lui créer des difficultés. Elle n'ignorait point qu'il était en son pouvoir de le faire; elle tenait le sort de son amant entre ses mains. Tout ce qu'elle avait à faire était de lui dire la vérité; mais c'était là précisément ce qui la retenait... Les cinq minutes qu'elle venait de passer face à face avec Mr Royall lui avaient enlevé sa dernière illusion et l'avaient ramenée au point de vue de North Dormer. Avec une impitoyable netteté se dressa devant elle l'image de la jeune fille qui se mariait pour «régulariser sa situation». Elle avait vu trop d'idylles du village finir de cette façon. Le mariage de la pauvre Rose Coles, par exemple, était du nombre; et quel bien en était-il résulté pour elle et pour Halston Skeff? Ils s'étaient haïs du jour où le pasteur les avait mariés, et toutes les fois qu'il prenait fantaisie à la vieille Mrs Skeff d'humilier sa belle-fille, elle n'avait qu'à dire : «Dirait-on jamais que le petit n'a que deux ans? Pour un enfant né le septième mois il est vraiment bien venu.»

North Dormer avait des trésors d'indulgence pour les pécheurs impénitents, mais il ne pardonnait jamais à ceux qui parvenaient à réparer leurs erreurs; et Charity avait toujours compris Julia Hawes qui avait refusé de se laisser sauver.

Seulement... n'y avait-il réellement d'autre alternative que celle de Julia? Toute son âme reculait d'horreur au souvenir de la doctoresse au visage poudré, au milieu de ses meubles de peluche et de ses cadres dorés. Dans l'ordre de choses établi, tel du moins qu'elle le connaissait, elle ne voyait pas de place pour sa pauvre aventure à elle.

Elle resta assise sur sa chaise, sans se déshabiller, jusqu'au moment où la première lueur de l'aube apparut à travers les fissures de ses volets fermés. Alors elle se leva et les ouvrit, laissant entrer la lumière. La venue d'un jour nouveau lui apporta une conscience plus aiguë de l'inéluctable réalité, et avec cette conscience le sentiment de la nécessité d'agir. Elle se regarda dans la glace et se vit toute pâle dans la froide clarté de ce matin d'automne, les traits tirés, les yeux cerclés de noir, autant de signes trop visibles de son état : elle ne les aurait jamais remarqués d'elle-même, mais le diagnostic de la doctoresse l'avait éclairée. Il eût été bien puéril de supposer que de tels signes pussent échapper à la curiosité du village : même avant que sa taille ne soit déformée, son visage la trahirait.

Penchée à sa fenêtre, elle regarda le paysage sombre et vide, les maisons couleur de cendre avec leurs volets clos, la route grise escaladant la pente jusqu'à la rangée de sapins entourant le cimetière, et la lourde masse de la Montagne se dressant toute noire contre un ciel de pluie. A l'est, une clarté s'élargissait au-dessus de la forêt, sous de noirs nuages. Lentement le regard de Charity voyagea à travers la vallée, suivant la courbe des collines. Elle avait si souvent contemplé ce cirque désert, se demandant si jamais il pourrait arriver quelque chose à ceux qui y vivaient enfermés...

Sans qu'elle se rendît compte du travail de sa pensée, sa décision se trouva prise. Tandis que ses yeux parcouraient le cirque des collines, son esprit avait parcouru, lui aussi, tout son cycle habituel. Sans doute il y avait dans son sang quelque chose qui l'attirait toujours là-bas, à la Montagne, comme si c'était la seule réponse à ses questions, le seul moyen d'échapper aux angoisses qui l'assiégeaient de toutes parts. Encore une fois, la Montagne se détachait à l'horizon de sa pensée comme elle se détachait sur le fond obscur de l'aube pluvieuse; et plus elle la regardait, plus clairement elle comprenait que cette fois enfin c'était bien là qu'elle allait.

XVI

Lorsque Charity sortit une heure plus tard, la pluie avait cessé et de fauves rayons de soleil s'épandaient sur les champs.

Après le départ de Harney, elle avait rendu sa bicyclette au loueur de Creston, et elle n'était pas sûre d'être capable de faire à pied le long chemin qui séparait North Dormer de la Montagne. La maison abandonnée se trouvait sur sa route; mais l'idée d'y passer la nuit lui était trop pénible, et elle résolut de pousser jusqu'à Hamblin, où au besoin elle pourrait dormir sous un hangar si ses forces venaient à la trahir. Ses préparatifs avaient été faits avec une calme prévoyance. Avant de quitter la maison de Mr Royall elle s'était forcée à avaler un verre de lait et un morceau de pain, et elle avait mis dans son sac de toile un des petits paquets de chocolat que Harney portait toujours dans sa sacoche de cycliste. Avant tout, elle voulait soutenir ses forces car elle désirait parvenir à destination sans attirer l'attention...

Elle reprit donc la route sur laquelle, si souvent, elle avait couru vers son amant. Quand elle atteignit l'endroit où le chemin forestier se détache de la grand-route de Creston elle se souvint de la tente de l'Evangile — depuis longtemps repliée et plantée ailleurs — et aussi de son sursaut de terreur involontaire au moment où le gros évangéliste lui avait dit : « Votre Sauveur sait tout. Venez lui confesser votre péché. » En elle il n'y avait plus aujourd'hui de sentiment de péché, plus rien que le désir désespéré de défendre son secret contre les regards irrévérencieux, et de recommencer sa vie parmi des gens auxquels le code sévère du village était inconnu. L'instinct qui la poussait à fuir ne s'était jamais formulé clairement dans son esprit elle ne savait qu'une chose, c'est qu'il lui fallait sauver son enfant et se cacher avec lui quelque part dans un endroit où personne ne viendrait jamais les troubler.

Elle marchait, elle marchait toujours, sentant que ses pieds devenaient plus pesants à mesure que le jour avançait. Un hasard cruel la forçait à refaire, pas à pas, le chemin qui conduisait à la maison abandonnée. Quand elle arriva en vue du verger, et qu'elle aperçut le toit gris d'argent dont la pente gondolée se perdait à travers les branches des pommiers, ses genoux fléchirent et elle dut s'asseoir au bord du chemin. Elle resta là longtemps, essayant de rassembler assez d'énergie pour repartir, pour dépasser la grille et les buissons d'églantines tout couverts de baies rouges. Quelques gouttes de pluie se mirent à tomber, et elle se ressouvint des chaudes soirées où Harney et elle se tenaient embrassés dans la chambre pleine d'ombre, tandis que le bruissement des averses d'été sur le toit accompagnait leurs baisers. A la fin elle comprit que si elle s'attardait plus longtemps la pluie la contraindrait à passer la nuit dans la maison. Elle se releva et reprit sa course, détournant les yeux au moment où il lui fallut passer devant la grille blanche et le jardin enchevêtré.

Les heures s'écoulaient. Elle marchait de plus en plus lentement, s'arrêtant de temps en temps pour se reposer ou pour manger une bouchée de pain et mordre à une pomme ramassée sur le bord de la route. Son corps semblait s'alourdir à chaque pas qu'elle faisait, et elle se demandait comment elle trouverait la force de porter son enfant plus tard, s'il était déjà pour elle un si pesant fardeau... Un vent frais s'était levé, chassant la pluie, et soufflant du côté de la Montagne. Les nuages redescendirent et soudain quelques flocons blancs vinrent la piquer au visage : c'était la première neige de l'année qui tombait sur Hamblin. Les toits du village solitaire n'étaient plus qu'à un kilomètre en avant, et elle résolut de pousser plus loin, et d'essayer de gagner la Montagne le soir même. Elle n'avait pas de projets arrêtés. Elle avait seulement l'intention, une fois arrivée à la colonie, de chercher Liff Hyatt et de lui demander de la conduire à sa mère... N'était-elle pas née, elle-même comme son enfant allait naître? Quelle qu'eût été l'existence de sa mère depuis, il n'était guère croyable qu'elle eût tout à fait oublié le passé et qu'elle refusât de recevoir sa fille, alors que celle-ci était aux prises avec le mal qu'elle avait elle-même connu.

Tout à coup la faiblesse mortelle qu'elle avait déjà ressentie l'envahit de nouveau. Elle se laissa choir sur le talus, au bord du chemin, la tête appuyée contre un tronc d'arbre. La longue route et le paysage nuageux s'évanouirent, et elle se sentit emportée comme dans un ouragan de ténèbres. Puis le malaise intérieur se dissipa aussi soudainement qu'il était venu.

Quand elle ouvrit les yeux un buggy était arrêté non loin d'elle, et un homme, descendu de cette voiture, se penchait sur elle, la regardant avec des yeux hébétés. Lentement la conscience lui revint, et elle reconnut Liff Hyatt.

Elle comprit vaguement qu'il la questionnait, et elle le regardait en silence, tout en essayant de trouver la force de lui répondre. A la fin, la voix lui revint et elle prononça dans un murmure :

— Je vais à la Montagne.

— A la Montagne? répéta-t-il, avec un léger mouvement de recul.

Et Charity aperçut derrière lui, dans le buggy, emmitouflée dans un lourd manteau, une figure familière, un visage rose, avec des lunettes d'or sur un nez de statue grecque.

— Charity! Qu'y a-t-il? Qu'est-ce que vous faites ici? s'écria alors Mr Miles, jetant les rênes sur le dos du cheval et sautant vivement hors de sa voiture.

Elle leva sur lui ses yeux appesantis.

— Je vais voir ma mère.

Les deux hommes se regardèrent avec surprise et pendant un moment ni l'un ni l'autre ne parla. Enfin Mr Miles dit doucement :

— Ma chère enfant, vous paraissez souffrante et la route est longue. Croyez-vous que ce soit prudent de continuer?

Charity s'était levée.

— Il faut que je la voie, répondit-elle vivement.

Un vague ricanement contracta le visage de Liff Hyatt, et Mr Miles reprit, la voix hésitante :

— Alors, vous savez donc... on vous a dit...

Elle le regarda, étonnée.

— Que voulez-vous dire? On ne m'a rien dit. Je veux voir ma mère.

Mr Miles l'examinait d'un air pensif. Elle crut voir un changement dans son expression, et le sang lui monta au visage.

— Je veux aller la voir, insista-t-elle.

Le pasteur lui mit une main sur le bras.

— Mon enfant, votre mère est mourante... Liff Hyatt est descendu à Hepburn me chercher... Montez en voiture et venez avec nous.

Il l'aida à prendre place à côté de lui; Liff Hyatt grimpa derrière la voiture, et ils partirent vers Hamblin. Tout d'abord Charity avait à peine saisi le sens des paroles de Mr Miles; le soulagement physique qu'elle éprouvait à être assise dans le buggy et à poursuivre ainsi en sûreté sa route vers la Montagne effaçait toute autre impression. Mais son cerveau s'éclaircit peu à peu, et la compréhension lui revint. Elle savait que la Montagne n'avait avec les vallées que des relations très peu fréquentes; elle avait entendu dire plus d'une fois que jamais personne n'y montait, sauf le pasteur, lorsque quelqu'un allait mourir. Et ce jour-là c'était sa mère qui agonisait... et elle, Charity, allait se trouver aussi seule sur la Montagne que partout ailleurs dans le monde! Le sentiment d'une inévitable solitude était le seul qu'elle pût ressentir pour l'instant; puis elle éprouva un certain étonnement à la pensée que ce fût Mr Miles qui assumât une tâche aussi repoussante. Il ne lui paraissait en rien l'homme d'une semblable besogne; et voilà qu'il était à côté d'elle, guidant le cheval d'une main ferme, et penchant vers elle le bienveillant reflet de ses lunettes, comme s'il n'y avait vraiment rien d'extraordinaire dans leur rencontre en une telle conjoncture.

Pendant quelque temps, elle fut tout à fait incapable d'ouvrir la bouche. Mr Miles parut comprendre son silence et n'essaya pas de la questionner; mais subitement elle sentit des larmes emplir ses yeux et couler le long de ses joues tirées. Le pasteur dut s'en apercevoir, car aussitôt il posa sa main sur la sienne et demanda à voix basse :

— Qu'y a-t-il, mon enfant? Ne voulez-vous pas me le dire?

Elle secoua la tête. Il n'insista pas; mais quelques minutes plus tard, il reprit, sur le même ton, de façon à ce qu'elle seule pût entendre :

— Charity, que savez-vous de votre enfance de l'époque avant votre venue à North Dormer?

Elle se ressaisit un peu et répondit :

— Rien, sinon ce que j'ai entendu dire un jour à Mr Royall.

— Et qu'a-t-il dit?

— Il a dit qu'il m'avait emportée de là-haut parce que mon père était en prison.

— Et vous n'y êtes jamais remontée depuis?

— Jamais.

Mr Miles garda le silence un moment, puis reprit :

— Je suis content que vous veniez avec moi aujourd'hui. Peut-être trouverons-nous votre mère encore vivante, et elle saura que vous êtes venue.

Ils avaient atteint Hamblin. La bourrasque de neige avait laissé des traînées blanches sur l'herbe rude des talus bordant la route et dans les angles des toits tournés vers le nord. C'était un pauvre et morne village accroché au flanc de granit de la

Montagne, et dès qu'ils l'eurent dépassé la pente devint plus raide. La route escarpée était pleine d'ornières, et le cheval, de lui-même, se mit au pas. Au-dessous d'eux le paysage dévalait, immense et comme semé de grandes taches sombres. C'étaient des forêts et des plaines qui allaient se perdre dans les lointains d'un bleu orageux.

Charity s'était souvent figuré ce que serait cette ascension de la Montagne, mais elle n'avait jamais songé qu'elle lui révélerait un pays aussi vaste, et la vue de ces terres inconnues, qui s'étendaient de toutes parts, lui donna comme une impression plus vive encore de l'éloignement de Harney. Comme il devait être loin, lui qui était par-delà ce dernier rang de collines qui déjà paraissaient être aux confins du monde! Elle se demanda alors comment elle avait jamais pu rêver d'aller le trouver à New York...

A mesure que la route s'élevait, le pays devenait plus morne. Ils traversaient maintenant des prairies dont l'herbe fanée avait pâli pendant de longs mois sous la neige. Dans les creux abrités on voyait trembler le mince feuillage de quelques bouleaux blancs, ou luire les grappes écarlates d'un frêne de montagne : seuls les sapins tordus tachaient de leur verdure sombre les rudes saillies des roches de granit. Le vent balayait de son grand souffle la plaine exposée; le cheval baissa la tête et ses flancs haletèrent. De temps et temps le buggy oscillait à tel point que Charity dut se cramponner pour ne pas tomber.

Mr Miles s'était tu; il semblait comprendre que Charity voulait rester seule avec elle-même. Bientôt la piste qu'ils suivaient bifurqua et le pasteur arrêta le cheval, incertain de la direction à prendre. Liff Hyatt allongea sa tête du fond du buggy et cria dans le vent :

— A gauche.

Ils s'engagèrent dans un bois de sapins rabougris et commencèrent à descendre l'autre versant de la Montagne.

Quelques centaines de mètres plus loin ils débouchèrent dans une clairière où, au milieu de terrains pierreux, deux ou trois maisons semblaient se blottir contre les rochers comme pour résister au vent. Ce n'était guère autre chose que des hangars, construits avec des troncs d'arbres et des planches grossières; des tuyaux de poêle en tôle rouillée sortaient de leurs toits. Le soleil se couchait, et la brume couvrait déjà le pays au bas de la Montagne. Cependant la lumière jaune du couchant posait encore une lueur livide sur la clairière, accrochant des clartés lumineuses aux vitres des maisons basses. Quand les derniers rayons eurent disparu, le pays fut brusquement plongé dans le froid crépuscule d'automne.

— Plus loin, cria Liff Hyatt, étendant son bras par-dessus l'épaule de Mr Miles.

Le pasteur tourna à gauche, à travers un maquis de chardons et d'orties, et s'arrêta devant la plus pauvre des bicoques. Le bras tordu d'un tuyau de poêle sortait d'une des fenêtres, et les carreaux brisés de l'autre étaient bouchés avec des chiffons et du papier. Comparée à une telle masure, la maison brune au bord du marais aurait pu passer pour le séjour de l'abondance.

A l'approche du buggy deux chiens bâtards bondirent hors de l'ombre avec de grands aboiements et un jeune homme arriva d'un pas lourd au seuil de la porte. Dans le crépuscule Charity vit qu'il avait le même air renfrogné et farouche que Bash Hyatt, le jour où elle avait vu celui-ci dormir près du poêle. Il ne fit aucun effort pour calmer les chiens, mais s'appuya lourdement contre le montant de la porte, comme s'il sortait d'un sommeil d'ivrogne, tandis que Mr Miles descendait de la voiture.

— Est-ce ici? demanda le pasteur à voix basse, en s'adressant à Liff; et celui-ci fit avec la tête un signe d'assentiment.

Mr Miles se retourna vers Charity.

— Voulez-vous tenir le cheval, mon enfant? Il vaut mieux que j'aille voir d'abord, dit-il, en lui mettant les rênes dans les mains.

Elle les prit d'un geste machinal et resta sans bouger, regardant droit devant elle à travers le crépuscule, tandis que Mr Miles et Liff Hyatt se dirigeaient vers la maison. Ils restèrent quelques minutes à parler avec l'homme sur la porte, puis Mr Miles revint sur ses pas. Comme il s'approchait Charity vit que son aimable visage rosé avait pris une expression solennelle et comme terrifiée.

— Votre mère est morte, Charity; venez avec moi, mon enfant, ajouta-t-il.

Elle descendit de voiture et le suivit en silence tandis que Liff emmenait le cheval. En approchant de la porte elle se murmurait à elle-même : «C'est ici que je suis née... C'est ici que sont les miens...»

Souvent, jadis, elle s'était dit la même chose lorsqu'elle regardait la Montagne de loin, par-delà les vallées ensoleillées; mais alors cela ne signifiait rien; et voici que c'était devenu une réalité. Mr Miles la prit doucement par le bras et ils entrèrent dans ce qui paraissait être la seule pièce de la maison. Il y faisait si sombre qu'elle put à peine discerner un groupe d'une dizaine de personnes assises ou étendues autour d'une table faite de planches posées sur deux tonneaux. Ils levèrent à peine les yeux quand Mr Miles et Charity entrèrent. Une voix éraillée de femme dit :

— Voilà le prêcheur...

Mais personne ne bougea.

Mr Miles regarda lentement autour de lui; puis il se retourna vers le jeune homme qui les avait reçus à la porte.

— Où est le corps? demanda-t-il.

Le jeune homme, au lieu de répondre, tourna la tête vers le groupe.

— Où diable est la chandelle? J'avais dit d'apporter une chandelle, dit-il avec une rudesse soudaine à une jeune fille qui se tenait à demi couchée sur la table.

Celle-ci ne répondit pas, mais un autre homme se leva et prit dans un coin une chandelle fichée dans le goulot d'une bouteille.

— Le fourneau est éteint. Comme l'aurais-je alluméee, votre chandelle? grommela la fille.

Mr Miles fouilla dans la poche de son épais pardessus et en tira une boîte d'allumettes. Il alluma la chandelle, et un halo de lumière vacillante se projeta sur les pâles têtes fiévreuses qui surgirent de l'ombre comme des têtes d'animaux nocturnes.

— Mary est là-bas, dit quelqu'un.

Le pasteur, prenant la bouteille en main, passa derrière la table. Charity le suivit. Tous deux s'arrêtèrent devant un matelas jeté à terre dans un coin de la pièce. Une femme gisait là, mais elle n'avait pas l'air d'une morte. On eût dit qu'elle s'était affaissée sur ce lit sordide dans un sommeil d'ivresse, et qu'on l'avait laissée étendue à la place où elle était tombée, dans ses pauvres vêtements désordonnés. Un de ses bas était rejeté au-dessus de sa tête. Sa jupe en haillons cachait une jambe repliée; mais l'autre, dont le bas déchiré était descendu jusqu'à la cheville, s'étalait sur le matelas toute gonflée et luisante. La femme gisait sur le dos, ses yeux grands ouverts et fixés sur la chandelle qui tremblait dans la main de Mr Miles.

— Elle s'en est allée... comme ça..., dit une femme par-dessus l'épaule des autres.

Et le jeune homme ajouta :

— Je l'ai trouvée comme ça, en rentrant.

Un homme plus âgé, les cheveux plats, se poussa entre eux avec un ricanement faible.

— Voilà ce qui s'est passé : je lui ai dit, pas plus tard qu'hier soir : si vous ne cessez pas... que je lui ai dit...

Quelqu'un le tira par le bras et l'envoya rouler sur un banc le long du mur. Il y tomba en continuant son récit, que personne n'écoutait.

Il y eut un silence; puis la jeune femme qui se tenait à demi couchée sur la table se détacha brusquement du groupe et vint se camper devant Charity. Elle avait l'air mieux portante et plus robuste que les autres, et son visage tanné par le soleil avait une certaine beauté revêche.

— Qu'est-ce que c'est que celle-là? Qui l'a amenée ici? dit-elle, jetant un regard méfiant au jeune homme qui l'avait rudoyée parce qu'elle n'avait pas tenu la chandelle prête.

Mr Miles prit la parole :
— C'est moi qui l'ai amenée. C'est la fille de Mary Hyatt.
— Quoi? Elle aussi? ricana la fille.
Le jeune homme se tourna vers elle en jurant :
— Ferme ta bouche, toi, ou je te jette dehors.
Il retomba dans son apathie et alla se jeter sur le banc, la tête appuyée contre le mur.

Mr Miles avait posé la chandelle sur le sol et retiré son lourd pardessus. Il se retourna vers Charity.
— Venez m'aider, dit-il.
Il s'agenouilla près du matelas, et ferma les paupières de la morte. Charity, tremblante et malade d'écœurement, s'agenouilla près de lui, et arrangea les vêtements sur le corps de sa mère. Elle tira le bas sur l'horrible jambe, enflée et luisante, et ramena la jupe sur les chaussures éculées. En même temps elle regardait le visage de sa mère, son visage mince et gonflé tout à la fois. Les lèvres écartées dans un dernier hoquet laissaient voir les dents à demi cassées. Il n'y avait en elle presque rien d'humain : elle gisait là comme un chien mort dans un fossé. Les mains de Charity se glacèrent en la touchant.

Mr Miles ramena les bras de la femme sur sa poitrine, et étendit sur elle son pardessus. Puis il lui couvrit le visage de son mouchoir et posa la chandelle près de sa tête. Quand il eut terminé, il se releva.
— Où est le cercueil? demanda-t-il, en se retournant vers le groupe qui se tenait derrière lui.
Un silence d'étonnement lui répondit, puis la fille éleva la voix :
— Vous auriez bien fait d'en apporter un. Où pourrions-nous en trouver, je me le demande?

Mr Miles, étonné, répéta :

— Est-il possible que vous n'ayez pas préparé un cercueil?

— C'est ce que je leur ai dit, murmura une vieille femme. On y dort toujours mieux. Mais puisqu'elle n'a jamais eu de lit...

— Et le fourneau n'était pas à elle, dit l'homme aux cheveux plats.

Mr Miles se détourna et fit quelques pas à l'écart. Il avait tiré un livre de prières de sa poche. Après un instant de silence il l'ouvrit et se mit à lire, tenant le livre loin de lui, très bas, afin que les pages soient éclairées par la chandelle. Charity était restée à genoux près du matelas. Maintenant que le visage de sa mère était recouvert, il lui était plus facile de rester près du cadavre, et d'éviter ainsi la vue sinistre des visages des vivants, qui prouvaient de trop horrible façon par quelles tragiques étapes celle qui l'avait enfantée avait glissé dans la mort.

«Je suis la Résurrection et la Vie, commença Mr Miles, celui qui croit en Moi, quand il sera mort, vivra... Je sais que mon Rédempteur est vivant, et que je ressusciterai de la terre au dernier jour; que je serai encore revêtu de ma peau, et que je verrai mon Dieu dans ma chair...»

Charity pensa à la bouche grande ouverte, aux yeux vitreux cachés sous le mouchoir, à la jambe enflée sur laquelle elle avait remonté le bas...

«Car nous n'avons rien apporté en ce monde et il est sans doute que nous n'en pouvons aussi rien emporter.»

A ce moment, il y eut un mouvement dans le groupe. Quelqu'un s'agitait en grommelant.

— J'ai apporté le fourneau, disait l'homme aux cheveux plats, que l'on avait poussé sur le banc et qui tentait d'écarter les autres pour s'approcher du pasteur. J'ai été moi-même l'acheter à Creston... J'ai le droit de l'emporter et je casserai la gueule à celui qui dira le contraire...

— Va t'asseoir, canaille, cria le jeune homme qui somnolait sur le banc contre le mur.

Le pasteur continua :

«Oui, l'homme passe comme une ombre et comme une image; et néanmoins il ne laisse pas de s'inquiéter et de se troubler, quoique en vain il amasse des trésors; et il ne sait pas pour qui il les aura amassés.»

— Tout de même, le fourneau est bien à lui s'écria une femme d'une voix gémissante et apeurée.

Le jeune homme se leva en titubant.

— Si vous ne vous taisez pas, je vous jette tous dehors, cria-t-il. Allez, pasteur... n'les laissez pas vous embêter...

Mr Miles ne prêtait aucune attention à ce qui se passait autour de lui.

«Mais maintenant Jésus-Christ est ressuscité d'entre les morts, et Il est devenu les prémices de ceux qui dorment... Voici un mystère que je vais vous dire : nous ne mourrons pas tous, mais nous serons tous changés. En un moment, en un clin d'œil, au son de la dernière trompette... Car il faut que ce corps corruptible soit revêtu de l'incorruptibilité, et que ce corps mortel soit revêtu de l'immortalité. Et quand ce corps mortel aura été revêtu de l'immortalité, alors cette parole de l'Ecriture sera accomplie : la mort est absorbée par la victoire...»

Une à une les paroles puissantes tombèrent sur la tête inclinée de Charity, adoucissant l'horreur de cette scène, apaisant le tumulte de son âme, la maîtrisant comme elles maîtrisaient les créatures hébétées par l'ivresse qui se tenaient derrière elle. Mr Miles lut jusqu'au dernier mot et referma le livre.

— La tombe est-elle prête? demanda-t-il.

Liff Hyatt, qui était entré pendant la lecture, fit signe que oui et s'approcha du matelas. Le jeune homme sur le banc, qui paraissait être un parent de la morte, se dressa de nouveau, péniblement. Le propriétaire du poêle se joignit à lui, et chacun d'eux s'empara d'une des extrémités du matelas. Mais leurs mouvements étaient mal assurés et le pardessus glissa sur le sol, révélant le pauvre corps dans toute sa misère douloureuse. Charity ramassa le pardessus et recouvrit sa mère. Liff avait apporté une lanterne; la vieille femme qui avait déjà parlé la lui prit des mains et ouvrit la porte pour laisser passer le misérable cortège. Le vent était tombé : la nuit était très noire et glaciale. La vieille femme se mit à la tête du convoi, la lanterne tremblante dans ses mains, éclairant devant elle l'herbe morte et les touffes d'orties qu'enveloppait une immensité de ténèbres.

Mr Miles prit Charity par le bras, et côte à côte ils marchèrent derrière le matelas. Enfin la vieille femme qui portait la lanterne s'arrêta et Charity vit la lumière tomber sur les épaules courbées des porteurs et s'épandre sur un petit monticule de terre vers lequel ils se penchaient. Mr Miles quitta son bras et s'approcha de la fosse, de l'autre côté de la levée de terre; et, tandis que les hommes s'accroupissaient pour descendre le matelas et le cadavre dans la tombe il prit de nouveau la parole :

«L'homme né de la femme vit très peu de temps, et il est rempli de beaucoup de misères. Il naît comme une fleur, qui n'est pas plutôt éclose qu'elle est foulée aux pieds; il fuit comme l'ombre, et il ne demeure jamais dans un même état.»

— Doucement, maintenant... est-elle au fond? soupira l'homme au fourneau.

Et le jeune homme cria par-dessus son épaule :

— Amenez donc la lanterne!

Il y eut une pause; la clarté de la lanterne brillait faiblement sur la fosse ouverte. Quelqu'un se pencha et retira le manteau de Mr Miles.

— Non, non... laissez le mouchoir, dit le pasteur.

Liff Hyatt, s'approchant avec une bêche, s'apprêta à combler le trou.

«Puisqu'il a plu au Dieu tout-puissant dans Sa grande miséricorde de rappeler à Lui l'âme de notre chère sœur défunte, nous confions son corps à la terre, rendant la terre à la terre, les cendres aux cendres, la poussière à la poussière...»

Les maigres épaules de Hyatt se levaient et s'abaissaient dans le faible halo de clarté, tandis qu'il frappait sur les mottes pour les jeter dans la fosse.

— Bon sang, cela gèle déjà, murmura-t-il en passant la manche de sa chemise déchirée sur son visage en sueur, et en crachant dans ses mains.

«Notre Seigneur Jésus-Christ, qui transformera notre corps, tout vil et abject qu'il est afin de le rendre conforme à Son Corps glorieux par cette vertu efficace par laquelle Il peut s'assujettir toutes choses... Seigneur, ayez pitié de nous; Jésus-Christ, ayez pitié de nous; Seigneur, ayez pitié de nous...»

Mr Miles prit la lanterne des mains de la vieille femme, et promena sa lumière sur les têtes blafardes qui l'entouraient.

— Mettez-vous tous à genoux, commanda-t-il sur un ton d'autorité que Charity ne lui avait jamais connu.

Elle s'agenouilla sur le bord de la tombe, et les autres, avec des gestes raides et hésitants, se mirent à genoux près d'elle. Mr Miles s'agenouilla lui aussi.

— Maintenant, priez avec moi... vous connaissez cette prière, dit-il; et il commença : «Notre Père qui êtes aux cieux...»

Une ou deux femmes essayèrent de bredouiller la suite avec lui, et quand il eut terminé, l'homme aux cheveux plats se jeta au cou du jeune homme.

— Ça s'est passé comme ça, mon vieux, dit-il. J'y ai dit l'autre soir, j'y ai dit...

La suite se perdit dans un sanglot.

Mr Miles avait remis son pardessus. Il s'approcha de Charity, restée à genoux, comme inerte, devant le petit monticule de terre.

— Mon enfant, il faut venir, dit-il, il est très tard.

Elle leva les yeux vers son visage : il lui sembla que sa voix lui arrivait d'un autre monde.

— Je ne m'en vais pas. Je reste ici.

— Ici? Où cela? Que voulez-vous dire?

— Ce sont les miens. Je veux rester avec eux.

Mr Miles baissa la voix :

— Ce n'est pas possible, Charity... vous ne savez pas ce que vous dites, vous ignorez ce que vous faites. Vous ne pouvez pas rester avec ces gens-là : il faut vous en retourner avec moi.

Elle secoua la tête et se mit debout. Le groupe qui entourait la tombe s'était dissipé dans les ténèbres; mais la vieille femme à la lanterne restait là et attendait. Son visage triste et flétri n'était pas sans bonté, et Charity vint à elle.

— Avez-vous un coin pour me coucher cette nuit? demanda-t-elle.

Liff apparut, ramenant le buggy hors de l'ombre. Il promena son regard de l'une à l'autre des deux femmes avec son faible sourire.

— C'est ma mère. Elle vous prendra chez elle, dit-il à Charity.

Et il ajouta, élevant la voix pour parler à la vieille femme :

— C'est la jeune fille de chez l'avocat Royall... la fille de Mary... vous vous souvenez...

La vieille hocha la tête et leva ses yeux tristes sur Charity. Quand Mr Miles et Liff eurent grimpé dans le buggy, elle marcha devant eux avec la lanterne pour leur montrer la piste qu'ils devaient suivre; puis elle revint sur ses pas et, silencieusement, s'en alla dans la nuit avec Charity.

XVII

Charity était étendue sur un matelas à même le sol, ainsi que l'avait été le corps de sa mère. La pièce où elle se trouvait, sombre et basse de plafond, était plus misérable encore et plus nue que celle où Mary Hyatt avait rendu son dernier soupir. De l'autre côté du poêle sans feu, la mère de Liff Hyatt dormait, allongée sur une couverture, avec deux enfants — ses petits-enfants, avait-elle dit — blottis contre elle comme de jeunes chiens assoupis. Ils avaient étalé sur eux leurs minces vêtements, la seule couverture qui restait ayant été donnée à leur hôte.

Par une petite fenêtre ouverte dans le mur qui lui faisait face, Charity voyait se creuser la voûte du ciel nocturne, infiniment lointain et tout palpitant de froides étoiles; et ce ciel hostile était comme un abîme noir qui aspirait son âme. Là-haut, quelque part, pensait-elle, le Dieu qu'avait invoqué Mr Miles attendait Mary Hyatt. Quel long voyage pour elle! Et qu'aurait-elle à Lui dire quand elle paraîtrait devant Lui?

Le cerveau fatigué de Charity faisait de grands efforts pour reconstituer le passé de sa mère et pour trouver un lien quelconque entre une telle existence et les desseins mystérieux d'un Dieu juste et miséricordieux; mais il lui était impossible de trouver ce lien. Elle-même se sentait aussi éloignée de la pauvre créature qu'elle venait de voir descendre dans sa tombe hâtivement creusée que si les profondeurs des cieux les eussent séparées. Elle avait vu autour d'elle la pauvreté et le dénuement; mais, dans un milieu où l'économe Mrs Hawes et l'industrieuse Ally représentaient ce qui pouvait le plus approcher de l'indigence, rien ne pouvait donner une idée de la misère sinistre des gens de la Montagne.

Dans l'accablement de cette initiation tragique, Charity cherchait en vain à se figurer quelle serait sa vie si elle restait sur la Montagne. Elle ne pouvait même pas deviner quelle parenté ces gens pouvaient avoir entre eux, ou avec sa mère morte; ils paraissaient vivre dans une sorte de promiscuité passive et dégradante, où leur commune misère formait le lien le plus puissant. Elle essayait de se représenter quelle vie aurait été la sienne si elle avait grandi sur la Montagne, courant en haillons, à demi sauvage, couchant sur le sol, blottie contre sa mère, comme les pauvres petits aux visages pâles qui se serraient contre la vieille Mrs Hyatt, et devenant une créature farouche et ahurie comme la fille qui l'avait apostrophée en termes si étranges. Elle était effrayée par l'affinité secrète qu'elle se sentait avec cette fille, et surtout par la clarté que cette rencontre projetait sur sa propre origine. Elle se souvint alors de ce que Mr Royall avait dit à Lucius Harney en racontant son histoire :

— Oui, il y avait une mère... mais elle était heureuse de voir partir l'enfant. Elle l'aurait donnée à n'importe qui...

Après tout, sa mère était-elle tant à blâmer? Charity, depuis le jour où elle avait surpris ce douloureux secret, s'était toujours imaginé que la malheureuse devait être dépourvue de tout sentiment humain; maintenant sa mère lui semblait surtout à plaindre. Quelle mère n'aurait voulu préserver son enfant d'une semblable existence? La pensée de l'avenir qui était réservé à celui qu'elle portait dans son sein emplit ses yeux fatigués de larmes qui coulèrent lentement le long de ses joues. Si elle avait été moins épuisée, moins alourdie par son fardeau, elle se serait levée tout de suite pour s'enfuir...

Les mornes heures nocturnes se traînaient lentement; enfin le ciel pâlit et l'aube emplit la pièce d'une froide lueur bleuâtre. Charity gisait toujours dans son coin, fixant du regard le plancher sordide, les cordes où pendaient des haillons, la vieille femme pelotonnée contre le poêle glacé, et, comme la lumière envahissait peu à peu le paysage hivernal, elle se dit que cette clarté nouvelle ramenait avec elle un nouveau jour pendant lequel il faudrait vivre, prendre une décision, agir, se faire une place parmi ces gens... ou retourner à North Dormer, reprendre la vie qu'elle avait quittée. Une lassitude mortelle l'accablait. A certains moments elle sentait que tout ce qu'elle demandait c'était de rester là, d'y vivre, oubliée de tous; puis son esprit se révoltait à la pensée de faire partie du misérable troupeau d'où elle sortait. Pour préserver son enfant d'un sort pareil, il fallait trouver la force de partir aussi loin qu'il le faudrait, et porter tous les fardeaux dont la vie pourrait charger ses épaules.

Elle envisagea, un moment, une existence comme celle de Julia Hawes. Elle se dit que si Ally consentait à lui prêter une petite somme elle irait à Nettleton pour son accouchement. Elle trouverait bien quelque coin tranquille où elle pourrait laisser son enfant en garde à des braves gens; puis, elle suivrait l'exemple de Julia, et gagnerait ainsi sa vie et celle du petit. Elle n'ignorait pas que des filles de cette sorte gagnent parfois suffisamment pour assurer l'entretien de leurs enfants dans des conditions favorables, et toute autre considération disparaissait devant la vision de son bébé propre et bien soigné, frais et rose, caché dans un endroit où elle pourrait venir l'embrasser en courant, et lui apporter de jolies robes. Tout, tout valait mieux que d'ajouter une existence de plus à ce nid de misère qui croupissait sur la Montagne...

La vieille femme et les enfants dormaient encore quand Charity se leva de son matelas. Son corps était ankylosé par le froid et la fatigue, et elle marchait avec précaution dans la pièce de peur de réveiller ses compagnons. La faim la faisait presque défaillir, et son petit sac était vide. Elle aperçut sur la table la moitié d'une miche de pain rassis, qui devait sans doute servir au déjeuner de la vieille Mrs Hyatt et de ses petits-enfants. Mais Charity passa outre; il lui fallait penser à son enfant. Elle rompit le morceau de pain et en dévora avidement une partie; puis son regard tomba sur les visages amaigris des enfants qui dormaient, et prise de remords elle fouilla dans son sac pour chercher ce qu'elle pourrait laisser en payement de ce qu'elle avait pris. Elle trouva une chemise qu'Ally lui avait faite, avec un ruban bleu ciel passé dans l'entre-deux. C'était une de ces jolies choses pour lesquelles elle avait gaspillé ses économies, et le rouge lui vint au front en la regardant. Elle posa la chemise sur la table, et se glissant à pas de loup jusqu'à la porte elle souleva le loquet et sortit...

Le matin était d'un froid glacial. Un pâle soleil d'automne se levait à peine au-dessus de la cime de la Montagne. Les maisons éparses étaient fermées; aucune fumée ne montait des toits vers les nuages que dorait le soleil; pas un être humain n'était en vue. Charity s'arrêta sur le seuil, essayant de découvrir la route par laquelle elle était venue la nuit précédente. Au-delà du pré qui entourait la masure de Mrs Hyatt elle vit le toit à demi écroulé de la maison où avait eu lieu le service funèbre. La piste à peine tracée passait entre les deux maisons et disparaissait dans le bois de sapins accroché au flanc de la montagne. Un peu plus à droite, sous une aubépine secouée par le vent, un monticule de terre fraîchement remuée faisait une tache noire sur la teinte fauve des éteules. Charity marcha à travers le pré vers le monticule. Comme elle en approchait, elle entendit le chant d'un oiseau, et levant les yeux elle aperçut un moineau perché sur la plus haute branche de l'aubépine qui se dressait près de la tombe. Elle s'arrêta une minute, écoutant la petite chanson solitaire; puis elle regagna la piste et commença l'ascension de la côte vers le bois de sapins.

Jusque-là l'aveugle instinct de la fuite l'avait poussée; mais chaque pas la rapprochait des réalités dont sa veille douloureuse ne lui avait présenté qu'une image voilée. Maintenant qu'elle marchait en plein jour, sur la route qui la ramenait vers les choses familières, son imagination se calmait. Sur un point, en tout cas, sa décision était ferme : elle ne resterait pas à North Dormer; et plus tôt elle en partirait, mieux cela vaudrait. Hors de là, tout n'était que ténèbres...

A mesure qu'elle montait, l'air devenait plus vif; et quand elle eut quitté l'abri des sapins pour marcher à découvert sur les pentes herbeuses de la Montagne le vent froid de la veille l'assaillit de nouveau. Elle courbait les épaules, luttant contre le souffle de la bise glaciale; mais la respiration vint à lui manquer, et elle dut s'asseoir sous un rocher au bord du chemin, qu'ombrageaient des bouleaux frissonnants. De là elle voyait la piste fuir en zigzags au milieu des herbes sèches dans la direction de Hamblin, et la muraille de granit de la montagne dévaler sous ses pieds à une distance infinie. De ce côté de la crête, les vallées étaient encore plongées dans l'ombre d'un matin d'hiver; mais au-delà, dans la plaine, le soleil caressait les toits et les clochers, et dorait au loin la fumée qui montait des villes invisibles.

Charity se sentait perdue comme un point infinitésimal sous le cercle immense et solitaire du ciel. Les événements de ces deux derniers jours semblaient l'avoir séparée à jamais de son rêve si bref de bonheur. L'image même de Harney s'était à demi effacée sous cette expérience accablante : elle pensait à lui comme à quelqu'un de si lointain qu'il n'était plus guère pour elle qu'un souvenir. Dans sa pensée lasse et flottante une seule sensation persistait dans sa réalité : le fardeau corporel de son enfant. C'était l'ancre qui la rattachait à la terre; sans cela, elle se fût sentie aussi dépourvue de racine que les légers duvets des chardons que le vent chassait devant elle. Son enfant était à la fois le poids qui la faisait fléchir et la main qui l'obligeait à se redresser. Elle se dit qu'il fallait poursuivre sa route et lutter encore...

Ses yeux alors se tournèrent vers la piste qui se

perdait au sommet de la Montagne et elle aperçut au loin un buggy qui se profilait sur le ciel. Du premier coup d'œil elle reconnut sa silhouette et celle du vieux cheval qui s'avançait la tête basse. Un moment après elle vit la lourde carrure de l'homme qui tenait les rênes. Le buggy suivait la piste, venant du bois de sapins par lequel elle avait passé la veille; et elle comprit tout de suite que le conducteur était venu à sa recherche. Son premier mouvement fut de se blottir sous le rocher jusqu'à ce qu'il l'eût dépassée; mais l'instinct qui la portait à se cacher fut dominé par le soulagement que lui apportait l'idée de n'être plus seule dans ce vide affreux. Elle se leva et marcha vers le buggy.

Mr Royall l'aperçut et toucha le cheval avec son fouet. Un moment après il l'eut rejointe. Leurs yeux se rencontrèrent, et sans parler il se pencha hors de la voiture pour l'aider à monter. Elle essaya de parler, de balbutier quelque explication, mais les mots ne venaient pas. Mr Royall l'assit doucement à ses côtés et étendit la couverture sur ses genoux. Puis il dit simplement :

— Le pasteur m'a dit qu'il vous avait laissée là-haut, et je montais vous chercher.

Il fit demi-tour et la voiture descendit en cahotant la pente qui menait à Hamblin. Charity restait muette, les yeux fixés droit devant elle. Mr Royall, de temps en temps, disait un mot d'encouragement à son cheval :

— Allons, allons, Dan... Je lui ai donné une demi-heure de repos à Hamblin, mais je l'ai mené à rude allure et la pente est raide, surtout en allant contre le vent.

Pendant qu'il parlait, Charity songeait que pour se trouver à une heure aussi matinale en haut de la

Montagne il avait dû quitter North Dormer à l'heure la plus froide de la nuit, et marcher très vite et sans s'arrêter, sauf pendant la halte à Hamblin. Elle se sentit alors au cœur une douceur pareille à celle qu'elle avait éprouvée le jour où son tuteur lui avait apporté le rosier grimpant, après son refus de le quitter pour aller en pension.

Après un intervalle de silence, Mr Royall reprit :

— Quand je suis venu vous chercher ici pour la première fois, il faisait à peu près le même temps qu'aujourd'hui, mais il neigeait.

Puis, comme s'il craignait qu'elle prît l'observation comme un rappel de ses bienfaits passés, il ajouta très vite :

— Quelquefois je me demande si vous croyez que j'ai bien fait de vous emmener...

— Oui, je le crois, murmura-t-elle, regardant toujours droit devant elle.

— Je voulais...

Mais il n'acheva pas sa phrase, et elle ne trouva plus rien à ajouter.

— Allons, Dan, allons, mon vieux, murmura-t-il en secouant les rênes, nous ne sommes pas encore rendus. Avez-vous froid? demanda-t-il brusquement, se penchant vers Charity.

Elle fit signe que non; mais il remonta la couverture sur ses genoux et se baissa pour lui envelopper les chevilles. Des larmes de faiblesse et de fatigue embrumaient les yeux de Charity et commençaient à couler le long de ses joues. Elle n'osa pas les essuyer de peur que Mr. Royall ne remarquât son geste..

Ils continuèrent leur route en silence, suivant les longs lacets de la descente sur Hamblin et Mr Royall ne parla plus jusqu'au moment où ils furent à proximité du village. Il posa alors les rênes sur le devant de la voiture et tira sa montre.

— Charity, dit-il, vous avez l'air bien fatiguée, et North Dormer est encore loin d'ici. Je pense que ce que nous avons de mieux à faire c'est de nous arrêter ici le temps qu'il faudra pour que vous puissiez vous restaurer un peu; puis nous repartirons pour Creston, et nous y prendrons le train.

Elle secoua sa torpeur et murmura :

— Le train... quel train? Elle pensa qu'elle avait mal compris.

Mr Royall, sans répondre, laissa le cheval aller au petit trot jusqu'au moment où ils atteignirent la première maison du village.

— Voici l'auberge de la vieille Mrs Hobart, dit-il en s'arrêtant devant la porte. Elle va nous donner quelque chose de chaud à boire.

Charity, marchant comme dans un rêve, descendit du buggy et suivit Mr Royall. Ils entrèrent dans une cuisine très propre, où le feu pétillait dans le poêle. Une vieille femme au visage bienveillant était en train de mettre le couvert. Elle leva les yeux et eut un hochement de tête amical quand ils entrèrent. Mr Royall s'était approché du poêle et frappait l'une contre l'autre ses mains engourdies.

— Eh bien, Mistress Hobart, pouvez-vous donner à déjeuner à cette jeune dame? Vous pouvez voir qu'elle est transie et qu'elle a faim.

Mrs Hobart sourit à Charity et prit une cafetière d'étain qui était sur le feu.

— Mon Dieu, comme vous avez mauvaise mine, lui dit-elle d'un air apitoyé.

Charity rougit et vint s'asseoir devant la table. Un sentiment de passivité complète la possédait de nouveau, et elle n'avait plus conscience que du plaisir animal que lui donnaient la chaleur et le repos.

Mrs Hobart apporta du pain et du lait, puis elle sortit de la maison. Charity vit qu'elle emmenait le cheval sous le hangar, en lui faisant traverser la cour. Elle ne revint pas dans la cuisine, et Charity et Mr Royall restèrent seuls, assis à la table, séparés l'un de l'autre par le café fumant. Mr Royall versa une tasse de café, mit un morceau de pain dans la soucoupe, et passa la tasse à la jeune fille, qui se mit à manger.

A mesure que la chaleur du café ranimait le sang dans ses veines, les pensées de Charity s'éclaircirent et elle se sentit renaître; mais ce retour à la vie fut si pénible que sa gorge se contracta et qu'elle resta les yeux fixés sur la table, dans une silencieuse angoisse.

Au bout de quelques instants Mr Royall recula sa chaise.

— Maintenant, dit-il, si vous le voulez bien nous partirons.

Elle ne bougea pas, et il continua :

— Nous avons le temps de prendre le train de midi pour Nettleton.

Ces mots lui firent monter le sang au visage et elle leva sur lui des yeux surpris. Il était debout de l'autre côté de la table, la regardant d'un air plein de bonté grave... Tout à coup elle comprit ce qu'il allait dire. Elle ne bougeait pas : il lui sembla qu'un lourd bâillon lui fermait les lèvres.

— Charity, lui dit-il, nous avons eu souvent des mots durs, l'un pour l'autre; à quoi bon revenir là-dessus maintenant? En ce qui me concerne, je n'ai jamais eu qu'une façon de sentir à votre sujet. Si vous y consentez, nous remonterons en voiture pour prendre le train de Nettleton et aller tout droit chez le pasteur; et quand vous reviendrez à North Dormer, vous y reviendrez comme ma femme.

Sa voix avait cet accent grave et persuasif qui avait ému ses auditeurs à la fête du *Old Home Week*, et Charity sentit que sous cette aisance apparente des trésors d'indulgence attristée étaient enfouis à une grande profondeur. Tout son corps se mit à trembler de terreur devant la faiblesse qu'elle sentait en elle.

— Oh! oh!... je ne puis pas... balbutia-t-elle à travers son désespoir.

— Vous ne pouvez pas... quoi?

Elle ne le savait pas elle-même : elle n'aurait pu dire si elle rejetait son offre, ou si, déjà, elle luttait contre la tentation de prendre ce qu'elle n'avait plus le droit d'accepter. Elle se leva, tremblante, et bouleversée.

— Je n'ai pas toujours été juste envers vous, je le sais, dit-elle. Mais je veux l'être désormais... je veux que vous sachiez... je veux...

La voix lui manqua et elle se tut.

Mr Royall s'était adossé au mur. Il était plus pâle que d'habitude, mais son visage était calme et plein de bonté, et l'agitation de Charity ne paraissait pas le troubler.

— Qu'est-ce que signifient tous ces : je veux? déclara-t-il quand elle eut cessé de parler. Ma pauvre enfant, savez-vous ce dont vous avez réellement besoin? Vous avez besoin qu'on vous ramène à la maison, et qu'on vous soigne et qu'on vous dorlote. Et je crois bien qu'il n'y a rien d'autre à dire...

— Non... ce n'est pas tout...

— Vous croyez? Il regarda sa montre. Eh bien, je vais vous dire encore autre chose. Tout ce que moi je veux — moi, entendez-vous — c'est de savoir si vous consentez à m'épouser. S'il y avait autre chose que je désirerais savoir, je vous le dirais; mais il n'y en a pas d'autre. A mon âge un homme sait ce qui vaut la peine qu'on s'en occupe et ce qui ne le vaut pas. C'est à peu près le seul service que nous rende la vie...

Le ton de sa voix avait quelque chose de si ferme et de si résolu qu'il sembla à Charity qu'un bras puissant la soutenait. A mesure qu'il parlait elle sentit sa résistance s'amollir et son énergie l'abandonner.

— Ne pleurez pas, Charity, s'écria-t-il brusquement, d'une voix secouée.

Elle le regarda, saisie par son émotion, et leurs yeux se rencontrèrent.

— Allons, en route, reprit-il doucement. Le vieux Dan a déjà fait un fameux chemin, et il faut que nous le ménagions, car la route est encore longue...

Il ramassa le manteau qu'elle avait laissé retomber sur sa chaise, et le lui plaça sur les épaules. Elle le suivit hors de la maison et tous deux traversèrent la cour jusqu'au hangar où le cheval était attaché. Mr Royall enleva la couverture de Dan, et tenant le cheval par la bride, il conduisit le buggy sur la route. Charity monta dans la voiture. Une fois qu'elle fut assise, Mr Royall l'empaqueta soigneusement, puis, secouant les rênes, il encouragea le cheval de la voix.

Quand ils eurent dépassé les dernières maisons du village il prit la route de Creston.

XVIII

Au pas fatigué du vieux Dan ils commencèrent à descendre la route en lacets qui condusait dans la vallée. Pendant qu'ils traversaient les bois dépouillés, Charity, plongée dans une lassitude de plus en plus profonde, perdait parfois le sens exact des choses. Il lui semblait alors qu'elle était assise à côté de son amant sous le berceau de feuillage que l'été avait érigé pour eux. Mais cette illusion était faible et fugitive, et le reste du temps la jeune fille cédait à la sensation confuse d'être entraînée par un irrésistible courant auquel elle s'abandonnait, soulagée d'échapper ainsi au tourment de la pensée.

Mr Royall ne parlait pas, mais pour la première fois sa présence silencieuse fit naître en Charity un sentiment de paix et de sécurité. Elle sentit que là où il était, il y avait de la chaleur, du repos, du silence : et pour le moment, c'était tout ce qu'elle désirait. Elle ferma les yeux et tomba dans un demi-assoupissement.

Dans le train, pendant le court trajet de Creston à Nettleton, la chaleur la ranima, et la conscience d'être sous des regards étrangers lui donna une énergie momentanée. Assise en face de Mr Royall, elle regardait à travers la fenêtre la campagne triste et dénudée. Quarante-huit heures auparavant, lors de sa dernière visite à Nettleton, beaucoup d'arbres gardaient encore leurs feuilles ; mais le vent furieux qui avait soufflé durant les deux dernières nuits les avait à peu près dépouillés et les lignes accidentées du paysage se dessinaient maintenant avec la même netteté de trait qu'en décembre. Les premiers froids d'automne avaient fait disparaître l'opulent décor de riches prairies et d'arbres alanguis qu'elle avait traversé le Quatre Juillet, et de même que s'était évanouie la beauté estivale du paysage, les heures brûlantes de l'amour elles aussi s'étaient évanouies. Charity avait peine à croire que ce fût elle qui les eût vécues. Quelque chose d'irréparable et d'écrasant était survenu dans sa vie... et tout ce qui l'avait conduite vers cette catastrophe avait presque disparu de sa mémoire.

Quand le train les eut déposés à Nettleton, et qu'elle traversa la place de la gare à côté de Mr Royall, le sentiment de vivre dans l'irréel devint encore plus puissant. Son extrême épuisement physique ne laissait place dans son esprit pour aucune impression nouvelle. Elle suivit son tuteur aussi passivement qu'un enfant fatigué. Comme dans un rêve confus elle se trouva bientôt assise avec lui dans un petit restaurant, devant une table couverte d'une nappe à carreaux rouges et blancs, sur laquelle on avait déposé des plats chauds et du thé. Mr Royall remplit l'assiette et la tasse de Charity, et toutes les fois que celle-ci levait les yeux elle rencontrait le même regard tranquille qui l'avait rassurée et fortifiée dans la cuisine de la vieille Mrs Hobart. Au moment où toute chose devenait pour elle aussi vague et lointaine que les objets qui vacillent devant les yeux d'un mourant, la présence de Mr Royall se détachait sur ce fond fuyant avec une rassurante solidité. Jusqu'à ce jour, toutes les fois où elle pensait à Mr Royall — ce qui lui arrivait rarement — elle pensait à lui comme à quelqu'un de haïssable et d'encombrant, mais qu'elle pouvait duper et dominer quand elle voulait s'en donner la peine. Une seule fois — le jour de la fête du *Old Home Week* — quelques paroles du discours de Mr Royall avaient effleuré son esprit troublé, et elle avait eu l'intuition d'un autre être, d'un être si différent de l'ennemi à l'esprit borné avec lequel elle croyait vivre, que, même à travers la brume chaude des rêves de la jeune fille, sa figure s'était détachée avec une autorité singulière. Pendant un moment, ce qu'il disait alors — et quelque chose dans sa manière de le dire — lui avait fait comprendre pourquoi cet homme lui était toujours apparu si solitaire. Mais cette impression fugitive avait été bientôt oubliée...

Elle lui revenait maintenant, cette impression, tandis qu'ils étaient assis à table, et dans sa désolation sans mesure, elle éprouva soudain le sentiment d'un lien mystérieux qui les unissait, son tuteur et elle. Mais tout cela n'était que d'éphémères rayons de clarté traversant l'espèce de torpeur cérébrale causée par son extrême faiblesse. Après un certain temps elle se rendit compte que Mr Royall prenait congé d'elle, la laissant seule devant la table du petit restaurant bien chauffé. Peu de temps après il revint avec une voiture prise à la gare, un vieux landau aux stores en soie bleue brûlés par le soleil. Elle y prit place à son côté, et au bout de quelques minutes la voiture s'arrêta devant une maison voilée de plantes grimpantes à proximité d'une église entourée de de pelouses. Ils descendirent et la voiture les attendit à la grille tandis qu'ils remontaient le sentier et traversaient l'antichambre de la maison pour gagner une pièce tapissée de livres. Un pasteur que Charity ne connaissait pas les accueillit aimablement, et les pria de s'asseoir quelques minutes pendant qu'on irait chercher les témoins.

Charity obéit et prit un siège, tandis que Mr Royall, les mains derrière le dos, se promenait de long en large dans la pièce. Comme il se retournait et lui faisait face, elle remarqua que ses lèvres étaient un peu contractées. Son regard, néanmoins, restait grave et calme. Soudain, il s'arrêta devant elle et dit timidement :

— Vous avez été un peu décoiffée par le vent.

Elle leva les mains et essaya de rentrer les mèches folles qui s'échappaient sous le bord de son chapeau. Un miroir dans un cadre sculpté était accroché au mur, mais elle n'osa pas s'y regarder et elle resta assise, les mains jointes sur ses genoux, jusqu'à ce que le pasteur rentrât. Tous sortirent alors ensemble pour suivre une sorte de cloître qui bordait la pelouse, entre le presbytère et l'église, et pénétrèrent dans une petite chapelle voûtée où se trouvait un autel surmonté d'une croix, et une rangée de bancs. Le pasteur, qui les avait quittés sur le pas de la porte pour revêtir son surplis, reparut devant l'autel, et une dame — sans doute sa femme — et un homme en blouse bleue, que Charity avait aperçu balayant les feuilles mortes sur la pelouse, entrèrent et allèrent s'asseoir sur l'un des bancs...

Le pasteur ouvrit un livre et fit signe à Charity et à Mr Royall de s'approcher. Mr Royall avança de quelques pas, et Charity le suivit, comme elle l'avait suivi jusqu'au buggy quand ils étaient sortis de la cuisine de Mrs Hobart. Elle avait l'impression très nette que si elle cessait de se tenir tout près de lui et de faire ce qu'il lui dirait de faire, le monde disparaîtrait sous ses pieds.

Le pasteur se mit à lire. Dans l'esprit confus de Charity se dressa le souvenir de Mr Niles, debout, la nuit précédente, dans la maison sinistre sur la Montagne et lisant dans le même livre des mots qui avaient le même accent terrible et définitif...

«Je vous requiers et vous impose, et vous en répondrez au jour terrible du Jugement, quand les secrets de tous les cœurs seront découverts, que si l'un ou l'autre de vous connaît quelque empêchement à ce que vous puissiez être légalement unis...»

Charity leva les yeux et rencontra ceux de Mr Royall. Ils n'avaient pas cessé de l'envelopper du même regard plein de bonté de de fermeté.

— Je le veux, l'entendit-elle prononcer un instant plus tard, après que d'autres phrases eurent été dites qu'elle n'avait pu saisir.

L'effort qu'elle accomplissait pour comprendre les gestes que le pasteur lui faisait signe de faire l'empêchait de suivre les paroles qu'elle entendait prononcer... Après un autre intervalle la dame, qui était assise sur le banc, se leva, et lui prenant la main, la mit dans celle de Mr Royall. Celui-ci la garda un moment dans sa paume puissante, et elle sentit qu'un anneau trop grand pour elle avait été glissé à son doigt mince. Elle comprit alors seulement qu'elle était mariée...

Dans l'après-midi, assez tard, Charity était assise seule dans une chambre à coucher du luxueux hôtel où Harney et elle avaient vainement cherché une table le jour de la fête nationale. Jamais elle ne s'était trouvée dans une pièce aussi élégamment meublée. En reflet, dans le miroir de la table de toilette, elle apercevait le grand lit, les festons des oreillers, et un couvre-lit si immaculé qu'elle avait hésité avant de poser son chapeau et sa jaquette. Le souffle chaud du radiateur remplissait la chambre d'une atmosphère un peu assoupissante; et, par une porte entrouverte, Charity vit briller les robinets de nickel au-dessus des cuvettes de marbre du cabinet de toilette.

Le tumulte de sa pensée avait cessé depuis un moment, et elle demeurait assise, les yeux clos, s'abandonnant au charme de cette pièce tiède et silencieuse. Mais à cette bienfaisante apathie succéda la subite acuité de vision qui s'empare parfois des malades au sortir d'un trop lourd sommeil. Ses yeux en se rouvrant se posèrent sur le tableau qui était accroché au-dessus du lit. C'était une grande estampe entourée d'un large passe-partout blanc et d'un cadre de bois d'érable verni avec une rainure d'or. La gravure représentait un jeune homme dans une barque, sur un lac aux bords ombragés d'arbres. Il se penchait sur l'eau et cueillait des nénuphars pour une jeune fille en robe claire assise sur des coussins et qui se tenait nonchalamment adossée à la poupe. Toute la scène semblait baignée par la splendeur alanguissante d'un après-midi d'été. Charity détourna brusquement son regard et, se levant de sa chaise, elle commença à errer dans la pièce d'un pas inquiet.

La chambre où elle se trouvait était au cinquième étage, et par la large fenêtre ses yeux plongeaient par-dessus les toits de la ville. Au-delà s'étendaient des collines boisées, baignées des derniers feux du couchant, qui se concentraient sur un point du paysage où brillait comme un reflet d'acier. Charity regardait fixement ce reflet. Malgré le crépuscule, elle reconnut le contour des molles collines entourant ce point lumineux, et la façon dont les prairies s'inclinaient sur ses bords. C'était le lac de Nettleton qu'elle contemplait...

Elle resta un long moment à la fenêtre, les yeux fixés sur les eaux lointaines où la clarté mourante du ciel s'éteignait peu à peu. Ce spectacle venait de lui faire comprendre pour la première fois ce qu'elle avait fait. L'anneau même qu'elle sentait à son doigt ne lui avait pas donné cette impression aiguë de l'irréparable. Pendant un instant l'ancien instinct de la fuite lui revint, mais ce fut aussi court que l'élan d'une aile brisée... Elle entendit la porte s'ouvrir derrière elle et Mr Royall entra.

Il avait été se faire raser, et ses rudes cheveux gris avaient été soigneusement brossés et lustrés. Il avait des gestes assurés et vifs, et se tenait très droit, la tête haute, comme s'il ne voulait pas passer inaperçu.

— Que faites-vous comme cela dans le noir? s'écria-t-il d'une voix joyeuse.

Charity ne répondit pas. Il s'approcha de la fenêtre pour baisser le store; puis il posa son doigt sur le bouton électrique et la chambre s'emplit de la vive clarté tombant d'un plafonnier en verre dépoli. Dans cette illumination soudaine, les nouveaux époux se regardèrent un moment d'un air embarrassé; puis Mr Royall dit :

— Nous allons descendre dîner si vous le voulez bien?

L'idée de manger répugnait à Charity; mais n'osant pas l'avouer, elle redressa un peu sa coiffure et suivit Mr Royall dans l'ascenseur.

Une heure plus tard, sortie de la salle à manger fastueusement éclairée, elle attendait son mari dans le hall lambrissé de marbre. Mr Royall, devant l'un des petits comptoirs au treillis de cuivre qui se trouvaient aux angles de la salle, choisissait un cigare et achetait un journal du soir. Des hommes se reposaient là, nonchalamment étendus dans des chaises à bascule sous les lustres étincelants; des voyageurs entraient et sortaient; on entendait sonner des timbres, et des porteurs passaient courbés sous des bagages. Par-dessus l'épaule de Mr Royall, une jeune fille aux cheveux bouffants faisait des signes de tête à un commis voyageur qui prenait sa clef au tableau suspendu dans le hall.

Charity restait, dans cette agitation, ces remous de la vie, aussi immobile et inerte que si elle eût été une des tables fixées dans les dalles de marbre du hall. Son âme n'était plus que malaise et qu'appréhension à l'approche du destin, et elle suivait des yeux Mr Royall qu'elle guettait avec une sorte de fascination terrifiée, tandis qu'il choisissait tranquillement son cigare parmi les boîtes ouvertes, et dépliait d'une main ferme son journal.

Il se retourna et vint près d'elle.

— Vous feriez bien de monter vous coucher... Je vais m'asseoir ici et fumer un peu, dit-il.

Il parlait d'un ton aussi aisé et aussi naturel que s'ils eussent été de vieux époux, depuis longtemps au courant de leurs mutuelles habitudes. Le cœur de Charity se desserra. Elle le suivit vers l'ascenseur, où il la fit entrer en disant au groom de lui indiquer sa chambre.

Charity ouvrit la porte et entra en tâtonnant dans l'obscurité. Elle avait oublié l'endroit où se trouvait le bouton de l'électricité, qu'elle n'aurait pas, du reste, su faire manœuvrer. La lune s'était levée, et le ciel lumineux projetait une pâle clarté dans la pièce. Elle se dévêtit, et après avoir plié et mis de côté les housses brodées qui couvraient les oreillers, elle se glissa timidement sous la courtepointe immaculée. Jamais elle n'avait senti des draps aussi doux ni des couvertures aussi légères et aussi chaudes; la douceur du lit, pourtant, ne l'apaisa pas. Blottie sous les couvertures chaudes, elle tremblait d'une peur qui lui glaçait les veines.

«Qu'ai-je fait? Oh! qu'ai-je fait?» murmura-t-elle en frissonnant.

Enfonçant son visage dans les oreillers pour ne plus apercevoir le décor lunaire qu'encadrait la fenêtre, elle gisait dans les ténèbres, tendant l'oreille, secouée par la crainte à chaque bruit de pas qui s'approchait de la porte.

Tout à coup elle se dressa dans son lit, comprimant de ses deux mains son cœur qui battait à se rompre. Un faible bruit venait de l'avertir de la présence de quelqu'un dans la chambre. Elle comprit alors qu'elle avait dû dormir, car elle n'avait pas entendu entrer. La lune descendait derrière les toits, et dans l'obscurité, en face contre le carré plus clair de la fenêtre, elle vit un homme assis dans la chaise à bascule. L'homme ne bougeait pas. Il était profondément enfoncé dans la chaise, la tête penchée sur ses bras croisés. Charity reconnut Mr Royall. Il ne s'était pas déshabillé, mais il avait pris la couverture qu'elle avait repliée sur le pied du lit et l'avait étendue sur ses genoux. Tremblante et retenant son souffle, elle continuait à l'épier, craignant que le mouvement qu'elle avait fait en se mettant sur son séant ne l'eût réveillé. Il ne bougea pas, et elle comprit enfin qu'il veillait, mais qu'il voulait qu'elle le crût endormi.

Comme elle continuait ainsi à l'observer, elle se sentit lentement pénétrée par un soulagement ineffable, qui détendait ses nerfs et tout son corps épuisé. Il *savait* donc... il savait... Il l'avait épousée *parce qu'il savait*, et c'était parce qu'il savait qu'il était assis là, veillant à côté d'elle dans l'obscurité... c'était pour lui montrer qu'elle était en sûreté avec lui... Un sentiment plus profond qu'aucun sentiment qu'elle eût jamais éprouvé en pensant à lui envahit son cerveau lassé, et doucement, sans bruit, elle laissa sa tête retomber sur l'oreiller...

Quand elle s'éveilla, la lumière du matin remplissait la chambre. Du premier coup d'œil elle vit qu'elle était seule. Elle se leva et s'habilla. Comme elle achevait d'agrafer sa jupe, la porte s'ouvrit et Mr Royall entra. Dans la clarté matinale il paraissait vieux et fatigué; pourtant son visage avait la même expression d'amitié grave qui l'avait rassurée sur la Montagne. C'était comme si tous les mauvais esprits du passé avaient été chassés de son âme.

Ils gagnèrent ensemble la salle à manger pour le petit déjeuner. Quand ils l'eurent terminé, Mr Royall dit à Charity qu'il avait à s'occuper d'une affaire d'assurance.

— Pendant ce temps-là vous ferez bien d'aller vous acheter ce dont vous pouvez avoir besoin.

Il sourit, et ajouta avec un petit rire embarrassé :

— Vous savez que j'ai toujours voulu que vous soyez mieux mise que toutes les autres.

Il tira quelque chose de sa poche et le glissa dans la main de Charity. C'était deux billets de vingt dollars.

— Si ce n'est pas assez, je vous en donnerai d'autres... je veux que vous soyez mieux habillée que toutes vos amies, répéta-t-il.

Elle rougit et essaya de balbutier des remerciements; mais il s'était brusquement levé et s'apprêtait à quitter la salle à manger. Dans le hall il s'arrêta pour lui dire encore que, si cela lui convenait, ils partiraient par le train de trois heures pour North Dormer; puis il prit son chapeau et son pardessus et sortit.

Quelques minutes après, Charity quittait l'hôtel. Elle avait guetté son mari pour voir dans quelle direction il partait. Prenant le chemin opposé, elle descendit rapidement la grande rue jusqu'à la maison de briques au coin de Lake Avenue. Là, elle s'arrêta, regarda avec précaution à droite et à gauche, puis monta l'escalier qui conduisait à la porte du docteur Merkle. La même mulâtresse aux cheveux crépus lui ouvrit; et après avoir attendu, comme la première fois, dans le salon rouge, elle fut introduite dans le bureau de la doctoresse. Celle-ci la reçut sans surprise, et la conduisit dans le petit salon aux meubles couverts de peluche.

— Je pensais bien que vous reviendriez; mais vous vous êtes un peu trop pressée. Je vous avais dit d'attendre quelques semaines, et de ne pas vous tourmenter, observa-t-elle, après avoir examiné la jeune fille d'un œil inquisiteur.

Charity tira de son corsage l'argent que son mari venait de lui remettre.

— Je suis venue reprendre ma broche bleue, dit-elle en rougissant.

— Votre broche? La doctoresse ne paraissait pas se souvenir. Ah! oui... On me confie tant d'objets de ce genre que j'avais oublié... Eh bien, ma petite, il faudra que vous attendiez que j'aille la chercher dans le coffre-fort. Vous pensez bien que je ne laisse pas les objets de valeur traîner partout comme de vieux journaux.

Elle disparut un instant, et revint avec un petit paquet entouré de papier de soie d'où elle sortit la broche.

Charity, en l'apercevant, sentit une chaleur soudaine envahir son cœur glacé et, instinctivement, elle tendit la main.

— Avez-vous de la monnaie? demanda-t-elle, respirant à peine, en posant un des billets de vingt dollars sur la table.

— De la monnaie? Pourquoi faire de la monnaie? Je ne vois là que deux billets de vingt dollars, répondit la doctoresse.

Charity se tut, déconcertée.

— Je pensais... vous m'aviez dit que c'était cinq dollars la consultation... balbutia-t-elle.

— Pour vous, exceptionnellement... c'est vrai. Mais croyez-vous que vous ne me devez rien pour la garde de votre broche? Et pour l'assurance, donc? Sans doute vous n'y aviez jamais pensé? C'est un bijou qui vaut facilement cent dollars. Si je l'avais perdu, si on me l'avait volé, que serais-je devenue quand vous me l'auriez réclamé?

Embarrassée et à demi convaincue par l'argument du docteur Merkle, Charity ne trouvait rien à répondre... Profitant de son avantage, la doctoresse continua :

— Ce n'est pas moi qui vous ai demandé votre broche, ma petite. J'aime mille fois mieux que l'on me paye mes honoraires que de me laisser en gage des bijoux qui me causent tous ces tracas.

Elle s'arrêta, et Charity, prise d'une envie folle d'en finir, se leva et tendit un des billets.

— Voulez-vous accepter vingt dollars? demanda-t-elle d'une voix mal assurée.

— Non, je ne les accepterai pas, ma chère; mais je prendrai ce billet-là avec l'autre, et vous donnerai un reçu écrit si vous n'avez pas confiance en moi.

— Les deux? Mais je ne peux pas vous donner les deux... c'est tout ce que je possède, s'écria Charity.

Renversée sur son sofa de peluche, la doctoresse la regardait d'un air souriant.

— Il paraît que vous vous êtes mariée hier à l'église épiscopale. Le jardinier du pasteur m'a raconté toute la cérémonie. Ce serait dommage, n'est-ce pas, de laisser Mr Royall apprendre que vous aviez un compte à régler ici? Voyez-vous, mon enfant, je vous dis cela comme pourrait vous le dire votre mère.

Une colère sourde s'empara de Charity; pendant quelques secondes elle eut la pensée d'abandonner la broche et de laisser la doctoresse agir comme elle l'entendrait. Mais comment laisser son unique trésor entre les mains de cette horrible femme? Elle voulait le garder pour son enfant; elle voulait que ce souvenir de son bonheur fût comme un lien mystérieux entre l'enfant et son père inconnu. Toute tremblante et se haïssant elle-même tandis qu'elle le faisait, elle jeta l'argent de Mr Royall sur la table, s'empara de la broche et sortit de l'appartement en courant...

Une fois dans la rue elle s'arrêta, stupéfaite de ce qui venait de lui arriver. Mais la broche était cachée dans son corsage, comme un talisman, et elle se sentit au cœur un secret allégement. Cet allégement lui donna la force, un instant plus tard, de se diriger vers le bureau de poste et d'y entrer. A l'un des guichets elle acheta une feuille de papier à lettre, une enveloppe et un timbre; puis elle s'assit à une table et trempa une des plumes rouillées dans l'encre. Elle était venue là, poussée par la crainte qui la hantait sans cesse depuis qu'elle avait senti à son doigt l'anneau de Mr Royall : la crainte que Harney parvînt après tout à se libérer et revînt auprès d'elle. C'était là une possibilité qui ne s'était jamais présentée à son esprit pendant les heures terribles qui avaient suivi la réception de sa dernière lettre. Ce fut seulement après son mariage, quand le pas décisif qu'elle avait fait avait changé en appréhension son aspiration d'autrefois, qu'une telle éventualité lui parut tout à coup concevable. Elle mit l'adresse de Harney sur l'enveloppe et, sur la feuille de papier, elle écrivit : «J'ai épousé Mr Royall. Je me souviendrai toujours de vous. Charity.»

Les derniers mots n'étaient pas du tout ceux qu'elle avait eu l'intention d'écrire; ils s'étaient échappés involontairement de sa plume. Elle n'avait pas eu la force de parachever son sacrifice en cachant à son amant qu'elle ne l'oublierait jamais; mais, après tout, qu'est-ce-que cela faisait? Maintenant qu'elle n'avait plus aucune chance de revoir jamais Harney, pourquoi ne pas lui dire la vérité?

Quand elle eut jeté sa lettre à la poste elle sortit dans la rue bruyante et ensoleillée et reprit le chemin de l'hôtel. Aux devantures des magasins de nouveautés elle remarqua le tentant étalage de robes et de tissus qui l'avaient tant éblouie le jour où elle les avait regardés avec Harney. Cette vue lui rappela que Mr Royall l'avait priée de s'acheter tout ce dont elle avait besoin avec l'argent qu'il lui avait donné. Elle jeta un coup d'œil honteux sur sa robe usée, se demandant ce qu'il dirait quand il la verrait revenir les mains vides. Comme elle approchait de l'hôtel, elle vit qu'il l'attendait sur le pas de la porte, et son cœur se mit à battre d'appréhension.

Il lui fit un signe amical de la main quand il la vit approcher; puis ils montèrent à leur chambre y prendre leurs bagages, afin que Mr Royall pût rendre la clef quand ils descendraient déjeuner. Tandis qu'elle replaçait dans son sac le peu d'objets qu'elle avait apportés avec elle, elle sentit tout à coup que son mari la regardait et s'apprêtait à parler. Elle se redressa, sa chemise de nuit à demi pliée dans les mains, ses joues subitement rouges.

— Vous êtes-vous acheté de jolies choses? Je n'ai pas vu arriver de paquets jusqu'à présent, dit-il d'un air enjoué.

— Oh! j'aime mieux qu'Ally Hawes me fasse les quelques choses dont j'ai besoin, répondit-elle à voix basse.

— Tiens! Alors vous n'avez rien acheté?

Il la contempla pendant quelques secondes, et ses sourcils se froncèrent. Puis son regard s'adoucit.

— Eh bien, soit. J'aurais voulu vous voir arriver à North Dormer avec une belle robe; mais après tout vous avez raison. Vous êtes une brave fille, Charity.

Leurs yeux se rencontrèrent, et quelque chose passa dans ceux de Mr Royall, quelque chose qu'elle n'y avait jamais vu encore : un regard qui lui fit honte dans le même temps qu'il la rassurait.

— Vous aussi vous êtes bon, dit-elle timidement, et très vite.

Il sourit sans répondre, et tous deux, ayant quitté la chambre, descendirent dans le hall par l'ascenseur lambrissé de miroirs.

Le soir même, assez tard, sous les rayons glacés de la lune d'automne, leur voiture s'arrêtait devant la porte de la maison rouge.

Cet ouvrage a été réalisé par la
SOCIÉTÉ NOUVELLE FIRMIN-DIDOT
Mesnil-sur-l'Estrée
pour le compte des Éditions 10/18
en juillet 1998

Imprimé en France
Dépôt légal : janvier 1985
N° d'édition : 1558 – N° d'impression : 43416
Nouveau tirage : septembre 1998